湊かなえ

C線上のアリア

Air on the C string

Kanae Minato

朝日新聞出版

C線上のアリア

目次

第一章　チェーン (chain)　7
第二章　コード (code)　54
第三章　カバー (cover)　104
第四章　キャビン (cabin)　152
第五章　チェンジ (change)　203
第六章　クライム (crime)　252
第七章　ケア (care)　300

装　画　堀北阿希
装　幀　岡本歌織（next door design）

C線上のアリア

第一章

チェーン
(*chain*)

生きる——。

その言葉を自分の未来に重ね、輝いたものでありたいという願望を抱きながら、足元に転がる石を丁寧に拾い上げて磨き、太陽にかざしてから積み重ねる。そんな日々を送っていたのは、私の人生において、いつから、いつ頃までだっただろう。

新幹線や電車で酔うことはない。ただ、本を読めるほどには乗り物に強くない。寝ていればいい。車窓からの景色を何も考えずに眺めていればいい。何もせずに一日中ぼうっとしていたい。そんなささやかな願いを神様が叶えてくれたのだと思いながら。

これは、ご褒美なのだ。

何の？　他人を生かすために生きている、ということに対する？　はたまた、別の人の世話をするための長い移動時間が？　ご褒美なのか？

いや、そう捉えよう。

恩のある、幸せな時間を一緒に過ごした人のところに向かっているのだから。もしかすると、きらきら光る石の一つくらい、それは贅沢か、その一つのカケラくらいは見つけることができるかもしれないのだから。

ああそうだ。それが人生の宝物と呼べるものに違いない。

形はなくとも記憶として、過去の輝く時間を持ち帰れば、今いる場所に少しは光が宿ってくれるだろうか。

逆に、宝物の埋もれた場所に留まり続けることを願い、今いる場所をさらに呪うことになってしまわないだろうか。そもそも、きらきらしていた時間など、本当にあったのだろうか。

あの頃、あの町に。

高校の三年間だけ過ごした家を、実家と呼べるのかどうかはわからない。一緒に暮らした人を家族と呼んでいいのかどうか、その町を故郷と呼んでいいのかどうか、も。

中学三年生の夏に両親を交通事故で亡くした私は、高校進学のタイミングで、海沿いの地方都市から遠く離れた、山間の人口三〇〇〇人ほどの町に住む、母の二つ年下の妹である叔母、弥生さんと暮らすことになった。

弥生さんは、私が生まれた頃くらいに旦那さんを亡くし、自分のルーツとは縁のない町であるにもかかわらず、旦那さんの生家で一人暮らしをしていた。「みどり屋敷」と呼ばれる家で。

両親の通夜の日に行われた親族会議で、私がやっかい者扱いになる前に保護者として立候補してくれたのは、私の顔が弥生さんの顔とそっくりだったから、らしい。

私と母は瓜二つの親子だと言われていた。

私自身は、自分が大人になった姿をうまく想像できず、母にそこまで似ているとは思わなかったが、周りがそう言うのなら、こういう顔になるのだろう、くらいに捉えていた。イヤではないが、嬉しくもない。そんな感覚で。

だが、自分が弥生さんに似ているというのは、ピンとこなかった。

母と弥生さんは双子と間違われるくらいよく似ていたから当然、と母方の親族たちが口を揃えて言っていても、父方の親族たちが、結婚式の時には驚いた、と話すのを聞いても、納得できない気持ちの方が勝った。

まるで、違うじゃないか。

弥生さんの見た目の印象は、穏やかで優しそう、季節にたとえるなら名前の通り「春」なのに、私の中にある母の印象は、冷たく厳しい「冬」だった。

五月生まれの「さつき」という名にもかかわらず。

目も口も、弥生さんは母のようにつり上がってないし、肌質も、母はごわごわで赤黒く、弥生さんはすべすべの色白で、眉間に刻まれた二本の深い縦皺《たてじわ》も、弥生さんにはなかった。

だが、それらを確認するように母の棺桶を覗《のぞ》いた私は、自分の目を疑った。

弥生さんかと見紛うばかりの、穏やかで、安らかな顔だった。

母はこんな顔だったのか。生きている時よりも、輝きを放っているように見えた。死に顔とはこういうものなのか。いや、重い荷物を下ろしたからだろうな、と徐々に理解できた。

祖父母の世話から、やっと解放されて、自由になれて。父からの感謝のしるしの旅行であったはずなのに。

死なずとも、旅行から帰ってきた顔は、こんなふうだったのではないか。一気に変わらなくても、日ごと、こんなふうな、優しい顔になっていったのではないか。本来の……。

まったく記憶にない顔ではなかった。私が忘れていただけだった。

この顔の母とまた一緒に、クッキーを焼いたり、刺繍《ししゅう》を教えてもらったりできたのではないか。

大好きだった、あの頃のお母さん。

母の棺桶にすがり、泣き崩れる私の背を、弥生さんは温かい手で優しく撫で続けてくれた。

大丈夫よ、と少し低めの声で。記憶の果てから戻ってきた母は、料理をする時、よく鼻歌をうたっていた。それと同じ声だった。

旅先の北海道で、父の運転する車の助手席の窓を全開にして、母はこの声で気持ちよさそうに歌っていたかもしれない。

——おばさんの家に、レコードプレーヤーはありますか。

私は涙声で弥生さんに訊ねた。

――あるわよ。うちは山の麓《ふもと》の一軒家だから、気兼ねなく大きな音を出せるの。置き場はいっぱいあるから、好きなのを全部持ってきて。一緒に聴きましょう。最近はどんな曲がはやっているのかしら。

自分の好きなアーティストの曲はＣＤで持っていた。我が家のレコードはすべて、父が買い集めたものだ。

それが最後に家で流されたのは、いつのことだったか。

自動車用としてカセットテープにダビングしようか、と私が父に訊ねたのは、中学の入学祝いとして、ＣＤも聴けるダブルカセットデッキを買ってもらった時だった。

父はやんわりと断った。他に聴きたい歌があるから、と言って。廃盤になったレコードに収められている曲だと解釈した。ダビングを頼まれたのは、旅行の直前だ。

音楽に合わせて、再び母が歌い出す日を待っていたのだ、と気付いた時には、父もすでに棺桶の中だった。二人は、長いドライブに出かけたのだ。

弥生さんにそれを伝えると、葬儀会館の人に相談してくれ、出棺の際、二人が好きだった曲を流してもらえることになった。今でこそ、生前好きだった曲で故人の出棺を見送るのは珍しいことではなくなったが、当時はあまり例がなかったらしく、父方の親族の年寄りたちの中には怒り出す人もいた。そういう人たちとの別れの曲のようにも思えた。

母ほどの重い鎖ではなくとも、自分も縛られていたのだな、と感じた。

家族だから、女だから、そういう鎖を断ち切るのではなく、溶かしていく、そんな音楽だった。

頭の中に、ビートルズが流れ出すのは、何年ぶりだろう。

――一番遊びたい時期にこんな田舎に住むことになってごめんなさいね。

弥生さんはそう言って私を気遣ってくれたが、当時の私は田舎であることなどまったく気にしていなかった。

自分の生活環境を、娯楽のあるなしで良いか悪いか判断できるのは、贅沢なことだ。

心安らかに暮らせる家。自室にこもって耳を塞がなくてもいい家。何もかもが否定されない家。登校前に制服に制汗剤を吹き付けなくてもいい、悪臭の漂わない家。そんな家に住めるなら、都会も田舎も関係ない。

どうしてそんな大切なことを、ほんの数年後の私は忘れてしまっていたのだろう。弥生さんと過ごす毎日が、上書きしてくれたからか。

弥生さんから注意を受けたのは、「おばさん」ではなく、「弥生さん」と呼ぶことについてくらいだった。もちろん、優しい口調で。

人は余裕がなくなると、口調や態度を使い分けることができなくなる。だから、最悪でないことまで最悪なことになり、毎日が最悪な日々となる。

逆も成り立つことを、私は弥生さんと暮らし始めてから知った。

弥生さんにとっては普通のことが、私にとっては特別なことだったのに、気が付けば、私にとっても普通のことになっていた。

寝付きの悪い私は、早起きも苦手だったのに、日曜日でも平日と同じ時間に起きられるようになったのは、台所から焼きたてのパンの匂いが漂ってきていたからだ。

レーズンが入った少し硬めの熱々の丸いパンを、手で半分に割ると、ほわんと湯気がのぼり、小麦粉の香りが鼻の奥まで届く。その均一でない断面に、バターとはちみつをたっぷり塗って頬張ると、脳の奥が痺《しび》れる感覚がして、目が開く。はちみつはレンゲかアカシア。紅茶はいつもフォートナム・アンド・メイソンのイングリッシュブレックファストだった。

通学はバス、映画館に行くには、さらに電車に乗らなければならなかったが、その他のことで不便を感じることはなかった。むしろ、お気に入りの場所は、さらに人気《ひとけ》のない静かなところにあった。

結婚して以来、二十数年ぶりの訪問となるが、あの町は、家は、森は、そして、弥生さんは……、私を迎え入れてくれるだろうか。

故郷が、記憶の中の姿と同じままであるとは思っていない。電話で告げられた弥生さんの変化をうまく想像できないくらいには変わっている。

目的地が近付くにつれ、ボリュームアップするのではないかと思われた脳内再生のビートルズは、訪問理由を思い出した途端、ぷつりと消えた。

駅前は賑やかになっていた。

帰郷した気分にならないのは、都会での日常生活から切り離された景色だと感じないからだ。コンビニはもちろん、全国チェーンのコーヒーショップやドラッグストアは、地方に優しい、ということか。

バス乗り場の付近に、焼きたてのパンを売る店もできていた。チェーン店とは違う、町の息遣いのようなものを感じる。香ばしい匂いが、ここで生まれたものもあるよ、と教えてくれるように。弥生さんへの手土産に、はちみつのセットを持ってきたので、パンも買っていくことにした。おそらく、もう自分では焼いていないはずだ。

SNS映えするようなカラフルに飾られたケーキのようなパンはない。素朴なものばかりだ。だが、気持ちは沸きたっている。なぜだろう、と考えるまでもない。自分が好きなものだけを選べる、なんていつ以来だろう。

弥生さんも私も、たいした好き嫌いはない。

何でもおいしく食べられる神様からのギフトのような舌を、バカ舌、と呼ぶ、自称ナイーブな人たちがいる。

——私も隆司《たかし》ちゃんも、味覚には人一倍敏感なのよ。

不快な台詞が呼び水となり、脳内の再現ビデオのスイッチがオンになってしまった。映像が浮かび上がる前に、目の前のパンを凝視して、レーズン入りのコッペパンとチーズ入りの食パン、クルミとドライいちじく入りのフランスパンをトレイにのせた。

冷蔵庫にバターは入っているだろうか。店にも置いているが、溶けるといけないので、バスを降りたところにあるササキ商店で買うことにした。すすき原高原牧場バターが懐かしい。

バスに揺られているあいだも、ひざに置いたパンの紙袋から漂ってくる香りに、心が和んだ。訪問理由は決して楽しいものではないが、想像よりも酷くないはずだ、と思わせてくれるほどに。

バスを降りて、つい停留所の名前を確認したのは、ここで正しかっただろうかと不安になったからだ。

変わっている。しかし、駅前のように賑やかになっているのではない。

まず、ササキ商店が見当たらない。それに代わる、食料や日用品を扱う店も。更地になった場所には雑草が生い茂り、いくつかの看板が立っている。隣町にある温泉施設や、すすき原高原にある乗馬やチーズ作りの体験ができる牧場の案内が載っている。

何もないこの町に迷いこんできた人に、ここではありませんよ、と教えてあげているかのようだ。

ぽつぽつと見覚えのある民家はあるものの、人の気配は感じられない。人口三〇〇〇人など、いつの時代の話だろう。とはいえ、スマートフォンを出して調べてみようとは思わない。数字で実感しなくとも、町が寂れたことは一目瞭然だ。もしやと思い、やはりスマホを出したが、さすがに圏外ではない。

町全体が平地ならば、町の玄関口から外れた県道沿いにショッピングセンターなどができ、賑わう場所が移動したのかもしれないとも考えられるが、盆地であるこの町は、わずかな平地である玄関口から、東西南北どちらへ向かっても山に続く。

コンビニくらいあってもいいのではないか。それでも、ひょっこりおしゃれな古民家カフェが現れるかもしれない。裏切られることが前提の期待などしないのが一番なのに、あまりにも何もなさすぎて、気持ちが沈み込む前に、想像で補うしかなかった。

私が一番恐れているものが、見る前から形づいていかないように。

一つ目の角をまがると、電器店がなくなっていた。カセットテープをよく買いに行った店だ。店番のおばさんに何を聴くのかと訊かれたので、ビートルズだと答えると、何故か、店の壁に貼り終えたボン・ジョヴィのポスターをもらったことがある。同じクラスに、ビートルズ好きはいなかったが、ボン・ジョヴィ好きはけっこういたので、そのポスターは争奪戦となり、誰にあげたのかは憶えていない。

寂しくなりはしたが、建物自体がなくなっているわけではないことに、安堵した。ガラス張りの店舗だった箇所はモダンなタイルの壁で覆われて、一階のみリフォームしたような一軒家となっている。

二つ目の角をまがると、寿司屋もなくなっていた。寒い日に買い物に出かけるのが億劫になった弥生さんが、今夜は出前を取りましょう、と電話をかけるのが大概ここにあった店で、私の中では、寿司は冬の定番メニューとなっていて、大学時代の友人たちに笑われたことがある。

――あったかいちらし寿司ってうまいよな。

突然よみがえった声は、不快な記憶ではないのに、ぎゅっと目を閉じて、頭の中を真っ暗にした。目を開けて、今あるものをしっかりと見る。

こちらは、比較的新しい二階建ての家ができている。玄関前に置かれたカラフルな三輪車は、町を歩いた数分のあいだに、驚きの対象と化していた。この町には高齢者しか残っていない、と勝手に決めつけていた。寿司屋夫婦には当時小学生の息子が一人いたが、結婚し、同居しているのだろうか。

――不衛生な服装で外出されている姿も見られますし、近所を通りかかった方から、家から異臭が漂っているという連絡がありましたので、一度、様子を見にきていただけませんか。

最初に、役場からそんな電話があったのは、三ケ月前のことだ。

子どものいない弥生さんにとって一番近い親族は私になるが、私がいなければ、役場の担当者は誰に連絡を取ったのだろう。もし、私が父方の親戚に引き取られて、縁が切れていたら。

――こちらも、なかなか家を空けられない事情がありまして……。はい、なるべく早いうちに時間を作りますので……、それまでは……、ご迷惑おかけしますがよろしくお願いします。

そんなふうに電話を切った。ならば仕方ない、と最低限の処置を行政側が担ってくれるのではないかという期待もあった。もし、私が海外に住んでいたらどうしていたのか。もし、入院していたら。もし、死んでいたら。

弥生さんは税金を納め、正しく生きてきたのだから、公的機関がどうにかしてくれてもいいのではないか。

しかし、公的機関の役割は血の繋がった縁者に電話をかけることらしい。電話の頻度は徐々に高まっていった。

——認知症の症状も見られるので。

そう言われると、わかりました、と答えるしかない。間髪を容れずに日付まで問われ、誰にも相談せず、翌週である今日の日を告げた。

その気になれば来られるんじゃないか、という役場の担当者の心の声が、受話器越しに聞こえた気がした。ため息をつかれたわけでもなく、表情などまるで見えないというのに。

後ろめたさから生まれた空耳、それを罪悪感と呼ぶに違いない。

足を止めて、深呼吸をした。

歩くとけっこう時間がかかる。高校はバス停まで自転車で往復していた。行きは下りで一〇分、帰りは上りで二〇分、とはいえ、立ちこぎをしたり、自転車を押して歩いたりするほどの勾配ではない。ゆるく、山の麓に続く。

空気がおいしい。パンの匂いとは別の幸福感が体内に満たされる。

消臭剤や芳香剤の混ざらない、本物の澄んだ空気を腹まで吸い込んだのは、いつ以来だろう。途端に自分が水槽の中の金魚のようなイメージが膨れ上がってきた。水面に飛び出した岩には、ザリガニが大きなハサミを広げて中の様子をうかがっている。底面のエアポンプの吐出口付近には、巨大なナマズが寝そべっている。仕方なく、金魚は浅い呼吸を繰り返す。

実は、弥生さんが知り合いと結託して、私をあの家から連れ出すために一芝居打ってくれたのではないか。そんな思いがふと込み上げた。クッキーやマドレーヌといったお菓子を焼いて待ってくれているかもしれない。私の二十歳《はたち》の誕生日に、やっと一緒に飲めるわね、と言って乾杯してくれたのと同じワインを用意して。

しかし、かつては夕飯が何か予想ができた辺りまで行っても、バターの香りは漂ってこなかった。

所詮、空想。とはいえ、無臭ではない。酸っぱいものが込み上げてきそうな……、生ごみ臭だ。大学時代の友人たちとの楽しい旅行の思い出が一瞬で吹き飛んでしまった、あの時と同じ臭い。怯むな。自分に言い聞かせる。

私は知っている。

人間が生きていくためには、汚いものや臭いものと切り離せないことを。誰かが「それ」を担わなければならないことを。女の役割だ、という声に抗《あらが》う前に、目の前にあるものを片付けなければならず、それを終えるともう声を上げる気力も失われてしまうということも。それを「人生」という言葉に重ね、「生きる意味」など考えることが、いかに虚《むな》しく愚かな行為であるかということも。

みどり屋敷と呼ばれていた懐かしい家に到着した。

知らない人が見ると、廃屋だと思うのではないか。子どもなら、幽霊屋敷。だが、廃屋や幽霊屋敷なら、生ごみの臭いはしない。

マスクを持ってこなかったことを後悔しながら、ハンカチで口と鼻を押さえて、かつては蔓《つる》バラの這《は》っていた塗装の剝げたアーチ型の門をくぐった。玄関までは、石畳を覆い隠すほど転がっている欠けた植木鉢や空き瓶をまたいで向かわなければならない。

足をくじきそうになりながらようやく辿り着くものの、ドアホンを押せない。玄関ドアの前には、バリケードができていた。素材は新聞か。おそらく、玄関前に一日分ずつ積み重ね、崩れたのを直さずにその上にまた重ね、さらに崩れて山ができ、風雨によって固められた。そのうち、ポストの前も足場が埋まり、臨時の新聞受けとして段ボール箱を置き、読まないままの新聞がたまり、新しい箱をその上に用意する。たまればさらにもう一つ。

足元に一番近い箱の上に、今日の新聞が置いてあった。ポストに新聞がたまるのは防犯上よくない、と何かで聞いたことがあるが、そういうことを心配するレベルではない。

弥生さんは本当にここに住んでいるのだろうか。

玄関から入ることはあきらめて、中身を確認するのが恐ろしい土埃《つちぼこり》のたまった黒いポリ袋の山に体が触れないようにしながら、庭に向かった。

弥生さんが立っていた――。

玄関の様子から、みすぼらしく年老いた姿を覚悟していた分、我が目を疑った。白髪頭とはいえ、長い髪をおだんごにまとめ、化粧もしている。すみれ色のカーディガンの背にガムテープらしきものが貼り付いていなければ、クッキーを焼いてくれているかもしれない、と想像した方の弥生さんだ。

思わず駆け寄りたくなったが、障害物はまだまだ続く。ここが生ごみ臭の発生源で、臭気に目を刺され涙が込み上げてきたのは、感傷からではない。汚らしい茶色い汁を底にためたレジ袋が、土嚢《どのう》のように重ねられている。

弥生さんは臭いに顔をしかめることなく、異臭を放つレジ袋の山をかき分けるようにして、何かを探しているようだ。が、私の気配に気付いたのか、顔をあげてこちらを見た。

「あら、美佐ちゃん、おかえりなさい」

迷う様子もなく、弥生さんは笑顔でそう言ってくれた。あっけにとられて言葉が出ないのは、私の方だ。

役場の人によると、認知症の症状が見られる、ということだったが、ひとまず、結婚式以来二十数年、顔を合わせていない私のことを憶えてくれていたということだ。今日帰ることは、電話を何度かけても繋がらなかったため、役場の人から伝えてもらうように頼んではあったが。

声は少ししわがれて、ゆっくりめの口調ではあるものの、記憶の中にある「おかえりなさい」

と重なるものがあり、胸が熱くなる。

学校から帰ると大概、弥生さんは夕飯の支度を一段落させて、庭の樹《き》や花の水やりをしていた。

「テストどうだった?」

耳を疑った。記憶の中の言葉が脳内再生されたのではなさそうだ。

「何のこと?」

「期末テストよ。今日は数学と英語だったんでしょう? この二つを同じ日にやらなくてもいいのにって、昨日、晩ご飯中ずっと文句を言ってたじゃない。せっかく大好物のたまごコロッケを作ってあげたのに」

一緒に暮らしている高校生の姪っ子が学校から帰ってきた、と思っているのか。しかも、なんとなく雰囲気だけでしゃべっているのではない。記憶力には自信がある。

高校二年生の一学期の期末テストの二日目だ。私は確かに前夜、同じ文句を弥生さんに言った。夕飯のメニューもたまごコロッケだった。口の中を火傷したのを憶えている。

「数学はたぶん赤点、でも、英語は満点に近いと思う」

当時と同じ返事をしてみた。

「充分じゃない。美佐ちゃんはスチュワーデスを目指しているんだから」

再現ビデオのように同じ台詞が返ってきたが、その後しばらく、弥生さんは遠く、空の彼方を見つめた。あの日とは、日差しも温度も違う。

「前にも、同じことを言ったわね。昨日は、たまごコロッケじゃないし」

弥生さんはそう言って肩を竦《すく》めた。どのくらい現在に戻ってきたのかはわからない。だが、年齢を重ねた私の姿に、違和感を抱いているようには思えない。それより、と私は口調を改めた。弥生さんの目に私が何歳の姿で映っていようが、今は関係ない。

問題は、視界さえも妨げる、異臭を放つものたちだ。

「生ごみを外に出しっぱなしにしてたらダメじゃない。捨ててこようか」

町内会のごみ回収のコンテナは、坂道を一〇〇メートルほど下ったところにある。

「ダメよ！」

突然の金切り声に心臓がびくりと震えた。まったく聞いたことのない声に驚いたのではない。よく知っている、記憶に刻み込まれた声だ。

目の前にいるのは、実は、弥生さんではなく、旅先で事故に遭ったまま行方不明になり、奇跡的に生きていた、私の母、さつきだった。その有りえないシチュエーションの方が、すんなりと受け入れられそうだった。

しかし、ここにいるのは正真正銘、弥生さんだ。マシュマロのようなふっくら柔らかい頬はこけ、眉間に深い皺が刻まれていても。年月を経て再会した人を昔のままの姿で捉えていたのは、私も同じだ。

「堆肥《たいひ》にするんだから」

そう言った弥生さんの口調はもう穏やかで、顔には笑みも浮かんでいる。

「そうだった、ね」

話を合わせたわけではない。

弥生さんは自分でパンを作る人だ。そういう人は無農薬野菜を食べるし、環境に優しい石けんを使う。だから、生ごみ処理機が一般家庭に普及するようになる前から、町内の婦人会で共同購入した堆肥作製バイオチップなるものを使って、生ごみから堆肥を作っていた。蓋付きのプラスチックケースにチップを入れ、そこに生ごみを投入してかきまぜておくと、最後のごみを投入した一週間後にはすべてが堆肥になっているというものだった。

ごみを投入するたび、糠床のように、スコップでかきまぜなければならない。ケースは庭に置いてあったから、毎晩、外に出なければならなかったし、雨の日は濡れたカバーをめくらなければならなかった。

そんな面倒なことをしなくても、生ごみのままでも肥料になるのではないか、と思ったこともあるが、チップとまぜた生ごみは日にちが経っても臭いがほとんどせず、庭の樹や花壇の花たちは、もとから手入れされていたにもかかわらず、その堆肥を使うようになってからの方が、見事な花を咲かせていた。

だが、みどり屋敷と呼ばれるにふさわしい美しい英国風の庭は、遠い過去のこと。樹は枯れ、花壇がどこなのかもわからないほどに、庭全体に雑草だけが生い茂っている。

何のために、堆肥が必要なのか。

そういえば、腐ったものはまぜてはならないのではなかったか。

だから、その日食べられるだけのおかずを作る。二人きりの食卓には、豪華ではないがひと手間加わった、毎日違う種類の野菜をたっぷり使った料理が用意されていた。そして、生ごみはその日のうちに処理をする。

「もう、美佐ちゃんったら。このあいだも言ったでしょう。この世にごみなんてないのよ。ただ、自分に用がなくなっただけ」

日ごと、記憶が消えていっても、培った精神は変わらない。包装紙は洋服作りの型紙用に、洋服を作り終えた後の端切れはパッチワーク用に。板チョコの包装紙で作ったメッセージカードと封筒は、私のクラスで好評となり、弥生さんに伝授してもらった作り方を、バレンタインデー前の昼休みに披露したこともある。その中には、男子も数人交ざっていて……。

ダメだ、ダメだ。弥生さんを現在に連れ戻さなければならないのに、私が過去に引き込まれてどうする。

「そういえば、さっき、何か探してなかった？」

現在の行動に基づいた質問をする。

「ええと……。そうそう、バイオチップを探していたの」

そう言って辺りを見まわす弥生さんの視線を追うと、生ごみバリケードの向こうに、空になったチップのプラスチックボトルが、これまた一つの城を築いているのが見えた。もしや、と息を止めて一番手前の生ごみの袋を開くと、ごみの上からおがくずのようなものをかけてあるのが見えた。

なるほど、これは堆肥だ。役場の人に注意されても、これは堆肥だ、この世にごみなどないのだ、と時には興奮して金切り声になりながら、熱くなればなるほど眉間に皺を寄せながら、正義の主張をしたのだろう。

チップが残っているボトルはないかと周囲を見まわした。リビングから庭に続くガラス戸（おそらく、弥生さんはここから出入りしているはずだ）の前にある沓脱石《くつぬぎいし》の横に、ビニルシートがかけられた一角がある。

シートは風雨に晒され色あせていても、深緑地に木イチゴ模様だったことがわかる。私はこれを捨てられるだろうか……、なんて、どこを持てば手が汚れないかということと同時に考えられることにあきれてしまう。

シートの端を両手で持ち、一気に取り払うと、同じ段ボール箱がガムテープで閉じた未開封のまま積み重ねられていた。ざっと数えて、五段×四列の二〇個はあるだろうか。伝票が貼られたままで、送り主は「すこやか生活」という会社名になっている。一つ開けると、バイオチップのボトルが六本入っていた。

「弥生さん、これは？」

気が付くと後ろに立っていた弥生さんに訊ねた。

「ああ、これこれ。雨に濡れないように庇《ひさし》の下に置いていていたんだったわ」

「通販で定期購入しているの？」

「そうなのよ。公民館のセミナーで薦められて、初めは共同購入で、婦人会の役員の方が家まで代金と引き換えに届けてくれていたのに、ある時突然、もうやめるって。いろいろ苦情があったみたい。続けたい人は取扱会社に直接申し込むように言われたから、電話をして頼んだの」

何年前の話だろう。それがずっと届き続けているのか。詐欺ではなさそうだ。この量はもしかすると、先方は共同購入の代表者だと思っているのではないだろうか。いや、客の個人的な事情などわざわざ推測するわけがない。注文品を正しく届けるだけだ。解約の申し出があるまで、ずっと……。

「便利な時代になったわね。電話で写真も撮れるんだから」

弥生さんから携帯電話を持ったという話は聞いたことがない。会わなくても、女性の一人暮らしなのだから、倒れた時のことなどを考慮して薦めることくらいできたはずなのに。

「美佐ちゃんの結婚式の時にあればアルバムを……」

いきなり弥生さんは固まってしまった。じっと私を見つめ、スイッチが入ったかのようにハッとすると辺りを見まわし、愕然《がくぜん》とした表情を浮かべた。

「これはね、あの、私もちゃんと片付けようと……。だけど、タクシーを呼んでも玄関の新聞すら載せるのを断られて。ごみ捨て場までは行けるけど、リサイクルセンターは歩いては無理じゃない」

弥生さんは今、目の前にある現実を認識できている。

「車は?」

弥生さんは当時、紫色のセリカに乗っていた。雨の日はバス停まではなく、高校まで送り迎えしてくれて、あまり親しくない子からも、お迎えきてるよと言われるくらい、多くの人たちが、紫色の車が弥生さんのものであることを知っていた。

「三年前に電柱にぶつけちゃって」

「そんな時くらい連絡してくれても」

「したわよ。でも、美佐ちゃんは出かけているから伝えておくって、お義母さんが……」

聞いていない。込み上がる怒りを呑み込む。弥生さんがしっかりしているうちに、話さなければならないことは姑の愚痴ではない。

「ごめんなさい。折り返せなくて」

「いいのよ。ケガもしなかったし。幸い、人じゃなく電柱だったし。これはもう、車に乗るなっていう神様からの警告だと思って」

それでよかったと思う。弥生さんは私から目を逸らし、もぞもぞと両手をこすり合わせ出した。恥ずかしいのだ、きっと。この状況が。

「酷い臭いでしょう。腐ったものは堆肥にできないのに」

記憶が過去に戻ったまま、毎日を過ごしていたわけではない。弥生さんは過去に戻ってしまう瞬間もあるけれど、まだほとんどの時間を現在に意識を持ったまま生きているのではないか。健康や環境に対する意識は高く持ち続けている。だけど、体力がそれに追いつかないだけ。新聞も生ごみも、燃えるごみの袋に入れることができないのだ。それらは資源だから。

新聞やバイオチップを「いらない」と連絡することは、老いた自分に対する敗北宣言に等しいのかもしれない。

「弥生さん、施設に入ろう。他人にお世話になるためじゃない。弥生さんが尊厳を持って生きられるように。弥生さんの歩ける範囲内にリサイクルボックスがあったり、一緒に堆肥を作って花を植えてくれる人がいるところで生活しようよ」

金切り声が飛んでくるのを覚悟で提案したが反論はなかった。弥生さんは涙を流してシクシクと泣きだした。

「情けないわ。こんなふうにならないために、一人でがんばってきたのに。お屋敷を守り続けてきたはずなのに」

弥生さんは家を見上げた。どんなにごみが積み上がっても、風見鶏が隠れることはない。この家の目印。

「ずっとじゃない。私がちゃんと片付けるから。弥生さんが住みやすいように整えたら、迎えに行くよ」

弥生さんをそっと抱き寄せた。背中にまわした手の指先に触れている粘つくものは、やはり、ガムテープの切れっ端だ。

これから役場に行かなければならない。田舎町の役場とはいえ、弥生さんの物差しでは立派な外出のはずだ。できることなら、隣町の温泉旅館を予約して一泊し、弥生さんを風呂に入れ、身なりを整えてから行きたい。

しかし、今日の午後三時に予約を入れてある。役場の介護保険課の相談窓口には、とりあえず私一人で行くことにした。おいしいパンを食べながら待っていてね、と弥生さんに言い残して。

税金を払っているのだから、ごみ屋敷に不満があるなら片付けてくれたらいいのにだとか、認知症の症状が見られると言うのなら介護の手配をしてくれたらいいのにだとか、不満を抱いたことを申し訳なく思うほど、担当者だけでなく、役場の皆が親切に対応してくれた。

訪問を先延ばしにしていたことを責める人もいなかった。こちらが謝ると、訪れたことを感謝する言葉までかけてもらえた。

私は逃げていたのだ。瞼《まぶた》を閉じなくても、手で耳を覆わなくても、見たくないもの、聞きたくないものを受け流す術が身に付いてしまっていたのかもしれない。考えたくないこと、思い出したくないことに関しても。

だが、そうしなければ心が壊れていた。人生におけるあらゆる問題すべてに真正面から立ち向かえる人など、どれほどにいるのだろう。

言葉を重ね、誠意を尽くしても、伝わらない人にはまったく伝わらない。

数学のテストと同じだ。わかる問題から解いていく。わからない問題は制限時間内は努力してみる。その結果、三〇点と採点される。誰が最高点で、何点だったかなどどうでもいい。平均点は気になる。その半分の点数に満たなければ赤点で、補習と追試を受けなければならない。ぎりぎりセーフだったことに安堵して、正解した問題さえ頭の中から消去する。

いっそ、赤点だった方がよかったのかもしれない。わかりません、できません、だから教えてください。その気持ちでのぞめば、少なくともどこで躓《つまず》いたのかくらいはわかる。

しっかり向き合えば乗り越えられる小さな波をかわし続けていたら、それらの寄せ集めが大きな波となって襲いかかってきた。一人ではどうにもできないほどの。

連絡をもらった時点で、すぐに行かれないのなら、逃げるような対応をするのではなく、離れていてもできる手続きや訪問の際に準備しておくことなどを、訊いておくべきだった。

往復の時間も考えて、弥生さんの介護の件で帰るなら、最低でも五日は必要だろうと、根拠のないイメージだけで判断し、そんなに家を空けることはできない、きっと反対されるにきまってる、空けた日数分の家事と嫌みを受け止めることになる、などと思い込まず、書き置きでもして翌日の始発の便に乗り、役場を訪れ、地域介護の申請をしなければならなかったのだ。

要介護認定を取り、ケアマネジャーについてもらう。そうすれば、住民からクレームが来ることにではなく、定期的に家を訪問してもらえた。生ごみに関しては、弥生さんは抵抗したかもしれないが、玄関前の新聞紙や通路の瓶は、回収してもらえたのではないだろうか。リサイクルセンターに出すと言えば納得するはずだ。

こちらから頼むという行為をせず、やってくれないと不満を抱く。あの人たちと同じじゃないか。お願いします、というたったひと言を求めているのに、自分自身もやっていない。

そんな私に、役場の担当者は要介護認定の判定基準や申請方法などについて、丁寧に説明してくれた。認定まで一ケ月ほどかかると知り、そんなに、とついこぼしてしまったのに、イヤな顔をされることもなかった。姪御さんなのに、と実子ではない分、気を遣ってくれていたようだ。

いやいや親代わりに、などと身の上話をしている暇はなかった。最初の電話で戻ってきていれば、今頃はもう認定も取れていたかもしれないのだ。遅れを取り戻すためにも、同時進行でできることも相談した。介護施設に入ることは、役場の人も賛成してくれた。

目標期限は、冬を迎える前に。町が雪に覆われた景色を思い出した。

人の気配のない町は、介護施設もがら空きなのではないか、などと楽観視していたが、公的施設である特別養護老人ホームや介護老人保健施設はどこも満員で、順番待ちをしている人もかなりいるらしい。目処の立たない順番の列に並ぶ余裕はない。

民間運営の老人ホームならいくつかすぐに入居できそうなところがある。やはり公的施設と比べて、かなり高額な費用がかかる。要介護認定の度数によって介護保険サービスの内容は変わってくるが、実のところ、弥生さんの経済状況を私はよくわかっていない。

今現在のことだけでなく、一緒に暮らしていた時のことも。

弥生さんは勤め人ではなかった。自宅で海外の詩や短編小説の翻訳をしていたが、それは趣味の一環で、月に一度、隣町の洒落た喫茶店に集う同好会のメンバーに発表するだけだと言っていた。会費なども集めず、弥生さんはその理由を、お金が絡むと美しい文章が穢《けが》れてしまう、といったふわふわとした言葉で片付けていた。

私は弥生さんから毎月五〇〇〇円の小遣いをもらっていた。文房具や参考書代はそれとは別で、洋服や靴も、弥生さんは季節が変わるごとに買ってくれていた。

親から引き継いだ不動産を持ち、投資家としても成功を収めていた旦那さんが残してくれたお金が充分にある。そう弥生さんの方からお金の話をしてくれたのは、私が大学に進学したいと相談した時だったか。

未成年の私は両親の残してくれたお金を自分の意思で使うことができず、弥生さんにそれを進学費に充ててほしいと頼んだところ、お嫁に行くまで手を付けなくていい、と笑いながら言われたのだ。

眼鏡をかけて机に向かい、翻訳をする弥生さん。パンやお菓子を焼く弥生さん。パッチワークや刺繡などの手芸をする弥生さん。バイオチップで堆肥を作る弥生さん。地域の婦人会やボランティア活動にも積極的に参加していた弥生さん。紫色の車で趣味の会に出かけていた弥生さん。私の目には毎日忙しそうに映っていたが、それらの行動はどれも経済活動に結びついていない。外出の際は必ず身なりを整えていた。アクセサリーやスカーフの使い方も上手かった。

お金はまだあるのだろうか。

おそらく、バイオチップの定期購入は一回ごとの入金ではなく、銀行口座からの引き落としで、支払いが滞ってないからこそ、今でも届いているのだろう。新聞もそうだ。

だが、もっと心配なことは、弥生さんの経済状況ではない。最終的に、家を処分するという方法もある。それよりも、あの家から通帳や印鑑、健康保険証など、これからの手続きに必要なものを見つけられるかどうかだ。

外であの状態なら、中はもっと恐ろしいことになっているに違いない。

夕方、役場を去る前に、環境課でごみ処理の方法を訊ね、指定ごみ袋を購入した。可燃と不燃、ともに大小二サイズあり、それぞれ一〇枚入りが、四〇〇円と二〇〇円だ。可燃の大を五袋と不燃の大を三袋、三二〇〇円也。私が住んでいた頃は、公的機関の定めたごみ袋はなく、ササキ商店などで売っている黒いポリ袋を使っていた。

今住んでいる都市部の町は、透明な袋なら何でもいいということになっている。スーパーのロゴが入ったレジ袋でも透明なら構わない。中身を見られないよう黒いポリ袋にごみをまとめ、それを透明な袋に入れて出しているが、咎められることはない。近隣の家のほとんどがそうしている。袋二枚を使うのは不経済な気がしていたが、大きな袋二枚合わせても四〇円にはならない。町にごみを無料で回収してくれる力があるということか。

指定ごみ袋は戸別配布しておらず、役場や町内の指定店で各自購入しなければならない。多分、弥生さんはこの袋を買いに行くこともできず、家の中には資源ごみ以外の、弥生さんがごみと認識しているごみも、山となっているのではないか。

坂道を上りながら、ズンと背中が重くなった。弥生さんを背負っている、そんな感覚か。頼れる人などいない。

――実の親でもないのに、なんで正月に会いに行かなきゃならないんだ。自由に生きている人が、盆と正月だけ寂しくなるわけがない。世話になってない親戚の、わがままのしわ寄せなんてまっぴらだよ。

ギュッと目を閉じてゆっくり開く。思い出してはならない。動きを止めてはならない。何も考えず、目の前にある問題に心を無にして向き合う。私にはそれができる。いつもの自分に戻ればいいだけだ。

そう言い聞かせておいてよかった。

家に帰ると、弥生さんは沓脱石に座り、ぼんやり庭を眺めていた。

ひんやりとした空気が流れているのに、カーディガンしかはおっていないままだ。思考は過去でも現在でもなく、夢の中といった様子で、私を見ても何の反応もせず、黙ったまま家の中へ入っていった。時間帯により、症状にも差が出るのだろうか。

ふと見ると、駅前のパン屋の袋が口をしばった状態で沓脱石の下に置かれていた。拾い上げて中を覗くと、三種類のパンをそれぞれ数口かじった上から、バイオチップがたっぷりふりかけられていた。

ぐうとお腹が鳴ったからといって、泣くようなことではない。

そもそも、私の体内に涙など残っているのだろうか。前回、泣いたのがいつだったのか思い出せない。そうか、喜怒哀楽の感情からあの人たちに奪われたのは、喜と楽だと思っていたが、哀もだったのか。

いや、哀は自分で捨てたのだ。強くなるために。ということは、怒しか残っていない？　とはいえ、呪ったりはしない。これ以上、手がかかるのはまっぴらだ。むしろ、健康でいてくれることを祈っている。

スマホでバスの時刻を確認し、駅前のビジネスホテルに泊まることを弥生さんに伝えて、みどり屋敷を後にした。

ひと月後——。弥生さんは無事、介護施設に入居することができた。

一度帰宅し、再びこの町を訪れて、弥生さんと一緒に民間の介護付き老人ホームを三ケ所見学した。「やすらぎの森」という施設に決めたのは、駅からのアクセスが良いことに加えて、支援プログラムの一つとして園芸療法が取り入れられていたからだ。

花や野菜を栽培するだけでなく、フラワーアレンジメントや押し花を使ったカレンダー作りなどもするらしく、見学時、調子の良かった弥生さんは花壇に咲いている花の名前をすべて答えることができ、職員から褒められると嬉しそうに微笑んでいた。

なんと、バイオチップを引き取ってもらうこともできた。これは弥生さんの提案だったため、後でこっそり職員に、捨てておいてください、と伝えたのだが、そういった環境に配慮した試みもここでは積極的に行っているので、と快く応じてくれたのだ。

効果を知りながらも、胡散臭さも感じていた「すこやか生活」というバイオチップの会社は、時代に先駆けて環境問題に取り組んでいると評判の、地元の優良企業であることもわかった。

弥生さんの部屋は個室で、家具も木製の上品なデザインのものが備え付けられていた。カーテンもリーフ模様の刺繍の入った若草色で、施設のマイナスイメージを連想させる要素はほとんどない。タンスの下段から順に、新品の服やパジャマ、下着などを入れ、最上段の鍵付きの引き出しを開けた。

ここに入れておくからね、と弥生さんに確認してもらいながら奥に置いたのは、黒いビロード地に赤いバラ模様の刺繍の入ったポシェットだ。弥生さんの還暦祝いに私が贈った……。

役場を訪れた翌日、駅前から再びバスに乗り、みどり屋敷に行ったことを思い出す。

中に入ると、文字通り、足の踏み場もないごみ屋敷となっていた。町の指定ごみ袋ではない黒いポリ袋にごみが詰められ、それが幾重にも積み重ねられていた。

かろうじて、ベッド代わりのソファの上だけは何もなかったものの、布団や枕のカバーは元の色の推測がつかない状態になっていた。弥生さんが定期購入していたものはバイオチップだけでなく、米や缶入りスープの入った段ボール箱がいくつも未開封のまま、キッチンに重ねてあった。他は、美容液などの化粧品も。弥生さんの好きそうな自然派を謳《うた》ったものだった。

この中から通帳や印鑑を見つけるのに、何日かかるのだろう。考えただけで気が遠くなったが、とりあえず、前日と同じ店で買ってきたパンを、ソファの上で食べている弥生さんに訊ねてみると、調子の良い状態ではなかったのに、スッと差し出してくれた。

見覚えのあるポシェットを！

枕の下から！

中には、通帳と印鑑、健康保険証、年金手帳、携帯電話、そして、札束が入っていた。銀行の帯が巻かれた状態のものも二束あった。ざっと数えて、二五〇万円ほど。ひったくられでもしたら、とんでもないことになる。

しかし、おののいているのは私だけで、弥生さんは、何を買うの？　と、まるで高校時代の私が文庫本かＣＤでも欲しがっているかのように笑顔で訊いてきた。これが全財産というわけではないのだ、きっと。

――必要なものがあれば、私に訊かなくても、ここから取ってくれればいいから。足りなければ言ってね。

認知症についてネット検索すると、お金を盗んだ、お金が減っている、騙《だま》している、といった猜疑心《さいぎしん》が強くなる症状についての記事がたくさん出てくる。介護する側がそれで心を痛めているという声も。だが、弥生さんにその症状は出ていない。

ラッキー。ふと、そう感じた。高校生じゃあるまいし。この世にこんな言葉があることさえ忘れていた。だが、費用の心配なく施設を選ぶことができた。弥生さんは要介護1だった。障害物さえなければ、自分でトイレに行くこともできる。入居手続きもスムーズに進んだ。ラッキー以上にぴったりな言葉があるだろうか。

ポシェットを入れた引き出しを閉め、弥生さんを振り返ると、気持ちよさそうな顔で窓の外を眺め、息を大きく吸っていた。

施設の中では広めの個室だが、家のリビングの半分にも満たない部屋を窮屈に感じないかと訊ねると、これで充分、と微笑んでこう言ってくれた。

――本当はこれくらいのところに、あの人と二人で暮らしたかったの。

弥生さんに、しばらくこちらにいるから、と伝えて施設を後にした。

ふわっと背中が軽くなったように感じたが、一週間ほど経つと、帰りたい、と言い出す入居者が一定数いるということも聞いている。弥生さんがどうなるかはわからないが、そうなった時に考えればいい。

次にやるべきことは決まっている。

家を片付ける。これがそれほど憂鬱でないのは、誰からも横やりが入らないからだ。自分の意思のみで行動できる。なんてすばらしいことだろう。

まだ、今日は終わっていない。

さて、と気合いを入れて空を見上げる。清々しい青空だ。視線を徐々に降ろして風見鶏の揺れる屋根を通過し、現実に向かい合う。怯みはしない。

今回は片付けを前提とした服を用意してきた。袖口の伸びたトレーナーや毛玉のできたトレーニングパンツなどではない。初めて訪れた人気の作業服のチェーン店には、伸縮性のある丈夫な素材でできたカラフルでおしゃれな服が安価で売っていた。それらを上下三組用意している。同じ店で運動靴と軍手も買った。

もう一つ。今回は自動車でやってきた。乗り慣れた自分用の軽自動車とはいえ、高速道路を走るのは独身の時以来で、ETCのゲートを通過するのさえ緊張したが、左車線を安全な速度で走り、サービスエリアで地域の名物を食べながら休憩していると、ちょっとした冒険に出かけているような気分になり、ハンドルを握ると自然と鼻歌が込み上げてくるまでになった。

好きな音楽をかけてもいいことに気付き、スマホを繋ぐ。選ぶのはもちろん、ビートルズだ。

――あなたが聴く音楽は、私の耳にはうるさくて。

――母さんは人一倍耳が敏感なんだよ。

頭の中にこびりついていた鬱陶しい言葉は、ソフトクリームの紙や団子の串とともに、サービスエリアのごみ箱に捨てていった。

みどり屋敷への最初の訪問から自宅に戻った後、介護施設を調べるために開いたパソコンで、ごみ屋敷の掃除についても検索してみた。

ユーチューブではさまざまな清掃会社がごみ屋敷の片付け動画をアップしていた。「四〇代女性、転勤のために本人様からの依頼」といったケース名がタイトル画面に載っているため、知りたいケースを簡単に選ぶことができる。高齢者だけではないのだな、上には上がいるのだな、と三時間近く見入ってしまった。

一番感心したのは、清掃会社の人たちが否定的な言葉を使わないことだ。「ごみ」を「お荷物」と呼んでいた。「においが強い」と言っても「臭い」とは言わない。「よごれている」と言っても「汚い」とは言わない。

そして、丁寧に分別している。

希望すれば、清掃作業まで受けてくれる。しかも、良心的な金額だ。もう二、三倍請求してもいいのではないかと心配になるほどに。遠方への出張サービスもあると知り、一番気に入った清掃会社に依頼しようかと考えた。一軒家でも二日で片付けてもらえる。

だが、心が変わった。

片付いた部屋を見て、依頼者が本人の場合、ほとんどの人が泣いて喜んでいた。そして、こんなことを言っていた人も。

――頭の中のごみも片付けてもらえたようで、人生をやり直せそうな気がします。

頭の中のごみ……。私の頭の中にもイヤなものがぱんぱんに詰まっているのではないか。それらが、美しかった思い出を隠し、もとから不幸なことしかなかったかのように、自分自身に思い込ませている。

とはいえ、弥生さんのごみ屋敷は私がそうしたわけではない。それを業者に片付けてもらったからといって、自分の頭の中もすっきりしたと思えるだろうか。ならば、自分で片付けてみればいい。そのうえ、大義名分にもなる。

あの家に帰らなくてもいい。

リビングで服を着替えると、軍手をはめて外に出た。

まずは、資源ごみ、いや、リサイクルできるお荷物からだ。玄関前の新聞の山から一日分ずつ取り、新聞とチラシに分けて積み重ね、ビニル紐で十字に結ぶ。それらを、雑草を踏みしめるようにしてかつては駐車場だったスペースに停めてある軽自動車の、後部座席を倒してブルーシートを敷いた上に載せていく。雨に濡れて新聞どうしがひっつき、ブロック状になったものは、チラシと分けるのが難しいため、可燃物のごみ袋に入れることにした。

地域により、分別法は違う。なぜ新聞とチラシを分けなければならないのか。古紙と紙ごみ、それぞれ生まれ変わるものが違うのか。そもそも、本当に再生されているのだろうか。そんなことを疑い始めたら手が止まる。これはゲームなのだと思おう。

目標、今日中に玄関前を片付ける。まずは一時間。スマホでタイマー設定をした。BGMはビートルズよりも、ボン・ジョヴィの方が合う。

徐々に玄関ドアに近付きながら煉瓦《れんが》敷きのエントランスに貼り付いた新聞紙を引きはがしていると、ふと、日付が目に入った。二年前のものだ。

弥生さんがごみ屋敷を作り上げた期間ではない。毎日、新聞をポストから取って家に持って入るという行為すら難しくなっていることなど想像もせず、弥生さんの元気な姿を勝手に思い浮かべて放置していた、私の親不孝の期間だ。別の言い方もできるな。

――母さんは昔からきれい好きで、美佐みたいに飲み終えたグラスをそのままテーブルに置きっぱなしにすることもないし、汚れた食器を一晩中流しに放置して寝るなんていう図太い神経も持ってないんだ。なのに、母さんのせいにするなんて。

黴《かび》のはえた食べかけのみたらし団子のパックが、ある朝突然、冷蔵庫の中にあった。それを私の仕業だと思われること自体腹立たしいが、お義母さんがうっかりしちゃったのかな、と、こちらがやんわりと正してもなお受け入れることができない夫。

いったい彼は自分の母親を何歳の状態で止めてしまっているのか。老いた姿や老いから生じる行動を、目の当たりにしても、都合の悪いものは脳がシャットアウトする。そのうえ、合わない帳尻を妻のせいにする。

我が家だけではない。男はみんな脳がそういう仕組みにできているのだ。そう解釈してあきらめていたが、自分も同じだった。

何日分ものかたまった新聞は石のように重い。リサイクルセンターに行ったついでに、隣町のホームセンターに寄って、スコップや掃除用のヘラを買うことにした。

往復の回数をなるべく少なくするために、後方確認ができるぎりぎりの高さまで新聞を詰め込んで、リサイクルセンターに向かった。私が住んでいた頃にはなかった施設だ。勝手がわからない。建物前の白線で囲まれた駐車スペースにバックで停め、後部ドアを開けると、職員の男性が三人ほど、駆け寄ってきてくれた。

「こりゃまた、随分とためこんだね」

笑顔でそう言いながら、種類ごとに区切られた置き場まで運んでくれる。多分、私が今より一〇歳若ければ、まだ数往復分あることが恥ずかしく、日にちを空けて持ってこようか、などと考えたかもしれない。もしかすると、クリアな状態の弥生さんが同乗していたら、そう提案されていたかもしれない。しかし、片付けに必要なのは、羞恥心を捨てることだ。

「今日はまだあと四往復くらいさせてもらいます」

こちらも笑ってそう伝え、閉館時刻を確認した。

ダメ元で持ってきていた可燃物袋に入れた新聞も見せたが、やはりこちらは引き取ってもらえなかった。汚れがひどいものは資源ごみに分類されないらしい。が、焼却場に直接持って行くと、ごみ回収日に関係なく捨てられることを教えてもらえた。その場合、指定のごみ袋に入れる必要もなく、ごみの重さで料金を支払うということも。

地図のコピーまでしてくれた。

やはり車で来て正解だった。

午後五時を過ぎると、日はかなり落ちていたが、玄関ドアを開けられる状態まで片付けることができた。

鍵を差し込む。この家に住んでいた時からずっと持っている鍵だ。その頃に買った牛革のグリーンのキーケースを今でも使っている。鮮やかだったグリーンは経年とともに、深い落ち着いた色に変わっていった。

特別、物持ちがいいわけではない。ここに鍵をずっとつけていたまま、この家のことを思い出さなかった。違う。帰らせてもらえないから、忘れるための努力をしてきたのだ。

だが、私は帰ってきた。

鍵をまわしてドアを開ける。と、がらがらと音を立てながら、雪崩のようにペットボトルが転がり出してきた。空のものもあるし、中身が入っているものもある。それらを押し戻しながらドアを閉め、まだまだごみだらけの足元に気を配りながら庭に向かい、リビングのガラス戸から家の中に入った。

リサイクルセンターには明日からも往復することになりそうだ。


三日後――。どうにか家の外まわりとリビングのごみを処分することができた。固定電話も見つけた。電話台ごとごみに埋もれ、なるほどこれでは連絡がつかないはずだと納得できた。オレオレ詐欺に遭う心配もない。

しかし、片付いたわけではない。捨てるものと残すもの、それらの第一次オーディション終了というところか。

弥生さんは婦人雑誌の定期購読もしていた。封筒に入ったままのものが積み重ねられていたが、雑誌は私が読んでからでもいいのではないか、などと思いながらも心を鬼にして紐で縛り、リサイクルセンターに持っていった。「毒だしスープの作り方」や「一年間で一〇〇万円貯金」といった興味深い見出しが目にとまるたびに、雑誌をめくりたい欲望に駆られたが、興味なし、必要なし、と口に出しながら重ねていった。

しかし、雑誌は捨てられても、付録は捨てられない。バッグやポーチなど自分で使いたいものもある。趣味でないものも、新品の布製品を捨てるのには抵抗があった。リサイクルショップに持っていくという手もある。

通販で買ったとおぼしき服も、タグがついたままいくつもあった。一回ごとの注文ではなく、一年間、毎月一着ずつカーディガンやワンピースが届くという方式のものが多く、箱ごと未開封のものもある。

一緒に住んでいる時も、弥生さんはこの手の通販を好んで注文していた。お気に入りは手芸キットで、童話をテーマにした刺繍のシリーズなど、次はどれにしようかしら、とワクワクした様子でチラシやカタログを見せてくれた。私用にビーズアクセサリーのキットを注文してくれたこともある。

ひとまずそういったものを後まわしにすることにしたのは、単純だと思っていた作業にかなりやっかいなことがあると判明したからだ。

弥生さんはごみを黒いポリ袋にまとめていた。それらをそのまま焼却場に運べばいいと思っていたが、リサイクルセンターの職員の人たちから、コーヒーフレッシュの蓋はアルミだの入れ物はプラスチックだのと、こまかく仕分けの指導を受けるうち、一度確認しておこうと思い直した。口を閉めたごみ袋を開けるのは抵抗があったものの、生ごみは入っていないので、顔をしかめるようなことにはならなかった。そもそも、すでに家全体がごみ袋状態なのだ。

軍手をはめた手で、袋の中のごみを別の新しいポリ袋に入れていく。不燃物は入っていない。が、もっと気になるものを見つけた。銀行の封筒だ。ねじられたり折り曲げられたりせず、そこそこ厚みのあるものがポンと放り込まれたような状態だった。

三〇万円入っていた。銀行でおろしてきたことを忘れて、封筒だけ見て、ごみだと判断したのだろうか。こんなものが出てきては、全部の袋を確認するしかない。右から左へ入れ替えるだけとはいえ、袋の数はリビングにあるだけでも三〇個を超えている。

眠気は体全体を覆っていたが、ソファで眠る気にはなれず、車もブルーシートを敷いたままだったため、一晩中、仕分け作業に没頭した。当初の計画では、最初にかつての自室を片付けて寝場所を確保する予定だったが、二階への階段は上階を見上げることが困難なほど段ボール箱やごみ袋で埋め尽くされていた。仕方なく、翌朝、ホームセンターで安いシュラフを買い、ソファの上にそれを敷いて眠った。

風呂はどうにかシャワーを使えるスペースのみ、ヌルヌルとした床が見えていたが、使う気になれず、隣町の日帰り温泉施設に行くことにした。途中にコインランドリーがあるので丁度いい。家の洗濯機は、積み上げられた使用済みの服や下着を降ろして蓋を開けると、かつては衣類だったものが黴で黒くなっていた。まだ放置している。

問題はトイレだった。弥生さんは歩けるものの、障害物だらけの廊下では間に合わないこともあったのか、粗相をした上からバスタオルや段ボールが重ねられていた。これが、外の生ごみ以上、最大の難敵だったが、夜中に必ず一度トイレで目が覚める身としては後まわしにすることはできない。マスクもゴム手袋も二重にして挑み、仕方なく使える程度には回復できた。

結局、ごみ袋からは最初の三〇万円の他、一〇万円が入った封筒が三つ出てきた。しかし、現金が隠れていたのはごみ袋だけではなかった。

弥生さんは一緒に住んでいた頃からかわいい缶を集めるのが好きだった。通販のチラシなどでかわいい缶入りのお菓子を見つけると、中身よりも缶を目当てに注文していた。それらはたいてい、刺繍糸やボタンなどの手芸用品入れとして使われていた。

私にもいくつかわけてくれ、お気に入りの文房具やアクセサリーを入れたささやかな宝箱として使用していた。

そういった缶がお菓子が入ったままのものも含め、土台は飾り棚であるスペースに山積みにされていたのだが、その一つには小銭がびっしりと、他、雑誌のレシピページの切り抜きを入れた下から一〇万円、洋服に付属している替えのボタンと生地の端切れを入れた下から新札の一万円が七枚、と宝探し状態になっていたのだ。

小銭以外は全部、弥生さんから預かっていた通帳に挟んであったキャッシュカードで、銀行口座に入金した。

作業中、定期購入らしき品が出てくると、継続しているのか終了しているのか確認せず、その場で電話をして、継続しているものは止めてもらった。

玄関からこぼれ出たペットボトルはすべて水のもので、「命の水」というラベルが巻かれていた。

解約時、そこだけが、これまで作り上げてきた健康な体と頭の中が一気に濁るだの何だのと言われて多少時間がかかり、弥生さんが訪問販売に弱かったことも思い出した。

階段を塞いでいたのはほとんどが「命の水」の入った段ボール箱だった。一日二リットルなど簡単に飲める量ではない。賞味期限が切れていないのは幸いで、私が飲むことにした。濁った空気の中、小刻みに息をしながらの作業はとかく喉が渇くので、丁度いい。蘊蓄《うんちく》を聞いたおかげで本当に体内がきれいになっていくような気分になれた。

そうやって片付けを続け、ようやく現れたペルシャ絨毯《じゅうたん》も焼却場に持っていった。もとは高価なものかもしれないが、汚れ、臭い、ダニ、この家の悪いものすべてを吸い込んでいるように見え、迷うことなく丸めて折り畳み、車に運んだ。

焼却場も慣れたもので、最初は職員に誘導されながら車を停めていた計量スペースにも、ごみ下ろしの前後ともにさっと停車できるようになったし、自分でごみの重さを予測して、ニアピン賞だなとニヤけた顔で料金を支払う回数も増えていった。

やっと二階に上がれる。

まだ半分は水の入った重い段ボール箱で塞がれている階段を、一段ずつ、板が腐って抜け落ちないか確認するように慎重に踏みしめながら、上がっていった。

二階の廊下には、掃除機や扇風機、石油ファンヒーターといった家電が並べられているものの、一目でごみとわかるようなものはなかった。弥生さん自身、しばらく二階に上がっていないのではないか。

一番手前が私の部屋だ。ドアノブには修学旅行で買った小鳥の飾り付きのドアベルがかけたままになっている。

この家に鍵のかかる部屋はない。だが、それを気にしたことはなかった。毎晩青臭い日記をつけていたにもかかわらず、弥生さんが私の留守中に部屋に入るなど本人に確認せずともありえないと思っていたし、私がこっそり弥生さんの部屋に入ることもなかった。

互いの部屋に入るのは、どちらかが体調を崩した時くらいだった。弥生さんも私も体は丈夫で、おかゆを運んだのはそれぞれ三回だったはずだ。

ドアノブに手をかけると、カランと懐かしい音が鳴った。ゆっくり押すと少し黴臭さが鼻をついた。足を踏み入れる前に、片手を壁に沿わせて電気のスイッチを入れる。そこは、記憶にあるままの私の部屋だった。

室内全体に埃は積もっているが、ごみはない。ふと、子どもの頃に読んだ眠り姫の絵本を思い出した。

時間が止まった部屋。荊《いばら》のごとく、ごみの山はこの部屋へ侵入者を寄せ付けないためのバリケードだったのかもしれない。そんな想像をして、鼻で笑った。守るべきものなど何もないというのに。ただ、それほどに懐かしい部屋に幸福感を抱いてしまう。自分だけの居場所が残されていたことに。

ふと、隣の弥生さんの部屋が気になった。私の部屋だけでなく、弥生さんの部屋も無事なのではないか。弥生さんが刺繍したクッションを施設の部屋に届けてあげたら喜ぶかもしれない。リビングに作りかけの手芸品はなかった。刺繍を他の人に褒められたら、またやりたくなるかもしれない。きっと、いいリハビリになる。

中に入ってみるだけ。引き出しをあけたりはしない。そう決めて、弥生さんの部屋のドアを開けた。電気を点けて入る。床の上に外国語の本が積み重ねられていたり、椅子にカーディガンがかけられたままではあるものの、ごみはない。本当に同じ建物内なのだろうかと疑いたくなるほどに。

書き物机の上にはノートパソコンがあった。驚きはしたが、弥生さんは町の電器店で一番にワープロを購入した人だったことを思い出すと、何ら不思議なことではない。

私の部屋の時間は、その後、年に数日使っていたとはいえ、ほぼ高校卒業時の状態で止まっている。だが、弥生さんのこの部屋での時間はそれほど遠くない時まで続いていたのだ。他に記憶の中と変わったところはないだろうかと、部屋をぐるりと見渡した。

こんなものがあっただろうか。

ここには確か、パッチワークのクロスがかかっていて、上に、写真立てが並んでいたような気がするが、私の高校入学式や成人式の写真はノートパソコンのある机の上に移動している。クロスは「それ」の前に落ちていた。古くなったレコードプレーヤーのスピーカーだろうと当時はまったく気にかけてなかったが、まさか……。

金庫だったとは。

年季の入った二つのダイヤルがある大きな金庫。もしや、片付け中に出てきたお金は銀行からではなく、ここから出したものではないか。一度、中を確認してみた方がいいかもしれない。

弥生さんのために。

第二章

コード

(*code*)

古めかしく大きな金庫を開けたい。

この思いは欲望と呼べるほど大袈裟なものではないはずだ。もちろん、ルパン三世一味が狙うような「クレオパトラの涙」といった名前のついたダイヤモンドが入っているなどと夢想しているわけではない。

だが、ごみ袋やお菓子の空き缶からあれだけの現金が出てきたら、それ以上のものが入っているはずだと考えてしまう。旦那さんが財を成していたという株がらみのものも入っているかもしれない。

それらの財産と呼べるものを私自身が欲して……、いるだろうか。

居心地の悪い家から出て行くための資金くらいなら、自分名義の口座に持っている。ならば、どうして出て行かなかったのか。

いや、これは、今、考えなければならないことではない。

弥生さんの財産管理についてだ。

みどり屋敷を片付けてしまうと、今度は防犯対策について考えなければならない。無人となる家にはなるべく金銭的価値のあるものを放置せず、銀行に預けられるものは全部そうしておいた方が安心だ。とはいえ、やはり勝手に金庫を開けるわけにはいかない。弥生さんの許可を得てからだ。

片付け作業を午後から中断し、ごみと一緒に埋もれていた新品のカーディガンや化粧品、そして、弥生さんの力作の一つである「眠れる森の美女」の刺繍を施したクッションを持って、介護付き老人ホーム「やすらぎの森」を訪れた。

「何かご迷惑をおかけしていませんか？」

五階建ての最上階にある弥生さんの部屋に案内されながら、三〇代半ばくらいの「梅原」と名札に書いてある女性職員に訊ねてみた。そんなことありませんよ、という返事を期待して。

しかし、笑顔のかわいい梅原さんはほんの少し顔を曇らせた。

「問題があると言うほどのことではありませんが、姪御さんに、今日、来てもらえてよかったです」

すっきりしない答え方だ。

エレベーターに向かう廊下に面した部屋からコーヒーの香りがして、そちらに目をやった。談話室だ。見学の際、入居者だけでなく面会に訪れた家族も一緒にお茶を飲むことができる、と説明をしてくれたのも、この梅原さんだった。

チケット制のコーヒーはサイフォン式で、施設内で作られる週替わりの焼き菓子も評判がいいらしく、「これを目当てに、毎週、面会に来られる方もたくさんいらっしゃるんですよ」と明るい口調で言われたものの、定期的に面会に来るように、というニュアンスを含んでいるようにも感じられた。

「今週のお菓子は何ですか?」

「チーズケーキですよ」

「叔母の好物です。部屋に荷物を届けたら、二人で談話室に行こうかな」

私自身がそれらを欲していた。みどり屋敷が少し片付いたとはいえ、まだあの家でゆっくりコーヒーを飲みたいとは思えない。食事は一日一回。リサイクルセンターの近くにある弁当店で一番安いのり弁当を買い、車の中で食べる。家の中では水を飲むだけ。

「そうしてもらえたら嬉しいです」

言葉の意味をはっきり感じ取れないまま、弥生さんの部屋に到着した。気持ちばかりのノックをして返事を待たずにドアを開けて中に入る。

見知らぬおばあさんがリクライニング式のベッドを起こし、首をガクリと前に落として座っていた。

いや、弥生さんか。

背中はこんなにも丸まっていただろうか。午後だというのにパジャマ姿で髪に櫛《くし》も入れていない。口角がぐんと下がり、目は生気がなく、生ごみだらけのみどり屋敷の庭に立っていた時よりも、さらに一〇歳以上歳を取ってしまったように見える。

「弥生さん！」

ベッドの脇に立ち、大きな声で呼びかけた。とろんとした目がこちらに向いたが、私を捉える前に掛布団の上に落ちていった。

みどり屋敷にいた時も、弥生さんに調子の浮き沈みは見られた。今の姿もその延長のようなもので、少し経てばちゃんと戻ってくるのだろうか。私を美佐だと認識できるくらいに。

助けを求めるような思いで、梅原さんを見た。

「入居初日と次の日は、とても朗らかで、他の入居者の方とも快活にお話しされて、あっというまに人気者になられたんですよ。でも、時間が経つごとに元気がなくなられて。レクリエーション活動だけでなく、食事の時も部屋から出るのを拒まれて、昨日の夕飯からは部屋に食事を運んでいます」

食事は通常、食堂で取ることになっている。

「何かトラブルがあったとか、つらい思いをしたとかじゃなく、ですか？」

けんかや口論といった揉め事ではなく、小さな失敗を笑われたり、他の人ができていることができずにショックを受けたり、そういう心が傷つく出来事があったのではないか。

こんな会話も気にするのでは、と弥生さんを見たが、聞こえているはずなのに、ぼんやりと布団に目を落としたままだ。

「こちらから思い当たることはありません」

梅原さんははっきりと答えた。

「申し訳ありません」

施設側を非難したように受け取られたかもしれない。下げた頭をゆっくり戻しながら梅原さんの顔色をうかがうと、柔らかく微笑みかけられた。

「こういった具合になられる方は珍しくないんです。大きく、二パターンに分けられて、ホームシックにかかる場合と、緊張がとける場合で、森野さんの場合は後者ではないかと。医師やカウンセラーの見解ではないので、推測でしかありませんが」

弥生さんは、名字の「森野」で呼ばれている。

生気が失われたのは、気が抜けたということか。確かに、内も外も障害物だらけの家では、転ばないように歩くだけでも、見て、考えて、足を動かさなければならなかったはずだ。缶入りスープを皿に移したり、温めたりしていた形跡は見当たらなかった。それでも、缶を開け、スープを飲み、余ったスープにバイオチップをふりかける、という手間はかかる。

リサイクル問題からも解放された。

「元気になるんでしょうか？　他の方はどうなられましたか？」

「ほとんどの方は、ここで趣味や生きがいを見つけて、元気に過ごされていますよ」

「よかった」

弥生さんは今、みどり屋敷での生活の疲れがドッと出ているだけなのだ。安堵の息をつき、片手に持っていたままの大きな黒いポリ袋を思い出す。手ごろなサイズの入れ物が見つからなかったからといって、服やクッションをごみ袋と同じものに入れてくるのではなかった。弥生さんにごみ屋敷を思い出させてしまうではないか。

急いで中身を取り出して、ベッドの足元辺りに並べた。

「まあ、素敵」

梅原さんがクッションを見て声を上げた。

「弥生さんの手作りです。昔から刺繍が得意なんですよ」

私はクッションを取り、掛布団の弥生さんの視線がある場所に置いた。だらりと垂れさがっていた弥生さんの手がクッションの両縁に触れる。

「森野さん、スゴいですね」

梅原さんの明るい声での呼びかけに、弥生さんの反応はない。

「あの、よかったら名字ではなく、名前で呼んでもらえませんか。弥生さんは旦那さんを早くに亡くしたので、森野さんの奥さんとかお嫁さんと呼ばれた期間が短くて、つい名字を忘れてしまうことがある、と言っていたことがありまして」

私が高校生の時に聞いたことだ。弥生さんは「森野さん」という声がけが自分に向けられたものだと思っていないかもしれない。

「なるほど、わかりました」

梅原さんは私に頷くと、弥生さんの方に向き直った。

「弥生さんは刺繍がお上手ですね。このデザインは、眠り姫ですよね」

「……ねむ、そう、眠れる森の美女」

明確な答えに、振り返った梅原さんと視線でハイタッチを交わした。

「荊の棘《とげ》のところなんて、こまかくて大変だったんじゃないですか?」

そう言われると、弥生さんは右手の指先で、棘の部分をなぞり始めた。

「棘は……、二本取りなのに、三本でやって、やり直したの」

弥生さんは指を動かしながらたどたどしく答えた。そうだ、そうだった。

「一般的な刺繍糸は細い糸が六本集まって一本になっていて、刺繍をする場所によって、二本取りとか三本取りとか、説明書に指定されているんです」

私は梅原さんに補足した。

「パーツごとに刺繍糸の本数を変えるなんて。私なら間違えても、まあいいや、ってあきらめそうです。弥生さんは根気強いんですね」

梅原さんの言葉に私が大きく頷く。この時のことを思い出した。

みどり屋敷の広いリビングのソファに並んで座り、弥生さんは刺繍を、私は本を読んでいた。村上春樹の『ノルウェイの森』の下巻だった。

——美佐ちゃんが読み終えるのと、私がこれを完成させるのと、どっちが早いかしら。

弥生さんはティーポットで温かいアップルティーを淹れ、ポットとお揃いの皿にクッキーを並べた。

もう寝ようかと思っていたのに、長い夜が始まる儀式の準備が整っては、そちらに身を委ねる方が心地よい。本は借り物だったので、汚さないよう、閉じて脇に置いてから、クッキーに手を伸ばし、ぼりぼりとかじりながら、弥生さんの刺繍に目をやった。

——今回はまた一段とこまかいね。

眠り姫を囲む荊の蔓は、遠近感を表現するためか、一本ずつ異なる緑色の糸が使われていた。

——棘の部分を縫ったら完成だけど、小さいのがいっぱいあって、ここからが大変。

弥生さんはそう言うと、英気を養うようにクッキーを二枚まとめて口に放り込んだ。

ならば、私の方が早く読み終えられるのではと、お茶を飲んで、本を手に取った。カバーと同じ色の糸を弥生さんはほぐし始めていた。

深い、深い、緑色。

——完成！

私が本を閉じる前に弥生さんが声を上げた。こちらがあと数ページで読み終える本をすぐに閉じることができたのは、物語の世界にそれほど没頭していたわけではないからだ。大ベストセラーとなっている本なのに夢中になれなかったのには、理由があった。

くだらない、思い出すほどのことでもない理由……。

完成品を目の前に広げて惚れ惚れと眺めていた弥生さんは、おや？　というように首を捻《ひね》り、作品をテーブルの上に置いて説明書を手に取った。そして、うわー、と声を上げた。

——棘は二本取りだった。

そう言われて作品を見ても、私には何ら問題がないように思えた。

——別に気にならないよ。

——ダメよ。ダメ、ダメ。

弥生さんは妥協を許さない人だ。そういえば。

「棘じゃなくて、イボに見える。そう言って、全部ほどいてやり直したんだよね」

梅原さんにも聞こえるよう、大声でゆっくりと弥生さんに語りかけた。弥生さんは重なりあった蔓にいくつもついている棘を一つずつなぞり出した。

「だって……、三本だと先がとがってなかったから。あら、美佐ちゃん、来てくれたの」

弥生さんは棘をなぞる指を止め、私に向かって微笑んでくれた。梅原さんも私を見て微笑み、じゃあ、と部屋を出て行こうとした。

「梅原さん、ありがとうね」

弥生さんはしっかりとした口調でそう言った。遠いところに行ってしまいそうになっていた弥生さんを刺繍糸が繋ぎ止めてくれた。きっと、そういうふうなアイテムは他にもあるはずだ。

それからしばらく、部屋で二人で話をした。食事はおいしいか、何か持ってきてほしいものはないか、夜は寒くないか、と私が質問し、弥生さんが答える。一つ答えるごとに、弥生さんの口調は明確になっていった。

急かし過ぎてはいけないと思いながらも、談話室のお菓子がチーズケーキであることを伝えると、弥生さんは、食べたいわ、と言って一人でベッドから降りた。私が持ってきたカーディガンを、まるで自分がそこに用意していたかのようにはおり、鏡の前に移動すると、髪をとき始めた。お化粧の前に服も着替えなきゃ、と自分でタンスの引き出しを開けている。

ホームに入居させれば役目を果たしたことになる、など浅はかな考え方だった。おそらく、今後も何度か揺り戻しがあるはずだ。

介護のプロであっても、ホームの人たちは弥生さんの今しか知らない。昔話の正誤を判断することができない。弥生さんの消えかかった記憶を呼び戻し、現在と結びつけることができるのは、同じ時を共有した私しかいない。

ならば、弥生さんの意識がこのホームでの生活に根付き、職員に記憶の正誤判断をしてもらえるまで、それほど日数を空けずに面会を続けた方がいいのではないか。

あと、ひと月くらいは。

準備を整えた弥生さんは、私がそうあって欲しいと願っていた、一緒に過ごした頃の弥生さんが歳を重ねた姿に近付いていた。

りんどうをイメージさせる薄い青紫色のカーディガンもよく似合っている。誰が見ても、これがごみの山に埋もれていたとは思わないだろう。

弥生さんはチーズケーキを一切れ全部平らげた。直径二〇センチの丸いケーキを八等分した大きさのため、それほどの量ではないが、食欲があることに安心する。コーヒーもケーキも一回分が無料になる一〇枚綴《つづ》りのチケットを買った。その場で現金を支払うのではなく、雑費として毎月の引き落とし金額に加算される。

「弥生さんにおごってもらったことになるね。今度は私の番なのに。ごちそうさまでした」

両手を合わせて深々と頭を下げた。疲労感を差し引いても、コーヒーもケーキも人生で五本の指に入るくらいおいしかった。

「どういたしまして。美佐ちゃんの番なんて思わなくていいの。お金のことは心配しないで」

弥生さんなりに拳で力強く胸を叩く姿を見て、アレについて訊ねても大丈夫なのではないかと思えた。

「家の片付け、けっこう進んだよ。新聞紙やペットボトルもちゃんとリサイクルセンターに運んだし、ごみ……、いや、そこで受け付けてもらえない荷物は焼却場に直接持って行ってるの。車の重さを量るスペースがあって、荷物を出す前後の重量差で金額が決まるんだよ」

「おもしろそう。一緒に行ってごみを下ろした後に乗り忘れたら、私の体重分のお金も払わないといけないのね」

弥生さんはそう言って笑った。言葉だけではイメージしにくい焼却場のシステムも一度聞いただけで理解しているし、そこからシャレにまで発展させている。もともと頭のいい人なのだ。記憶のすべてを過去に紐付けしなくても、これからの行動で認知症の進行を抑えることができるかもしれない。

弥生さんが得意なことをもっと詳しく、職員に伝えておこう。

それと、弥生さんは「ごみ」と言わなかったか。これは本人に確認することではない。バイオチップと同様、正しく生きる努力なんて放棄してしまえばいい。

「可燃物は一〇キロで一五〇円だから、五〇キロもない弥生さんなら、七五〇円だね」

「人間一人の処分代なんて、一〇〇〇円あれば充分なのね」

弥生さんは小さく息をついて、冷めたコーヒーを口に運んだ。哲学的思考か、ミステリ的発想か。おかしな計算をするのではなかった。

「あと、階段も片付けたから、二階にも上がれるようになったよ。私の部屋をちゃんと残しておいてくれてありがとう」

「美佐ちゃんがいつでも帰ってこられるようにね。お姑さんが帰してくれなかったんでしょう?

きっと、親じゃないんだから、なんて言って。美佐ちゃんはつらければつらいほど、我慢して、そこでがんばってしまう」

弥生さんの声が頭の中にしみ渡り、機能停止させていた脳の一部を解きほぐす。涙が溢れ出た。こんなにも温かいものだったのかと驚いてしまうような涙が。ポケットに入れてあるハンドタオルは片付け中に何度も手を拭ったもので、目に当てるのは不衛生だ。パーカーの袖口も同様に。

目元に柔らかいガーゼハンカチが当てられた。弥生さんが涙を優しく拭ってくれる。ほんの一時間前まではベッドから降りられない状態だったのに、部屋を出る前にハンカチをカーディガンのポケットに入れていたのか。

そういえば、高校時代、毎朝、私が家を出る際、弥生さんは「ハンカチ持った？」と訊いていた。大学入試の時でさえ、最初に確認するのは、受験票ではなくハンカチだった。

「美佐ちゃんはさつき姉さんに似て、がんばり屋さんだから。けれど、いつか耐えられなくなるかもしれない。ここに戻ってくることを、美佐ちゃんは逃げだと捉えるかもしれない。でも、部屋を残しておけば、帰ってきただけだと思えるでしょ。おかえりなさい」

弥生さんはハンカチを持った手を私の頭に移動させ、ゆっくりと撫でてくれた。弥生さんのために帰ってきたはずなのに。やはり、弥生さんは私をあの家から連れ出すために、具合の悪いふりをしてくれたのではないかと思ってしまう。認知症であっても、本能でそうしてくれたのではないかと。

「私は弥生さんに似ているんだよ」

涙が止まらないうちは、それだけを言うのに精一杯だった。


直径八センチのダイヤルが縦に二つ。それぞれ外周に、〇から一〇とばしの数字が九〇まで、目盛は九九まで刻まれている。

およそ五〇年の人生において、金庫を所持したことは一度もない。テレビや映画の世界にのみ存在する、個人宅であれば、大金持ちの家にあるもの。その程度の認識だったものが、目の前、触れることができる場所にある。

金庫の前に落ちているクロスを拾い上げ、かぶせてみる。弥生さんはずっとそうしていたのだから、見つけた時も、ただこうやって、戻しておけばよかったのかもしれない。

少なくとも、あの場で口にすべきではなかった。

せっかく褒めてもらえたのに。幸せを嚙みしめたまま、また来るね、と言って帰ればよかったのに。涙が収まった私は急に冷静になり、忘れないうちにと、業務連絡のような口調で弥生さんに訊ねてしまった。

――弥生さんに届けられるものがあればと思って部屋に入ったら、金庫があったんだけど、どうしたらいい？　触ってないよ。クロスが落ちていたから気付いただけ。

あの時の状態の弥生さんなら、ごみがたまったリビングで健康保険証などのことを訊ねた際のように、金庫ね、と言って鍵の開け方を教えてくれるか、部屋に戻り、ポシェットの中からそれを記したメモでも出してくれるのではないかと考えてしまったのだ。

しかし、訊ねた途端、弥生さんの表情は険しくなった。

――こんなに人がいるところで、やめてちょうだい。

確かに不用心な発言だった。金庫イコール大金や財産、だから防犯上、家に放置しておくのは危険。そう思っての相談だったのに。談話室には他の入居者や面会者たちが大勢いたにもかかわらず、私は弥生さんの家に金庫があることを口にしてしまった。

金庫を盗むのは怪盗グループだとでも？　用心しなければならないのは、みどり屋敷にお金があることを知っている人、弥生さんが施設に入って無人になったことを知っている人。

つまり、近辺に住む人たちではないのか。談話室にいた人たちがそんなことをしないとしても、金庫があるという噂を流す可能性はある。

――ごめんなさい。でも、放っておくわけにはいかないと思って。部屋に戻る？

訊ねると、弥生さんは首を大きく横に振った。何度も、何度も。頭にまとわりつく虫を振り払おうとするかのように。振りながら、ぶつぶつとつぶやき始めた。

――帰らなきゃ、帰らなきゃ。

繰り返すごとに呼吸が荒くなっていた。すみません、と談話室内にいた男性職員に声をかけると、すぐに常駐の看護師を呼んできてくれた。

弥生さんは過呼吸を起こしていた。

弥生さんが医務室に運ばれた後、遅れて来てくれた梅原さんから、何があったのかと訊ねられた。そこでは、金庫の話をしたと言ってよかったのかもしれない。だが、言葉を濁しながら、知り合いの電話番号を訊ねた、などと嘘をついてしまった。

それでも注意された。認知症患者にその人が思い出しにくいことを訊ねるのはよくないらしい。忘れたことにショックを受けたり、自信をなくしてしまったりするそうだ。

だが、弥生さんの場合は違う。担架に乗せられながら、弥生さんは私の耳元でこう言った。

——私が帰るまで、金庫を見張っていて。約束よ。

つまり、この金庫の中には弥生さんにとって重要なものが入っているということだ。とはいえ、見張り続けることはできない。家に帰るどころか、リサイクルセンターや焼却場に行くのさえ、金庫が気になりソワソワしてしまうはずだ。そうなると、片付けも終わらない。

やはり、中身を安全なところに移しておいた方がいい。

自力で金庫を開けることができるだろうか。四桁の数字で鍵を開閉するスーツケースを使用していた友人が、番号を忘れてしまい、開錠を手伝ったことがあるが、レベルが違う。

目盛が一〇〇あるダイヤルが二つということは、単純に考えれば、片方を〇に合わせて、もう片方を一目盛ずつ合わせながら一回転し、開かなければ、今度は一に合わせて、また片方を一回転させる、という方法で、最大でも一万通り、時間もそれほどかからないように思える。

だが、それしきのことで開く金庫など何の役にもたたない。

ネットで金庫の開け方を検索してみた。ダイヤルが二つある場合、連動しているのではなく、鍵が二つあると考えるのが一般的だという。

ダイヤルを開錠するには、正しい数字に合わせればいいだけではない。左右に複数回まわしてから正しい数字に固定しなければならないようだ。一つのダイヤルで一〇〇万通り以上の組み合わせになったりするらしい。

ならば、金庫を壊すか。何をどうすればよいのか見当もつかない。バールのようなものでどうにかするのか。

しかし、世の中にはさまざまな分野のプロがいる。ユーチューブで、ごみ屋敷の片付け映像と同様に、金庫の開錠を仕事とする人のチャンネルを見つけた。よく似たダイヤル式の金庫を開ける回もあった。

表を作り、数字、左右、まわす回数の組み合わせを一つずつ試していくだけでなく、聴診器を当てて音を聞きながらまわしたり、指先の感覚で数字の見当をつけたりしていた。電動マッサージ器の振動を利用するという裏ワザもあった。いろいろな方法を試しながら根気強く作業を続けること三日目、ついに金庫の扉が開かれる。中には、聖徳太子の一万円札が一〇〇枚束になったものが、三つ入っていた。

時には、ハズレの回もある。やっと開いた金庫の中は、空っぽだったり、古い年賀状や高齢の依頼者の小学生時代の通知表といった、金銭的価値のないものしか入っていなかったり、というパターン。むしろ、そういう場合の方が多い。

費用は金庫の種類にもよるが、みどり屋敷の金庫のサイズや形状だと、平均五万円で、加えて、交通費や宿泊費も支払わなければならない。

少なくとも費用を回収できる程度のものが入っているという確信を持てなければ、踏ん切りがつかない。

いや、入っているはずだ。金庫以外の場所からあれだけのお金が出てきたのだから。うっかり捨てられるはずだった封筒のお金から支払うと思えば、それほど惜しくも感じない。

待て待て。弥生さんは金庫を見張れとは言ったが、開けてくれとは頼まれていない。私が決めたことに弥生さんのお金を使ってもいいのだろうか。

ひとまず、私のお金で払って、弥生さんに報告してから代金をもらうことにすればいいか。

交通費をおさえるため、近くの業者を探すことにした。開錠専門の会社や店ではなく、便利屋や何でも屋という看板を掲げているところが多かった。

ネット上の評価が高い二業者に、金庫の写真を送って見積もりを出してもらい、交通費と一泊分の宿泊代込み、七万円で受けてもらえる「なんでもザウルス」という業者に依頼した。さすがに、明日、というわけにはいかず、金庫開錠を待つ三日間は、再び片付けに専念することにした。それくらいの猶予は必要だった。自分ではマシになったと思えるみどり屋敷は、初めて訪れる人から見れば、まだまだ、ごみ屋敷だ。

加えて、金庫泥棒の侵入に備えて、リビングから庭に続くガラス戸に防犯ガラスフィルムを貼り、寝室として使用している自室に、ついに鍵を付けることにした。

屋敷と呼ばれるわりにはセキュリティーが万全ではないこの家で、弥生さんは怖い思いをしたことはなかったのだろうか。

ピンポーン、と階下から音が聞こえた。起きて廊下の片付けをしていたのに、それがドアホンの音であることを認識するのに数秒かかった。外側の新聞紙だけでなく、内側のペットボトルも片付け、玄関から出入りできるようになったものの、自分でドアホンを押すことはない。鳴るかどうかの確認もしていなかった。

確かにこういう音だったかもしれないと、古い記憶と答え合わせをしながら階段を下りて、玄関ドアを開けた。

上下緑色の作業着を着た男性が立っていた。ジャンパーの胸にはかわいい恐竜のマークが描かれている。

「なんでもザウルスの松田です」

にこやかに挨拶された。三〇歳前後だろうか。ミルクティー色に染められたふわふわとしたパーマ頭はトイプードルを連想させる。童顔と呼べる顔までプードルのように見えてきた。ユーチューブで見ていた開錠士が私と同年代の寡黙で実直そうな「ザ・職人」というタイプの男性だったため、そのギャップを埋めるのが難しい。

七万円も払うのに大丈夫だろうか、と不安が込み上げてくる。が、約束の午前一〇時の五分前に到着している。よろしくお願いします、と頭を下げてスリッパがないことに気が付いた。

「すみません、スリッパが……」

「全然オッケーっす。俺、スリッパ苦手なんで。むしろ、作業中は裸足になってもいいっすか?」

松田さん、というより、松田くんの言葉づかいは馴れ馴れしいが、フレンドリーな笑顔の方が勝る。

「それはご自由に。でも、廊下や階段は靴下を履いてもらった方がいいかもしれません」

古いタオルで水拭きしたが、積み重ねてきた汚れは一度の掃除で拭いきれるものではない。

「あざっす、了解しました。んじゃ、お邪魔します」

松田くんは履きつぶしたスニーカーを脱ぎ、玄関を上がった。真っ白な靴下を履いている。くるりと背を向け靴を揃えると、よろしくお願いします、と九〇度に腰を折って頭を下げた。

多分、会社の方針なのだろう。いい子そうだが、利用者から「金庫開錠の神」とレビューで崇《あが》められている職人の代理で来たのかもしれない、などと考える。備考欄に「なるべく早めにお願いします」と書かない方がよかったのかもしれない、とも。

「階段、荷物があるし、暗いので、足元、気を付けてください」

そう声をかけて、先に上がる。両側を壁に挟まれたみどり屋敷の階段は長く急なうえ、真ん中あたりの壁の上部に取り付けられた電燈は、電球が切れた状態になっている。ここの電球切れは弥生さんが年老いたせいとは言えない。私が住んでいた時もしばらく切れていた期間があった。

現在のように電球が長持ちする時代ならともかく、取り替えることを想定せずに設置したのだろうかという位置に電燈がある。背伸びをしても手は届かず、ハシゴをかけようにも、階段の踏み幅は屋敷の納戸に入れてあるハシゴの幅より狭いため、電燈のある壁に立てかけて固定することができない。

かといって、永遠に放置しているわけではなかった。顔なじみの電器店は電球の交換にも快く応じてくれた。ただ、弥生さんはそういった用事だけで来てもらうのは申し訳ないと、新しい家電を買ったり、そこで買った家電の修理を頼んだりする際に、電球の交換をついでのようにお願いしていた。

その電器店ももうない。

もしや、ごみが積み上がっていた時なら手が届いたのではないか。

「この水」

背後から松田くんの声がした。足を止めて振り返る。日中は、真っ暗というほどではない。段ボール箱の大きめのロゴなら読めるくらいの薄暗さだ。

「うちのじいちゃんも飲んでるヤツだ。お母さんも集会に行ったんすか？」

「お母さん？」

私のお母さんということではなく、私をお母さんと呼んでいるのか。

「すいません、俺、お客様で年上の女性はだいたいお母さん呼びなんで。イヤだったら変えるんで、何でもリクエストしてください」

「いくつ？」

「俺の歳っすか？　二七っす」

単純に自分の年齢から引き算した。お母さん、でも成り立つ。

「まあ、好きに呼んで。ところで、集会って何？」

「知らないんすか？　新聞のチラシに卵一パック三〇円とか、食パン一斤三〇円とか、でっかく書いて、商店街の空き店舗に年寄りやおばさん連中集めて、最終的に水買わすってヤツ。日本はなんでもかんでも汚染されてて、体や頭の中は有害物質だらけだけど、命の水を飲めばオッケー、って」

弥生さんが同じ手段で購入していたとしたら、訪問販売ではなく、自ら足を運んだということか。

「これは、叔母が買った水だから。大丈夫かな」

「いいんじゃないっすか？　じいちゃん元気だし、本人が気持ちよく飲んでりゃ問題ないっしょ」

松田くんは多分、値段を知らないのだろう。いや、問題ないっしょ、その通りだ。

「そうね。解約も、少し説得されたけど、電話一本でできたし、私もこれを飲んでるけど、体の調子は悪くないし。よかったら、作業中に飲んで」

「あざっす」

プードル顔に笑いかけ、階段を上がり切り、私の部屋の前を通過して、弥生さんの部屋のドアを開けた。作業をしやすいように、金庫周辺のテーブルや椅子は移動してある。

「この金庫なんだけど」

松田くんを正面に案内する。

「失礼します」

金庫の前に横向きにかがみ、上のダイヤル横に右耳をつけて数回まわし、下のダイヤルも同様に確認すると立ちあがった。

「これはけっこうやっかいっすね」

松田くんは眉間に皺を寄せ、深刻な顔でそう言った。それでも、可愛らしいプードルにとっては難しいのかもしれない、くらいに思ってしまう。

古い金庫だ。どんな道具も、その時代に生まれていない人にとっては扱いにくいものではないか。みどり屋敷に越してきたばかりの高校生の私が、それまで使っていた二槽式洗濯機より簡単に扱えるはずなのに、全自動洗濯機の使い方にとまどったように。

「この金庫がいつからこの家にあったのかわからないけど、見るからに、昭和って感じだもんね」

「そういうことじゃないっす」

フォローしたつもりが、あっけなくかわされる。じゃあ何？　という表情で見返してしまったかもしれない。が、プードルはそんなことでは動じてなさそうだ。

「この金庫は、日本の老舗金庫メーカー、クスノキ製作所で、一九六〇年代後半に作られた業務用金庫で、防犯に特化した『ダブルヒャクマン』という愛称で人気があった型番なんっす」

へえ、と相槌を打つ。私より年上の金庫か。

「でも、ダイヤル錠二個はやっぱり開けるのが面倒だから、ダイヤル錠一個とシリンダー錠一個の定番スタイルがまた主流になって。七〇年代には生産中止になったんじゃないかな。そんで、親戚の会社が金庫を買い替えたから譲ってもらった、ってふうに『ダブルヒャクマン』を家庭用に使うことになった人は、当時、ちょいちょいいたみたいで」

なるほど、と頷く。業務用がここにあるのは珍しいことではない、と。

「俺もこの型番は二回開けたことあるから、費用も安く見積もってるし、宿泊代もいらないかもって思ってたんだけど、なんか、おかしくて」

「どこが?」

うーん、と松田くんは腕を組み、薄い眉をひそめた。

「ネット申し込みしてくれたんで、金庫開錠の動画サイトなんかも見て、ダイヤル錠の仕組みも知ってるかもしれないけど」

「見たけど、いまいち把握できてないから説明して」

松田くんは金庫の方に向き直って正座をした。私も同様に並んで座る。

「このダイヤル錠は、百万変換ダイヤルと呼ばれるタイプっす」

ネットで何度か見た名称だ。

「中に、溝の入った円盤が四枚重なっていて、四枚分の数字とまわし方を合わせて溝が一列に揃ったら、そこにボルトバーという棒がはまって、ダイヤルの隣にあるつまみが動くようになり、鍵が開く仕組みになってます」

二つのダイヤルの横にはそれぞれ、長さ三センチほどの銀色のつまみがある。動画はつまみではなくハンドルばかりだったため、ダイヤルとつまみが連動しているとは思わなかった。

手を伸ばして、上側のつまみをつかみ、左右に動かしてみるが、遊びの部分を感じないほど、ビクともしない。

「開錠するには四つの番号が必要で、百万変換ダイヤルは自由変換ダイヤルとも呼ばれてるんだけど、三つの数字を利用者が決めることができて、四つ目の数字は日本製の場合、八と決まってるんっす。縁起がいいから、ってことで。そんな感じで、たとえば、数字が五〇、一五、七七、の場合だと、この型番なら、右に四回まわして五〇、左に三回まわして一五、右に二回まわして七七、左に一回まわして八、ってふうに右左交互にまわして開けていきます。ここまでオッケーすか？」

「なるほど、右左とか、まわす回数も確率に加わると思ってたけど、金庫の型番なんかで決まってるのね。だから、三つの数字、一〇〇×一〇〇×一〇〇通りで、百万変換ダイヤル。この金庫はそれが二個ついているから『ダブルヒャクマン』」

「そうっす」

松田くんは、よくできました、というふうに手を叩いた。

「利用者が数字を決められるってことは、数字がわからなくても、生年月日なんかでいくつか当たりをつけられるってこと？」

「そうっすね。ちなみに俺が例に出した数字は会社の電話番号っす」

「ああ、でも私、この金庫がどういう経緯でここにあるかも知らないんだ」

どこかの会社から譲り受けて、数字を変更していない場合もある。

「大丈夫っす。問題はそこじゃないんで」

「じゃあ、何が？」

「音に違和感があるっていうか」

そう言うと、松田くんは腰を浮かせて再び、金庫の上側のダイヤル横に耳をつけ、数回まわした。やっぱり、といった表情でこちらを向く。

「しばらくダイヤルを動かしてないからかな、とも思ったけど、そうじゃなさそうっす。大正時代に作られた金庫とか、これと同じ頃に発売されたものでも、雨漏りする倉庫なんかに入れられてたものとかは、鍵の内部が錆《さ》びたり劣化したりして、正しい番号に合わせても開かないってことがよくあるんす。この金庫は保存状態は良さそうなのに、上下とも、まわした時の音にそういうのと似たノイズがかぶるっていうか、別の異物が混ざっているようにも聞こえるっていうか」

確信の持てる要素ではなさそうだ。

もし、この金庫が一階に置かれていたら、ごみに埋もれて湿気がたまり、内部が錆びてしまったのではないかと考えられるが、二階のこの部屋では、しばらく部屋のドアや窓が閉ざされていたからといって、それほど劣化することはないのではないか。クロスがいつ落ちてしまったのかわからないが、埃の侵入くらいなら、松田くんも見当がつくだろう。

金庫の外観はサビ一つ見当たらないのに。

「まあ、やってみます。事前にお伝えしているように、明日の午後三時までに開かない場合は、鍵、もしくは扉を壊して開けるか、今回の開錠は見送るか、選んでもらえます。壊す場合は見積もり金額そのままで、見送る場合は半額にするので、そうなった場合のことも決めておいてください。なんか、すいません。おまかせください、とか言えなくて」

松田くんはぺこりと頭を下げた。

「ううん。かえって信用できる。お願いします」

私も同様に頭を下げた。

「じゃ、時間も限られてるんで、始めますね」

松田くんは立ちあがり、首をグルグルとまわした。足は痺れていないようだ。つま先がジンジンするのを感じながら、私もゆっくり立ちあがった。そうだ。

「私はどうしたらいい？　何か手伝えるように近くにいた方がいいか、集中できるように離れていた方がいいか」

今回に限ったことではない。自宅での家電の設置や修理の際、いつもどうすればよいのかわからない。だからといって、訊ねもせず、邪魔にならなそうな位置から眺めているだけだ。

松田くんに訊ねたのは、他にやらなければならないことがあるからだ。

他人を家に上げたことにより、片付けや掃除がまだまだ必要なことに気付く。松田くんの白い靴下のつま先も、すでに黒ずんでいる。まずは、松田くんがトイレに行きたいと言う前に、もう一度掃除しておきたい。

「音がよく聞こえる状態で作業したいんで」

なるほど。近くにいた方がいい場合は、二階の廊下に並べてある使わない家電などを、廊下の突き当たりにある物入れを整理しながら仕舞おうと考えていたが、これは却下だ。

一階でトイレ掃除をした後は、庭の草取りをしようか。

「了解。外にいるから、何かあったら遠慮な……」

「あーっ」

何かを思い出したような大声に遮られた。足元に作業服と同じ緑色の工具箱を置いているが、大切なものでも忘れてきたのか。

「どうしたの？」

「いや、こういうこと言わない方がいいかもだけど」

松田くんはもしゃもしゃとプードルパーマの頭を掻いた。

「そこまで言われたら、気になるよ」

「実は、前に、金庫開けたら空だった時、そこんちの人に、俺が盗んだんじゃないかって疑われたことがあって。そん時も一人で作業してたから。ちゃんと開錠できても、扉は絶対、依頼主に開けてもらうようにしてるのに」

「そんな、酷い」

「金塊が入ってる、って最初から断言してたからなあ」

動画では、たとえ空でも、怒る人などいなかった。まずは、気が抜けたように笑う。ワクワクできて楽しかったです、と笑顔で話す人もいた。昔の通知表が出てきた時も、お金よりも価値があります、と喜んでいた。

当然だ、カメラで撮られているのだから。

損をした間抜けな人、というレッテルは、怒りで剝がすことはできない。憐れみが増すばかりだ。だから笑う。こんなこと、まったく気にしていない、むしろ想定通り、というふうに余裕のある姿を装う。そうしているうちに、それが本心のような気がしてくる。楽しかった、と口に出せば、本当にそうだったように思えてくる。

カメラが止まっても、もはや、怒る気にはならない。だが、内輪だけなら、本心がストレートに表れる。

「まあ、俺もこんなナリだし、言葉づかいも悪いから」

松田くんは苦笑しながら俯《うつむ》いた。

「ちゃんとしてるじゃない。挨拶もさわやかで、金庫や鍵の説明もわかりやすかった。そもそも、松田くんの仕事は鍵を開けることで、それができなくて怒られるならともかく、ちゃんと職務を果たした人に、金庫の中身が期待外れだったからってあらぬ疑いをかけるなんて、お門違いもいいところ」

松田くんが顔を上げた。

「あざっす。大概の人が、金庫の中身を確認して、ゴッドハンドとか天才鍵師とか褒めてくれるけど、純粋に鍵を開けたことを評価してくれる人って少ないから、嬉しいっす。やっぱ、お母さん、いい人っすね」

かわいいプードル顔に褒められて気分が上がり、レビューに書いてあったゴッドハンドは松田くんのことだったのか、という驚きが一瞬で消えた。

とはいえ、見た目で判断していたことを反省する。

「そうだ、お昼、お弁当買ってくるけど、何がいい？ からあげとかハンバーグとか、一般的なメニューは揃ってるところだから、遠慮せずに言って。それか、少し離れてるけど、おいしいパン屋さんがあって、サンドイッチとかの方が食べやすかったら、そっちにしようか」

「いや、いいっす。集中したいんで、鍵が開くか、今日の作業終了時間の六時までは、おかまいなく。よかったら水だけください」

「もちろんよ」

階段の最上段に置いてある「命の水」の段ボール箱を開け、二リットルのペットボトルを両手に一本ずつ持って部屋に戻り、金庫から少し離したテーブルの上に置いた。

「じゃあ、よろしくね」

金庫前で工具箱を開けている松田くんに声をかけ、ドアを開けたまま部屋を後にする。階段を下りようと、足を一歩出したところ、蓋を開けた段ボール箱の端につま先が引っかかって体勢を崩し、ワッと声を上げてしまったが、松田くんがドアから顔をのぞかせる気配はなかった。

もう、作業を開始しているのかもしれない。音を立てずに階段をゆっくりと下りた。

トイレ掃除を終えて、庭に出る。

庭を覆い尽くしていた青々と茂った雑草は、冬が近づいた分、萎《しお》れ、それほど手に力を込めなくても簡単に抜くことができた。可燃物として焼却場に運ぶため、大型のポリ袋に突っ込んでいく。あっというまに三袋がパンパンになった。

全滅したかと思っていた花壇に、力強く生き残っている植物があることに気付いた。

クリスマスローズだ。そんな名前の花なのに、クリスマスに花が咲いているのを見たことはない。開花はほとんどが一月に入ってからで、弥生さんの誕生日、三月二八日頃にピークを迎える。

金庫のダイヤルの数字に、三や二八は使われているだろうか。旦那さんが設定していれば、ダイヤル錠は二つあるのだから、一つは弥生さんの生年月日である確率も高いのではないか。

一つのダイヤル錠に三つの数字を選ぶことができる。

私ならどうするだろう。自分が覚えやすい数字。だが、生年月日は単純すぎるか。防犯面においても脆弱で、「ダブルヒャクマン」である意味もない。ダイヤルの目盛は〇から九九まであるのだから、もっと幅広く使える、他人が予測できない、私が何十年経っても忘れない数字。

松田くんは電話番号を例に挙げていた。固定電話が主流だった頃は、たくさんの電話番号を暗記していた。ごろ合わせで覚えた番号。そんなものがなくとも、指先の感覚とともに記憶に刻みこまれている、学生時代に毎晩押していた番号、とか。

金庫にその人にちなんだものが入っているわけでもないのに？

そもそも、私には金庫に入れておかなければならないものはない。いや、自分名義の通帳はみどり屋敷を訪問するまで、自宅で隠していた。中学生の頃から使っていた英和辞典に挟んで箱の中に入れ、普通に私専用の本棚に並べていた。

たとえ、手提げタイプ程度の金庫を持っていても、その中には入れなかったはずだ。

一般家庭における金庫のメリットは何だろう。中身は何であれ、大切に保管しておきたいものがあることを、家族で共有するメリット。少なくとも、そこにへそくりが入ることはない。

さらに草を抜いていく。萎れた雑草を押し上げるように、水仙やチューリップの葉が伸びている。球根の植物が今年植えられたのではなさそうなのに、こんなにも元気よく育っているのは、やはり、土がいいからだろうか。

雨水だけのはずなのに、葉の色は濃く、つやつやとしている。

しまった。汚れた軍手をはめていなければ、額を叩きたい気分だ。

自宅の玄関前の庇の下に並べてある寄せ植えの鉢を、雨水が当たるところまで出しておけばよかった。そうしてもらうよう、夫にメッセージを送ろうか。

それだけはダメだ。水やりをしなければ花が枯れることを学べばいい。家の中がどんなことになっているのか想像したくないが、きれいで優しく家事も完璧なお母さんが現在もそうであるか、身を以て知ればいい。

いや、無理か。花は私が家にいる時から枯れ、家の中の惨状も私がいる時からそうだったと記憶を書き換えるだけだ、あの人は。玄関にきれいな花があることには気付かず、枯れたごみには目を留め、私を非難する。

そうしていればいい。まだ帰らないから、私は。

ダメだ、ダメだ、と首を振る。空を見上げる。松田くんに室内での作業をしてもらっているのが申し訳ないくらいの青空だ。深呼吸をして、再び雑草に手を伸ばす。そういえば弥生さんが、雑草も生きている、とか、雑草という名の草はない、一つ一つにちゃんと名前がついている、といったことを口にしたことはなかったな、と考える。

それを言っては庭作りなどできない。当然、片付けだって。

興味のない人にとっては、バラだって雑草なのだろう。

では、私は物の価値がわかる人間なのか。答えは、ノー、だ。

雑草を取り払った花壇の奥には欠けた植木鉢がいくつか転がっている。白地に紺色で牡丹の花が描かれた中国風のデザインの大きな鉢に目が留まる。

そういえば、金庫開錠の動画で、こんなふうに欠けた碗が出てきた回があった。四〇代の兄弟が実家仕舞いをしていた時に見つけた金庫で、家の中には亡くなった父親が収集したガラクタじみた骨董品《こっとうひん》が溢れていたため、金庫の中にも騙されて買ったタダ同然のものが入っているのでは、と初めからあまり期待してない様子だった。

しかし、金庫の鍵が珍しいタイプのものだったらしく、テレビ番組でも人気の開錠士が動画撮影のために、遠方から訪れ、二人がかりで挑むことになった。

三日目に、金庫が開く。

中には古い木箱が一つ。開けると、縁が欠けた碗が入っていた。苦笑する兄弟。サービス精神旺盛な兄弟は、ここで終わると動画の再生回数がかせげないだろうからと、テレビの鑑定番組に応募し、その碗を見てもらうことに決める。するとびっくり、秦の始皇帝時代のものだと判明し、何千万という値が表示された。

果たして、彼らの亡き父親はその碗の価値を知っていたのだろうか。知っていたからこそ、それだけを複雑な構造の金庫に入れていた。

というエンディングになっていたが、真相はわからない。

父親が骨董品集めをバカにしていた息子たちに仕掛けた、人生最大のドッキリだったかも、などと考えてみる。もしかすると、一番つまらないものを入れておいたはずなのに、と、あの世の父親が一番驚く結果になってしまった、とか。

たとえば、私に子どもがいて、金庫を持っていたら……。

「お母さん！　お母さん！」

高いところから声がした。振り返ると、二階の弥生さんの部屋の窓から、松田くんが身を乗り出すようにして手を振っている。もしや。

「開いた？」

「一つだけ」

それでも胸が跳ね上がり、玄関までまわるのももどかしく、リビングのガラス戸から家の中に駆け込んだ。

洗面所で手を洗い、タオルで手を拭きながら階段を上がる。またもや最上段の水の段ボール箱の蓋の端に足が引っかかり、廊下に手を突くほど前のめりに転んだ。

松田くんは部屋の中央に立ち、片手を腰に当て、水をがぶがぶ飲んでいた。試合を終えたアスリートのようだ。

私に気付くと、ペットボトルをテーブルに置き、金庫前に移動した。

「ここ、捻ってみてください」

上側のつまみを指し示される。腰を下ろし、手を伸ばしてゆっくり右に回転させると、カチリ、と耳に心地のいい金属音が響き、指先に小さな震動を感じた。鍵が開いた、と、わかるような。

「すごい！」

扉はまだ開かないが、つい、拍手をしてしまう。

松田くんは気を付けの姿勢でぺこりと頭を下げた。

「あざっす」

金庫の前には回覧板のようなプラスチック製のボードが置いてあり、A４サイズの白い紙が挟まれていた。鉛筆で、簡単な表らしき線がフリーハンドで引かれ、数字がいくつも書き込まれている。

「一〇〇万通りを順番に合わせていったの？」

「まさか」

そう言って、松田くんは目の高さを合わせるように、私の隣にしゃがんだ。アッと自分の素足に気付き、あわてて工具箱の横に丸めて置いてある靴下に手を伸ばそうとする。

「別にこのままでいいよ」

「もう、裸足じゃなくていいんで」

松田くんは靴下を履き、もうちょい水を、と言ってペットボトルの水を飲み、一息ついたというふうに、ゆったりとあぐらをかいて座った。

私もテーブルの前に移り、封が開いていないペットボトルを取った。一口飲んだ途端、がぶがぶと勢いが止まらなくなる。気温は低いが、外であれだけ体を動かしたのだ。なのに、他人が水を飲むついでにと思うまで、自分の喉がカラカラだということに気付いていなかった。

プハーッと炭酸飲料を飲んだかのように息を吐く。

「お母さんも、お疲れさまっす」

松田くんが笑う。自宅でおこなっていたら苦痛なはずの片付け作業が、ここでは苦にならないのは、リサイクルセンターや焼却場の人たちも含め、こうやって労ってくれる人がいるからかもしれない。

「ありがとう。松田くんこそお疲れさま。それで、どうやったの？」

訊ねると、松田くんは両手を自分の胸の前の辺りに持って来て、手のひらを上に向け、開いたり閉じたりしながら、しばらくその指先を眺めていた。

「よく聞かれるけど、何て答えていいのかわかんなくて。俺の場合は耳で開けるというか……」

耳と言いながら、視線は指先のままだ。工具箱の辺りを見てみる。が、期待したものは見当たらない。

「聴診器は使わないの?」

「俺は使ったことないし、周りの鍵屋連中も、あれは、パフォーマンスみたいなもんだって言ってます」

松田くんは顔を上げて笑った。

「そうなんだ。この金庫を最初に見た時も、扉に直接耳をつけてたもんね。ダイヤルをまわしながら、音の変化で円盤の溝を探すの?」

「そうっす。お母さん、すごいな。大概の人は、番号を当てる、って言うのに。ちゃんと、溝って」

「松田くんが鍵の仕組みをわかりやすく説明してくれたからよ」

へへっ、と松田くんは照れたように鼻の頭を掻いた。

「お母さんならわかってくれるかな」

そう言うと、両手を顔の高さまで上げ、再び視線はその指先に向かった。

「ここにエネルギーを集中させるんです。なんて、うさんくさい霊能者みたいっしょ。イメージなんすけど、両手の指先が耳で、金庫にくっつけてる本物の耳は受信機というか、脳の一部って感じで。ちょっといいっすか」

松田くんは立ちあがると、金庫の扉前に横向きにしゃがみ、左手ですでに開錠している上側のつまみを、右手でダイヤルを握り、その中央からややダイヤル寄りに右耳をつけた。

「指先でダイヤルとつまみが動く音を聞くんです。で、受信機である耳の辺りには糸がからまったイメージがあって、左右の音が合うと、ピーンと一直線に張る、って感じっす」

松田くんはこちらを向いた。わかります？　といったふうに首を傾げる。

私は刺繍糸を思い出した。細い糸六本が撚《よ》られて一本になっている。たとえば、そこから二本取りを三本作るという感じだろうか。糸をほどくには、単純に、撚りの方向と逆に撚っていけばいいわけではない。やりすぎると、細い糸一本の撚りがほどけたり、それぞれの糸がからまったりする。

弥生さんは糸を見ずに指先を動かして、きれいに分けることができていた。しかし、それでは……。

「それって、結局、指先で音を聞くんじゃなくて、指先の感触で探ってるだけじゃん、って言われるんすよね」

松田くんは金庫に向き合うように座り直して言った。私が刺繍糸をほぐす弥生さんの指先に感じたのもそれだ。

両手の指先を見つめてみる。ここに耳があり、音を聞くことができる。

私には無理だ。

「でも、そう思いたいなら勝手にどうぞって感じで。鍵を開けるのは俺だから。儀式みたいで気持ち悪いって思われるかもしんないけど、仕事始める時は、まず、金庫の前で座禅を組んで、目を閉じて、両耳が首や肩や腕を伝って指先に移動するイメージを思い浮かべて、来た、ってなったら始めます。裸足になるのも、そうした方が来やすくなるというか。調子が悪い時は、来た、になんなくて、開けらんないこともあるんす。失恋とか」

松田くんはハハッと笑った。だが、私は笑わない。他人には理解しがたい能力について話す際、若い人相手には、自慢と受け取られたり、気持ち悪がられたりしないよう、最後は笑いに持ちこまなければならないのかもしれないが、五〇歳を過ぎたおばさんにはそんな気遣いは無用だ。

「わかんないけど、わかったよ」

「なんすか、それ?」

「理屈じゃ説明できないものを持ってる人が、その道のプロって呼ばれるんじゃないの?」

「めっちゃ、嬉しいっす。ゴッドハンドより、普通にプロって呼ばれる方が百万倍カッコいい」

松田くんは少し頬を染めながら頭を掻き、そうだ、と思い出したように、プラスチックボードに手を伸ばした。ボードの端のペンホルダーから鉛筆を外し、三つの数字を丸で囲んだ。

四四、一一、二二。
「鍵の番号?」

何も思いつかない。

「そうっす。覚えのある数字なら、下の鍵のヒントになるんだけど、どうっすか?」

生年月日? 昭和四四年一一月二二日。電話番号? 四四－一一二二。ぞろ目は業者のイメージがある。となると、譲り受けたままの番号なのか。

意味のある数字をストレートに使うのではなく、ぞろ目に置き換えたとして、四、一、二。弥生さんの旦那さんの誕生日、二人の結婚記念日。あまり詳しく知らないが、誕生日は二月末で、結婚記念日は体育の日、と聞いた憶えがある。

——二人とも運動は苦手なのに。でも、出かけるなら、一年で最高の日でしょう? ピクニックはお互い大好きだったから。

一〇月一〇日も今や祝日ではない。

「よくわからないな」

「大丈夫っす。上の鍵も当たりをつけずに開けられたし。ノイズも思ったほど邪魔にならなかったし、中が壊れてるわけでもなさそうなんで。明日の午前中には開錠できそうっす」

頼もしい言葉に安心する。一晩中、数字の意味を考えてしまうところだった。と、お腹が鳴る音が聞こえた。とっさに自分のお腹に目をやったが、出所は松田くんの方からだった。

腕時計を見る。四時四四分、ぞろ目づいている。窓の外は薄暗く、外での作業はもう厳しい。

「今日はまだ作業を続ける？　よかったら、夕飯を食べに行かない？」

「行きたいっす。社長の奥さんに薦められたレストランがあって。そこのビスケットを買ってこいって頼まれてるんすけど、一人じゃ行きにくそうなところで。そこでもいいっすか」

「もちろん」

店の名前を訊き、スマホで検索したところ、隣町の温泉施設に近い、パスタがおいしいと評判のイタリアンレストランだった。写真で見る限り、カジュアルな雰囲気ではあるものの、少しマシな服に着替えたい。

道具を片付け終えた松田くんに車で待ってもらうように頼んだ。松田くんの宿泊先はそのレストランに近いらしく、お酒も飲めないと言うので、互いの車で行くことにした。

「じゃあ、お先っす」

松田くんはスマホをズボンのポケットに入れ、弥生さんの部屋を出て行った。工具箱は金庫の前に置いてある。忘れ物はないかと部屋をぐるりと見渡した。飲みかけのペットボトルを持って帰ってもらうことにする。

うわっ、と松田くんの声がした。

急いで部屋を出ると、松田くんが階段の一番上の段に座っていた。

「どうしたの？」

「いや、タオルが落ちてることに気付かなくて、踏んづけちゃいました。すいません」

私が段ボール箱の上に置いたつもりでいたタオルが階段に落ちていて、それを踏んで、転んだということか。

「ごめんなさい。ケガはない？　手は？」

「大丈夫、尻もちついただけなんで。一段目だったからセーフっす」

松田くんはさっと立ちあがり、振り向いて、タオルを手渡してくれた。表情も見えない。

「お母さんも気を付けて」

そう言って、リズムよく階段を下りて行った。手をケガしていたら、大事になるところだった。

自分ではそれほど不便を感じていなかったが、弥生さんが一時帰宅して、ヘルパーに付き添ってもらったり、訪問してもらったりすることもあるかもしれない。

やはり、電球は付け替えておいた方がいい。


午前九時、松田くんがやってきた。

「昨日はごちそうさまでした」

にこやかにそう言って、玄関を上がる。夜明け前から小雨が降っているせいで、階段は薄暗い。

昨晩、ミートソースのたっぷりかかったスパゲティの大盛りを、フォークで器用に巻きながら、もりもりと食べていた姿を思い出して安心する。

松田くんとの食事は楽しかった。何でも屋はエピソードの宝庫だ。開錠だけでなく、脱走した猫捜し、結婚式や葬式のエキストラ、近頃多いのは、遺品整理だとか。市販の洗剤で黴のはえたタイルの目地を真っ白にする方法も教えてもらった。

部屋に入り、電気を点けた。

「雨音は開錠の邪魔にならないの？」

「不思議と、自然の音は気にならないんっすよね。むしろ集中しやすいっていうか」

「なら、よかった。私は一階の一番奥の部屋にいるから」

「了解っす」

昨日よりも気合いの入った返事に見送られ、部屋を出て階下に下りた。廊下の突き当たりにある客間に向かう。みどり屋敷唯一の和室で、一緒に住んでいた高校生の頃から、物置として使われていた。当時は弥生さんの本が大半を占めていたが、今はどうなっているだろう。

引き戸を開けると、砦《とりで》ができていた。ごみではない。半分以上がトイレットペーパーだ。他は箱ティッシュ、ウェットティッシュ、キッチンペーパー、キッチンラップ、アルミホイルといった日用品だ。

オイルショック、という言葉を思い出す。小学校の社会科の教科書の年表で、自分が生まれた頃を調べると、その写真が載っていた。昔の人はあわてんぼうだな、などと自分とは縁のないことのように眺めていた光景に、まさか、二度も直面することになるとは。

震災、感染症……。

しかも、二度目に見たのはほんの数年前だ。マスクだけでなく、トイレットペーパーを買うために、早朝からドラッグストアの前に並んだ。ただ、ぼんやりと立っているだけのあいだですら、弥生さんは大丈夫だろうかと思いを馳せることはなかった。

トイレットペーパーのパッケージは、私が並んで買ったものと同じだ。

屋敷にものが溢れているのは、弥生さんが買い物好きなだけではなく、外出がままならなくなった時に定期購入を申し込んだ品が、ずっと届き続けているというのも一因かもしれない。

とはいえ、日用品が積み重なっているのは入り口付近の一角で、奥は昔とそれほど変わっていない。早い段階で廊下が塞がれ、開かずの間と化していたのだろう。と、手前にある大きな段ボール箱に目が留まる。

今はもう売っていないスナック菓子のロゴが印字されている。ガムテープで封をされ、送り状も貼りつけられたままになっている。

大学時代に一人暮らしをしていたアパートの住所からみどり屋敷へ、私が私宛てに送ったものだ。

――荷物はどうしたらいい？

――重いから、一階の奥の部屋に入れておいて。帰ったら片付けるから。

電話でそんなやりとりをした憶えがある。その後、就職してからも、みどり屋敷へは何度か帰ってきたが、滞在日数も少なく、荷物のことなどすっかり忘れていた。

大学卒業時に捨てられなかったが、その後の人生に必要ないもの。

教科書やCD、本、アルバムといったところか。二階の部屋に大学時代を思い出させる品はない。邦楽のCDを初めて買ったのは、大学生になってから。新本格と呼ばれるミステリ小説を読むようになったのも、大学生になってから。三〇年前に買った、箱の中に入っているであろう品を明確に思い浮かべることができる。

この部屋は急いで片付ける必要はない。蓋を開けてみることにした。

これは……、どうしてここに？

「お母さん！　お母さん！」

廊下から、松田くんの声がした。部屋から出ると、廊下の端、階段下に松田くんが立っていた。満面に笑みを浮かべて、両手で手を振っている。

「開錠できました！」

ハッと両手で口を押さえてしまった。まさかという驚きでぽかんと開いた口を覆い、こみあげるよろこびを受け止める。合格発表で掲示板に自分の受験番号を見つけた時のような気分だ。心臓がバクバクと高鳴るのを感じながら、階段に向かった。

松田くんが先に上がり、後をついていく。今日は手を洗う必要はない。

部屋に入ると、一つ目のダイヤル錠が揃った時と同様に、松田くんは、どうぞ、と下側のつまみを指し示してくれた。

金庫に向かって正座をし、右手でつまみに手をかける。右側にゆっくりまわす。途中、ミシッと何かがひっかかる感覚があった。が、そのまままわす。と、一八〇度の回転まで、あと三〇度足らずのところでつまみの動きが止まった。指先に力を込めるが、それ以上、ビクともしない。

「なんか、固いんだけど」

松田くんを振り返ると、おかしいな、と言いながら、私の横にひざ立ちして並んだ。つまみを譲る。松田くんは右に捻っては戻しを繰り返した。徐々に、ふり幅が広がっていく。

「これでいけると思います」

再び、つまみを指し示された。あくまで、最初に開けるのは私の役割のようだ。力を込め、勢いよくまわすと、一八〇度、しっかりと回転した。と同時に、ガチリ、と、ゆっくりした重めの音と感触が指先に伝わった。

扉の側面にあるくぼみに手をかけ、ゆっくりと手前に引く。

は？　と声が出た。

え？　と松田くんがつぶやいた。

「何これ？」

そう声に出したものの、私はそれが何か知っている。松田くんも当然知っているものだが、あえて黙ってくれているのだろう。

金庫の棚は三段。その中段に、延長コードが一つ。黒いコードとタップ。差し込み口は二つ。後は何もない。

お金や金銭的価値のあるものではなくても、手紙やハガキ、シンプルな年賀状でも、人の手が入ったことがわかる品なら、何か意味があるものなのだろう、と納得できたかもしれない。

いっそ空だったら、弥生さんは大切なものを金庫から取り出したことを忘れてしまったのだ、と考えることができたかもしれない。

無言で扉を閉めた。

いつまでも固まっているわけにはいかない。立ちあがって振り返り、深呼吸をした。窓の外のどんより曇った空からしとしとと雨が降る様は、まんま私の心を映しているようで、すぐに視線を室内に戻す。

目の前にあるのは、金庫だ。

「えっと、七万円だっけ？」

できるだけ明るい声を出す。金庫が開いたことに私は満足しているし、感謝しているよ、と伝わるように。力を込めていなければ、ため息が次から次へとこぼれてしまいそうだ。

「そうっす。すいません」

松田くんが謝ることではない。あんなもののためにこんな田舎までやってきたのか、と、あきれる気持ちを抑えてくれているのだ。

自室に向かい、机の引き出しから七万円を入れておいた封筒を取り出す。

中身が延長コードでは、弥生さんに請求することはできない。金庫を開けた、と報告すること
も。むしろ、思っていたものが入っていなかったと知れば、弥生さんはあの時以上にパニックを
起こしてしまうのではないか。

七万円。時給一〇〇〇円で惣菜店のパートをしていた時のひと月分の給料と同じだ。

弥生さんの部屋に戻り、道具の片付けをしている松田くんに渡した。

「ありがとうございます。領収書を書きますね。あと、これは下側のダイヤル錠の番号っす」

鉛筆書きの白い紙を差し出される。
五五、一一、七七。
一瞬、何か思い浮かびそうになったが、もうどうでもいい。

「よかったら、階段の電球付け替えましょうか。車にいくつか用意しているんで。階段に対応で
きるハシゴも」

空の金庫にも慣れている松田くんがこんなにも気を遣ってくれているということは、やはり、過
去一、くだらないものが出てきたということだ。

「ぜひ、お願い。おいくら?」

「いいっす、いいっす。サービスで」

松田くんは顔の前で両手を振った。

恥ずかしい。情けない。延長コード以外なら、どんなものでもよかったとさえ思ってしまう。

これはね、と松田くんに話せる、物語性のあるもの。

もう一度開けたら、客間の段ボール箱の中に見つけた『ノルウェイの森』の下巻が入っていないだろうか。

第三章

カバー

(*cover*)

黴取り用の洗剤で床や壁面、すべてのタイルを磨き倒した浴室で体を洗うと、昨日と同じタオルやボディソープを使っていても、自分の体もピカピカになったような気がする。

入浴前に一階の奥の部屋から出しておいた本とスマホを持って、電燈が点くようになった階段を上がり、自室に入った。

壁際に置いてあるベッドの掛布団を半分めくり、枕を背に敷いて壁にもたれ、マットの上に足を投げ出して座る。太ももの上に弥生さんお手製のピノキオ柄のクッションを載せると、私の読書スタイルの完成だ。

本と手をクッションに載せたまま読めるので疲れないし、本と目の距離も丁度いい。……はずだったが、当時と同じように開いた本は、文字がかすんで見える。

弥生さんの部屋からもう一つクッションを持って来て、重ねることも考えたが、やめた。

今更、これを読む必要はない。

本を閉じると、艶《つや》やかな緑色が目に映った。中央に、タイトルと作者名が赤色で縦書きに入っている。イラストも写真もないシンプルな装幀《そうてい》。

みんな、この本の何に惹きつけられたのだろう。私の場合は……。

あの頃、金曜日の夜にいろいろなランキングを発表するテレビ番組があった。その中のブックランキングのコーナーで、この作品は一位を何週も、何ケ月も、独占し続けていた。

他のランク入り作品を、まったく思い出せないほどに。

日本中の書店には、村上春樹の『ノルウェイの森』上下巻しか置いていなかったのではないか、と訝しんでしまうほどに。

上巻は赤色の地に緑色の文字、下巻は緑色の地に赤色の文字。店の中はクリスマスカラーで埋め尽くされていたに違いない、と、ありえない光景をパッと思い描けるほどに。

毎週、決まった時間に同じ本の書影を目にするごとに、脳内に四角いカラータイルを貼りつけられるように、私の頭の中に刻み込まれていった。

赤と緑、初めは均等に。ほどなくして、オセロで圧勝するかのように、緑一面に翻されていく。

その、今、私の手元にある緑色のカバーのかかった本は、私が購入したものではない。

歴史的なベストセラーとなった本ではあるが、高校のクラスの生徒全員が持っているか、といえばそうではなかった。むしろ、私の知る限り、誰も持っていなかった。

私の場合、書店が家の近所になく、高校の最寄りの書店でも、高校前のバス停から三つ先に進まなければならなかったため、足を向けるにはハードルが高かった。中学生の頃から集めていたマンガの続刊が出た際も、自転車通学で書店の前を通る友だちに頼んで買ってきてもらっていたくらいだ。

多くの子が私と同じような状況にあったと思う。おまけに、ひと月のお小遣いの相場が三〇〇〇円から五〇〇〇円だった高校生にとって、単行本の小説は高価な品だった。

しかし、そんな書店環境に恵まれていない場所にある高校でも、話題には毎日のように上がっていた。

――また一位だったね。

――読みたいな。

――ラブストーリーなんだって。

――おしゃれな比喩がいっぱい出てくるらしいよ。

昼休みに弁当を食べながら、タイトルと装幀からは想像しがたいラブストーリーを、それぞれが新聞の書評や週刊誌の特集などで拾ってきた情報を持ちより、こんな話だろうか、と言い合っていた。

――図書室に入らないかな。

――無理だよ。いとこのお姉ちゃんが読んだみたいだけど、けっこうアレのシーンが多かった、って。

誰かがそんな情報を仕入れ、自分たちにはまだ少し早い大人の本、という認識へと変わり、読みたいと思う気持ちは消失……、していくわけがない。読みたい、という声は潜めるものの、興味はますます募る一方だ。

とはいえ、誰か買った人はいないかな、と教室をぐるりと見まわしても、本を持っている人はおろか、家族が買ったという声すら聞こえてこなかった。

そこで、本の話題は終わる。長いとは言えない昼休みのおしゃべりネタは他にもいっぱいあった。

本より盛り上がるのはやはり音楽の話題だった。皆それぞれに好きなアーティストが複数いて、カセットテープにお気に入りの曲を集めたマイベスト集なるものを作っては、貸し借りをしていた。

私は洋楽担当で、父のコレクションだけでなく、弥生さんのコレクションからも集めた、日本のドラマ主題歌の原曲集はかなり好評を博した。

書店と同様に、CDはまだ棚の一部にしか並べられていないレコード店も、少し不便な場所にあったのに、本よりカセットテープの貸し借りの方が流行っていたのは、簡単にダビングできたからかもしれない。
○○というアーティストの曲を聴きたければ、××さん。そんなふうに担当ジャンルは口コミで広がっていき、カセットテープは少人数のグループを越えてやりとりされるものになっていった。これいいよ、と、まわってきたベスト集が、別のクラスの口も利いたことのない子が作ったものだということも、たびたびあった。

だからあの日、突然、声をかけられても、それほど驚きはしなかった。

高校一年の秋、帰りのバスを待つために、バス停に一人、立っていた時のことだ。帰宅部でもなく、運動部でもなく、私が入っていた英語研究部は放課後、一時間ほど活動して解散していたため、帰宅時間が他の生徒とかぶることはあまりなかった。

——浜辺さん、だよね。

向かいのバス停に立っていた男子がいきなり走って道路を横断し、そう声をかけてきた。

浜辺美佐。両親と過ごした海辺の町では、小学校も中学校も、同じ名字の子が学年に複数いたため、それほど親しくない子からも「美佐ちゃん」と下の名前で呼ばれていた。だが、山間の町にある高校では、浜辺だけでなく、浜という字がつく名字は同学年どころか校内にも一人もおらず、当たり前のように名字で呼ばれた。

友だちからのニックネームも「ハマちゃん」だった。

声をかけてきた男子が同学年の子だとはわかったが、名前は知らなかった。だから、はい、とだけ答えた。

彼は名乗りもせず用件を告げた。

――「ノルウェイの森」のレコード持ってる？ カセットテープでもいいんだけど。

本ではなく、レコード。首をひねる私に彼は補足した。

――ビートルズの。

みどり屋敷に越してきたばかりの頃は、父の集めたビートルズのレコードを、弥生さんと一緒にリビングでよく聴いていたが、「ノルウェイの森」という曲に覚えはなかった。

しかし、荷解きをしながら弥生さんが「全部揃ってるんじゃないかしら」と驚いていたことは思い出した。

――多分、あると思う。

――ホントに！ よかったら貸してくれない？ 本を読んだら聴いてみたくなって。同じ部活のヤツに、洋楽なら浜辺さんだって聞いたから。

私のベスト集も思った以上に広がっていたようだ。しかし、そんなことはどうでもよかった。

――本を持ってるの？ よかったら、貸してくれない？

思いがけないところで、『ノルウェイの森』を持っている人に出会えたことに興奮した。

――もちろん。でも、僕が持ってること、他の人には内緒にしてもらっていい？

理由は訊かなかった。何人もの手を渡って高価な本がボロボロになるのがイヤなのかもしれないし、内容的に、読んでいることを知られるのが恥ずかしいのかもしれない、とも考えた。何といってもラブストーリーだ。男性作家の作品とはいえ、そういう本を読んでいるという男子など、それまでに一度も会ったことがなかった。

——できれば、受け渡しも学校以外のところでお願いしたいんだけど。

照れた様子もなく、委員会の事務連絡のように淡々とした口調で言われると、いいよ、と私も同じ調子で返してしまう。家の場所を訊かれ、少し遠くても大丈夫なら、と提案されたのは、すすきケ原高原の麓にある音楽ホールだった。

イベントがない日は、控室などに使われる多目的ルームが町の人たちの読書や自習用に開放されているらしく、公園も併設されていて、バス停からも近いから、ということだった。

次の日曜日の午後一時に待ち合わせをすることになった。

別れ際にようやく名前を訊いた。

山本邦彦。同姓はクラス内だけでも四人いたが、私が「邦彦」と名前を呼び捨てにするようになったのは、周囲がそう呼んでいたからではない。皆、けっこう仲が良さそうな子でさえ、「山本くん」と呼んでいた。

懐かしい名前が字面で浮かび、クッションに本を載せたまま、スマホを手に取った。

この名前を検索したのは、七年前だったか。

結婚当初から住んでいたマンションから、夫の転職に伴い、義母のいる夫の生家に引っ越したひと月後くらいだったはずだ。料理の味付けから、洗濯物の干し方、廊下の歩き方まで、何をしても否定される日々が積み重なっていくうちに、人生で初めて湧き上がってきた問いがある。

いったい私はどこで道を誤ってしまったのだろう。

答えはすぐに浮かんできた。

結婚相手を間違えたのだ。

結婚そのものを悔いたことはない。するのが当たり前だと思っていた。義務教育の延長線上に、高校、大学、就職、そして、結婚があるような感覚だった。もちろん、出産も。

では、相手を間違えたのなら、誰ならばよかったのか。

その人と結婚していれば、どんな人生を送っていたのか。

そもそも、彼は今、どんな人生を送っているのだろうか。

独身、という可能性は？

SNSに投稿するタイプじゃなかったな、と、それほど期待を込めずに「山本邦彦」と打ち込み、検索した。すると、同姓同名が大勢いたが、彼のものだと思われるフェイスブックのアカウントを見つけることができた。

自己紹介の欄には「職業、地方公務員。趣味、写真」とあり、すすきケ原高原を中心とした風景写真が多く上げられていた。

彼が高校時代、写真部に入っていたことを思い出した。

その中にちらほらと、妻や息子とキャンプやハイキングをした、という記述とともに、人物は写っていないものの、バーベキューやサンドイッチの写真が交ざっていた。

賑やかで楽しそうなアウトドア用テーブルの向こうに一瞬、自分が座っている姿が思い浮かび、慌ててページを閉じた。

見るんじゃなかった。検索なんかするんじゃなかった。

自分が大きな選択ミスをしたことを、突きつけられた気分だった。

スマホをテーブルに叩きつけたい衝動に駆られた。この小さな画面を壊してしまえば、今、目にしたものも、夢であったかのように霧散するのではないか、と。

だが、そんなことをしても何も変わらない。あちらの幸せも、こちらの現実も。それより、夕飯の支度をしなければならない。

おかずが少なければ、隆司ちゃんがかわいそう、と言われる。しっかり三品作っても、それらは半分以上残されてしまう。夫が小食なのではない。私が台所に立つと、競うように隣に立って息子のためだけの一品を作り始める義母の料理を、彼はおいしそうに平らげるのだ。

夕方五時が近づくと手が震えだす。それが私の現実、楽しい食事は存在しない。

以後、その名前を打ち込むことは二度となかった。

邦彦がまだ独身かもしれない、などと、あの時の私は何様気取りで思ってしまったのか。彼を理解できる人間は自分だけだと、別れてもなお思い続けていたのは……。

この本のせいだ。

スマホをひざの脇に置き、緑色のカバーに目を落とすと、頭の中の同色のタイルがぽろぽろと剝がれ落ち、再び懐かしい日の光景が広がっていった。

互いに『ノルウェイの森』の本とレコードを貸し借りすることが決まった日、私は家に帰るとすぐに、夕飯もそっちのけで父のコレクションを入れてある収納ボックスを開けた。

何をしているのかと夕飯が冷めることに不満そうな弥生さんに訊かれ、ビートルズの「ノルウェイの森」が収録されているレコードを探しているのだと答えると、「ノーウェジアン・ウッド」ね、と鼻歌交じりで探し出してくれた。

理由を訊かれ、本を読んだ子に貸してほしいと頼まれたから、と打ち明けた。男子だとは伝えていない。

——ものすごく流行っているみたいね。

実は、本が話題になり始めた当初、私は弥生さんがいち早く購入することを期待していた。弥生さんの持っている本は洋書ばかりだ。それでも、と弥生さんの流行に敏感なところにかけていたが、案の定、ランキング番組を見ながら、日本の作家には興味が湧かないのよね、と受け流していた。

——関係あるのかな、とは思っていたんだけど、読んだ子がビートルズの曲を聴きたくなったくらいなら、私も読んでみようかしら。

夕飯後、二人でレコードを聴いた。英語は得意科目であったものの、歌詞を同時に訳せるほどではなく、曲の雰囲気に身を委ねていると、頭の中に下巻のカバーの緑色が広がっていった。樹でも、森でもなく、ただの緑色。なのに、とても心地よい。

曲が終わると、俄然《がぜん》、読みたい気分が高まった。だが、弥生さんはそうでもない様子だった。お風呂をわかしてこなきゃ、と、すぐに立ちあがったくらいだ。

――私が求めている情熱的なラブストーリーじゃなさそうね。でも、好きな曲ではあるから、この雰囲気を求める気分になったら読んでみるわ。

情熱的、に力を込め、笑いながらそんなことを言っていた。もちろん、弥生さんに私が今すぐ読みたいことを伝えれば、お金をくれるだけでなく、明日の学校帰りにでも車で書店まで連れていってくれるのだろうが、こちらからねだらない、ということは心に決めていた。

とはいえ、本を借りる目処はもう立っている。約束の日が待ち遠しくてたまらなかった。

その日、音楽ホールではピアノ教室の発表会が行われていたため、ロビーで待ち合わせをしていた私たちは、外のベンチに移動した。

突き抜けるような青空の下、まずは私が弥生さんにもらったデパートの紙袋に入れたレコードを渡した。彼は袋をのぞき、こんなジャケットなんだ、貴重なものをありがとう、と言って、ぺこりと頭を下げた。そして、脇に置いていたリュックから茶封筒を出し、私に渡してくれた。

受け取りながら、あれ？　と思う。テレビで装幀を見ただけなので、本の厚みは知らなかったが、手触りからも中身が一冊だけだとわかったからだ。

まだ、下巻は読んでいる途中で、先に、上巻だけ持ってきてくれたのかもしれない。

そう解釈して封筒を開けると、えっ？　と声が出た。ゆっくりと取り出して、改めて眺める。

緑色のカバー、下巻だ。

――間違えちゃった？

とまどっていることを気付かれないよう、責めていると思われないよう、精一杯、明るい口調で訊ねてみた。しかし、彼はあまり感情の読めない顔のまま、いや、と答えた。

言葉の出ない私に彼は続けた。

――言わなかったっけ？　下巻だけ買ったんだ。かっこよかったから、自分の部屋に飾りたいなと思って。

聞いていないし、そんな本の購入理由があるだろうか。私はあきれ顔になっていたはずなのに、彼は淡々と、いや、むしろ徐々にいきいきとした表情になりながら説明を始めた。

――緑ってさ、難しい色だと思うんだ。赤や青なら、ほとんどの人が言葉だけで同じ色を思い浮かべられるはずなのに、緑はそれぞれのイメージが違うっていうか。親に何色の服がほしいか訊かれて、緑って答えたら、確かに緑だけど、それは違うだろっていうアマガエルみたいなのを買ってこられて。こういう緑じゃないって言ったら、怒られて。

彼は上下黒い服を着ていた。

――かといって好きな緑色を口で説明するのは難しい。だからもう、好きな色を訊かれても緑って答えないことにしていたんだけど、やっと、この緑だって言えるものが現れたんだ。

私は手元の緑を眺めた。レコードを聴いていた時の感覚を思い出した。心が落ち着く色。

——私は、今まで緑色はあまり好きじゃなかったけど、この緑はずっと眺めていたいかも。枕元とか勉強机の棚に立てかけておきたい気がする。

そう言った途端、彼の顔が輝いた。

——だろ、だろ、だろ。でも、せっかく買ったんだから読まなきゃもったいないかなって最後まで読んでみたんだ。そうしたら、この緑色がぴったりの内容で。三回繰り返して読んだくらい、すばらしかったんだ。

——下巻だけでも?

——上下巻本の上巻は、作品の世界に入るドアがいくつか用意されているようなもので、下巻にドアを見つけられたら、必要ないんじゃないかな。

まったく納得できない言い分だったが、上下巻論はまだ続いた。

——たとえば、自分の人生が上下巻の本だと想像してみて。上巻の舞台がずっと同じ場所とは限らないし、重要人物だと思ってた人が最後まで登場し続けるかどうかもわからない。浜辺さんは高校入学までは他県に住んでたって、誰かから聞いたけど、この町に来てからが下巻だとしたら、別に僕は浜辺さんの上巻を知らなくても、下巻からの浜辺さんと友だちになりたいと思うんだ。洋楽のこととか教えてもらいたいし。まあ、変人扱いされてる僕とは、あまり関わりたくないかもしれないけど。

そう言って彼は少し照れたように俯いた。私もつられて視線を落とし、その先には緑色があった。

たとえば、この本が私の物語の下巻だとすれば、上巻のカバーは青色だ。両親と海辺の町で暮らした、中学を卒業するまでの話。下巻の舞台はがらりと変わって山間の町に。登場人物も、弥生さんを除いて総入れ替えだ。そのうえ、弥生さんは上巻ではまったく重要人物ではない。

昼休みにグループの子たちと、本や音楽の話をするのは楽しいが、噂話は苦手だった。知らない名前や地名がぽんぽん出てくる。思い出話もそうだ。小学校の修学旅行でとか、中学校の文化祭で、などと言われても、皆と同じ風景を頭の中に思い浮かべることができない。説明を求めて、話の腰を折るのも申し訳なかった。面倒臭いと思われるのが怖かった。

自分だけが違う色。そんなふうに感じていた。

だが、下巻だけでもいいという考え方もあるのなら……。

――友だちになろうよ。名前は、みどり友の会とかにする？

――いいね。それってメンバーは増えていくの？

――どうかな。

もちろん、同級生などのメンバーが増えることはなかった。

誕生日やクリスマスは、互いに、緑色のものをプレゼントしあった。革製のキーケースをプレゼントした時には驚かれた。少し背伸びをした金額にではない。何に使うのか、と。

お揃いで自分用に買っていたキーケースを私は彼に見せた。すでに、みどり屋敷の鍵をつけていた。

彼の家の玄関は一日中、鍵がかかっていないことを知った。

上下巻の本を、彼は変わらず下巻だけ買って読んだ。だが、私は上巻を買うことにした。

下巻のみ読む特別な本は『ノルウェイの森』だけでいい、と宣言して。彼は……。

息を思い切り吸い、ハー、と声を上げながら吐き出した。

「青春ですなあ」

当時の自分をからかうように言ってみる。三度繰り返した。なぜだか、清々しい。一部屋片付け終えたような気分だ。同時に、ぽっかりあいた空間に、虚しくもなる。

何が人生の下巻だ。

高校時代など、上巻の半分にも満たない、せいぜい第二章に入ったところではないか。じゃあ、今はどの辺りだろう。年齢で区切り、平均寿命まで生きられるとしたら、下巻の前半か。それとも節目と呼べるもの、結婚からが下巻になるなら、なんてつまらない物語なのだろう。

いずれにしろ、私の人生の下巻に、山本邦彦は登場しない。

彼の結婚相手は、上下巻の本は下巻だけ読めばいいという考え方を受け入れられる人なのだろうか。緑色と聞いて、このカバーの緑色を思い浮かべられる人なのだろうか。

それにしても……、この本がなぜここにあるのかわからない。

私は下巻だけを三回繰り返して読んだ後、彼にこの本を返したのだから。

そもそも、これは彼の本なのか？　弥生さんが買った本が紛れ込んだのでは、いや、それはないか。段ボール箱にはガムテープで封がしてあった。

そうだ。彼の本は初版だった。これは？　本の後ろ側からページをめくる。と、写真が一枚挟まっていた。

雪が積もった、すすきケ原高原だ。

裏返してみると、手書きでメッセージが書いてある。

『何十年後でもいい。この風景を懐かしいと感じたら、本を返しに来てください。　K』

彼の字だ。もしかすると、この本はみどり屋敷のポストに入れられていたのかもしれない。もしくは、弥生さんに預け、それを弥生さんが私の荷物の中に入れて封をし直した。

返しに、行ってみようか。

今の自分なら、幸せそうな姿を目の当たりにしたとしても、それほどショックを受けないのではないか。

それよりも、会ってみたい。

音楽ホールの駐車場に車を停めた。

スマホで地図を確認する。

あの頃、邦彦はここまでいつも自転車で来ていたが、徒歩でも二〇分くらいで行けるようだ。もしかすると、家の周辺に車を停められるところがあるかもしれないが、地図上にコインパーキングなどを確認することができなかった。

見知らぬ場所を自動車でうろうろするのも避けたい。そのうえ、徒歩だと商店街を通り抜けることができる。

賑やか、と言えるほどの人通りはないが、平日にもかかわらず、シャッターが下りたままの店は見当たらず、昼前ということもあり、揚げ物のおいしそうな香りが漂っている。

そういえば、邦彦がコロッケパンをくれたことがある。三年生になって、学校が休みの日に音楽ホールの多目的ルームで受験勉強を一緒にする時は、二人とも弁当持参で、天気がいいと併設された公園のベンチで食べていた。

その時に、いっぱい作ったから、と一つ分けてくれたのだ。邦彦の手作りということにまず驚いたが、コッペパンにコロッケを挟んでラップで包んだだけのものを受け取り、確かに、母親が作ったふうではないなと思った。

ソースもケチャップもかかっていなかった。が、一口かじると、ジュワッと甘辛い肉じゃがの出汁のような味が口いっぱいに広がった。

家の近所の商店街で買ったコロッケだと教えてくれた。

大好物なのだ、と。

その後、私はその時々に住んでいる場所の近くだけでなく、観光地でご当地牛を使ったコロッケなどを食べたこともあるが、あれよりおいしいコロッケに出会ったことがない。

幾分、思い出補正が入っているだろうが、日本一、いや、世界一おいしいコロッケだ。

だが、当時、安易にその言葉を使わなかったのは、私も、邦彦も、自分たちが住んでいる場所が、狭い狭い世界で、外側はここよりすばらしいもので溢れている、と信じていたからだ。

肉屋が見えた。店先でコロッケを揚げている。ワゴンには、メンチカツやエビカツなども並んでいる。打ちのめされるだけの結果になったとしても、世界一のコロッケを買って帰ろう、と思うと元気が湧いてきた。

商店街を抜けると、一気に閑散とした景色に変わった。みどり屋敷の周辺とそれほど変わらない。それでも、コンビニはあるし、家も比較的新しいものが多い。

だが、町の変化はわからない。

高校時代、そして、大学時代に帰省した際も、互いの家を行き来したことはなかった。二人で出かけて見送ってもらうのも、バス停までだった。

弥生さんに会ってみたい。一度だけ、そう言われたことがある。弥生さんは英語の歌をスラスラと歌える。そんな話をしていた時だ。

いつにする？　と話を進めようとしたら、やっぱりいい、と、すぐに断られた。

弥生さんならきっと、友だちを連れてくると言ったら、喜んで、お菓子を焼いたり、食事もどうかしら、などと手の込んだ料理を用意したりして、歓迎してくれるはずだ。邦彦と二人でいる時はビートルズをカセットテープで聴いていたが、レコードで聴いたらもっと心地いいだろうし、父のコレクションも見せてあげられるのに。

そんなふうに残念に思ったが、私が彼を家に招くのに抵抗がなかったのは、きっと、弥生さんが親ではなく、叔母だったからだ。

両親と暮らしていた頃、友だちを家に連れてくると、母はおやつを用意して、皆に笑顔で応対してくれた。

だが、その子が帰ると、査定のようなものが始まる。

挨拶ができない、靴を揃えない、帰りがけにお礼も言わない。こういうことは仕方ないとしても、勉強はできるの？　クラスで何番くらい？　どこに住んでいるの？　お家の人は何をしているの？　と続いては、うんざりするしかない。

これが男の子となれば、と想像するだけで首をぶんぶんと横に振ってしまいたくなる。自分が母の死んだ年齢を追い越した今となっても。

そもそも、邦彦は一人で過ごすのが好きだった。

どんなに広いところにいても、彼がいるのは定員一名のスペースで、私は無理やり狭い空間に押し入っているような感覚になることがよくあった。

結局、邦彦と弥生さんが会ったのは一度きり。音楽ホールにピアノのコンサートを聴きに来ていた弥生さんとばったり会った時だ。

――お友だちと勉強するって、男の子だったのね。

邦彦の前でそう言われ、私は恥ずかしくて何も返せなかったが、邦彦は淡々と自己紹介をした。

――みどり友の会の山本です。

そう言って、ぺこりと頭を下げた。弥生さんは、楽しそうな会ね、とケラケラ笑い、コンサート会場である大ホールに入っていった。

――こんなところに、あんな人がいるんだ。

弥生さんの背を見ながら邦彦はそうつぶやいていた。あんな、が何を意味しているのかは訊ねなかった。

私も弥生さんのような大人に出会ったことがなかったからだ。

私が彼の家族に会うことは一度もなかった。一人っ子だということは教えてくれた。しかし、家族構成や親がどんな人かは聞いたことがない。

両親を事故で亡くした私に気を遣ってくれていたのか、単に、自分が話したくなかっただけか。

私が知っている彼の家族のエピソードといえば、母親が、緑色が好きな息子のために、アマガエルみたいな色の服を買ってきたということくらいだ。

赤信号に足を止める。無視して渡れないほどの交通量ではないが、急いでいるわけではない。むしろ、立ち止まれたことにホッとしている。

住所はすぐにわかった。

互いに、東京の大学に進学したので、故郷の住所に宛てて手紙を書くことはなかったが、高校の卒業アルバムの後ろのページには、職員、生徒、全員の住所と電話番号が記載されていた。私の住所はみどり屋敷のもので、丁寧に「森野方」とまで記されていた。

それにしても、信号が変わらない。と、押しボタン式だと気付く。ボタンを押すと、すぐに青に変わった。

道幅がどんどん狭くなる。やはり、歩きにして正解だ。みどり屋敷に帰っているような気分になる。私たちにはこんな共通点もあったのか。空を見上げ、大きく息を吸い込み……、止めた。

自分の間抜けさに気付く。

平日の午前中に、邦彦が家にいるわけがない。

私が持つ、彼の最後の情報は、フェイスブックを除くと、県の公務員試験に合格したというところまでだ。辞めたり、転職している可能性がないこともないが、無職ではないだろう。

いや、不在でいいのだ。

いきなり会うよりも、まずは、家の様子をうかがってみるだけでいい。庭を見ただけでも、どんな生活をしているのかくらいは想像できる。

手入れされた庭の片隅に、ピザ用の石窯などが見えてしまったら、郵便受けに本だけ入れて、とっとと帰ろう。

ダメ、ダメ。訪れた痕跡など残さずに、そっと引き返すだけだ。

待てよ。そもそも、地元に就職したからといって、実家に住んでいるのだろうか。県職員は転勤も多いと聞いたことがあるし、結婚を機に、新居を構えたかもしれない。

実家があるかどうかだってわからない。空き地に……、あった。

古い、大きな日本家屋だ。石の門柱に埋め込まれた表札には「山本」と彫ってある。

金木犀《きんもくせい》の香りがした。門のすぐ脇にある金木犀の樹は塀から大きく枝をはり出し、道端にオレンジ色の花をまき散らしている。大きな樹に重厚な年月を感じる、というよりは、何年も手入れしないまま放置してきたことがわかる残念な枝振りだ。

もしやこの家も、と、みどり屋敷の荒れた庭の残像が浮かび上がってきたが、すぐに消える。悪臭はない。あの臭いは金木犀でごまかせるようなものではない。

門扉のない柱のかげから、中を覗いてみる。

荒れてはいないが、手入れもされていない。枯れた雑草がところどころに生えている、何もない庭。沓脱石の奥に見える金属製の台のようなものは何だろう。

反対側にあるカーポートには、車二台分のスペースがあり、白い軽自動車が一台停めてある。空いたスペースの奥に、マウンテンバイクが一台、息子用だろうか。

と、庭の方から声がした。庭ではなくそこに面した縁側からだ。

木枠のガラス戸越しに、スウェット姿のおばあさんが女性に支えられ、大きなマッサージチェアのようなものに座らせてもらっているのが見える。

邦彦の母親と奥さんだろうか。

女性はこちらに背中を向けているので、顔は見えない。長い髪をひとつに束ねている。グレーのトレーナーに細身のジーンズは、今の私の恰好とそれほど変わらない。

女性は縁側の向こうの部屋に消えていった。すぐに戻ってくる。

左腕にかけてあるひらひらとしたものはスカーフだろうか。色とりどりのものが五、六本あるように見える。

それを一本外し、おばあさんに差し出す。おばあさんは片手でそれを払い落とした。

何だ、あの態度は。もやっとしたものが込み上げる。しかし、女性は怒った様子もなく、腕にかけてある別のスカーフを差し出した。

おばあさんは、イヤイヤ、というふうに首を横に振り、また片手でスカーフを払い落とした。女性は次のスカーフを差し出す。おばあさんは首を振って払い落とす。また次も。その次も。

最後の一本も。

「これじゃないと言ってるだろ！」

これまでのやり取りは、何かしゃべっているのはわかっても、内容までは聞き取れなかった。が、おばあさんが叫ぶように放った言葉は、私のところまで飛んできた。

距離があっても、ガラス戸を挟んでいても、耳を覆いたくなるような金切り声だ。

女性は何かなだめるようなことを言っている。

「こんな安物ばっかり。エルメスはどこにやった！」

エルメスがヒェルメスに聞こえるくらい、激昂《げきこう》した様子の声だ。

女性は肩を落としておばあさんの前に立ち尽くしている。

「おまえが盗んだんだろう！　私のエルメスを！」

ガラスに罅《ひび》が入りそうな怒鳴り声に耳を塞いだ。

「この、泥棒が！」

「うるさい！」

塞いだ手の隙間を掻い潜って聞こえてきたのは、おばあさんの声ではない。

「うるさい、うるさい、うるさい」

女性はそう繰り返しながら、スカーフの束を拾い上げ、両手で雑に丸めると、おばあさんの口に押し当てた。

「うるさい、黙れ、黙ってよ……」

おばあさんの口の中にスカーフのかたまりを押し込もうとしている。おばあさんは苦しそうに両手を振りまわしてもがいている。その手が頭をはたいても、女性は手を緩めない。

「ダメよ！」

自分でも驚くほどの声が出た。が、女性が気付いた様子はない。

止めなければ。庭に入って？

いや。正面に玄関の引き戸がある。インターホンが目に留まった。飛びつくようにしてその前まで行き、ボタンを連打した。

ピンポン、ピンポン、ピンポン。

大きな音で鳴っているのが聞こえる。が、こちらへ人が向かってくる気配はない。

数歩下がって縁側の方を見る。

ダメだ。女性の体勢はまったく変わっていない。宙を掻くおばあさんの手は腰の辺りまで下がり、虫も払えないような動きになっている。

再びインターホンを押し、引き戸に手をかけ、思い切りスライドさせた。すべりのよくない重い戸がガラガラと音を立てて開く。

そのまま中に入り、靴を脱ぎ棄て、縁側の方に向かった。

間近で見る女性の背中は想像よりも細く、小刻みに震えていた。

「やめて！」

その両肩に手をかけて思い切り引いた。途端に、女性ははじけるようにこちらを振り返り、はずみで私は尻もちをつく。畳敷きの縁側で助かった。

「あの、私、何を……」

女性は立ったままおばあさんと私を見比べた後、自分が手にしているスカーフのかたまりに目をやり、へなへなとその場に座り込んだ。

おばあさんはぜいぜいと音を立てながら呼吸をしている。見開いた目からは涙が流れ、両方の鼻の穴から鼻水が垂れていた。

「水を、おばあさんに」

女性にそう声をかけたものの、聞こえているのかいないのか、座り込んだままスカーフを脇にぽとりと置き、トレーナーの裾で両手を拭いてから顔を覆い、しくしくと泣きだした。

放心していても、おばあさんの唾液のついた手で顔を覆いたくないという気持ちは残っているのか。わかる。

しかし、勝手にキッチンに行くのも気が引ける。そうだ、と肩からかけていたナイロン製のショルダーバッグを開けた。片付けの最中に見つけた、何かの景品らしき水筒に、「命の水」を入れて持ってきていたのだ。

打ったお尻をさすりながらよろよろと立ちあがり、おばあさんのところに行く。コップになっている蓋に水を入れ、かがみ込んで、おばあさんの口元に近付けた。

「ゆっくり飲んでくださいね」

そう言って、コップを傾けると、こぼしながらではあるが、おばあさんはゆっくりと水を飲み込んだ。

ゲホッとむせ、口の中の水がたらりとしたたる。それをズボンのポケットに入れていたタオルハンカチで拭う。スウェットの襟もとにこぼれていた水も別の面で拭きとった。

不思議と、抵抗はない。

水をもう一杯注ぐと、今度は、おばあさんは自分でコップを両手で持ち、ゆっくりと飲み出した。

ふと、畳の上の、落ちたスカーフのかたまりに目が留まる。

赤、オレンジ、黄色、薄紫、水色、そして、アマガエルのような緑色。

勢い余って家に上がり込んだが、そもそも、このおばあさんは邦彦の母親なのか。女性は邦彦の妻なのか。

トントンとコップを手の甲に当てられる。おばあさんは水のおかわりがほしいようだ。黙ってコップを受け取り、水を注いで、両手に持たせる。

ごくごくと勢いよく飲んでいる。

それどころではないのだろうが、お礼も言わないんだな、と思ってしまう。が、見返りを求めているわけではない。

いったい、先ほど、ガラス戸越しに遠目で見たあの光景は何だったのか。

女性にも水をあげたいが、おばあさんと同じコップは使いたくないはずだ。そろそろ声をかけても大丈夫だろうか。と、女性が顔を上げた。

「あの、私なんてことを……。警察に通報されます、よね？」

怯えたような目でそう問われる。

通報、するようなことなのだろうか。行為としては殺人につながるものだったかもしれない。だが、おばあさんは無傷で、医者を呼んだ方がいい状態とも思えない。

むしろ、頬にひっかき傷がつき、血を流しているのは女性の方だ。

「いえ、通報は……。それより、顔、痛くないですか？」

バッグからポケットティッシュを取って差し出した。

顔？　と女性は両手で自分の頬を触り、チクリとしたのか、少し顔を歪《ゆが》めて頬から手を離し、左手の指先に血がついているのを見て、ひゃっ、と声を上げた。

おずおずとティッシュを一枚引き出して、頬を押さえる。白いティッシュに赤い血が滲《にじ》んだ。

女性の首筋にも、うっすらと血が滲んだひっかき傷が数筋できている。痛みを感じないほどに我を失っていたのだろうか。

向かいに座って、きれいなティッシュを何度か渡し、空になる前に、血も止まった。

「私、とんでもないことを……。あなたが止めてくれなかったら今頃……」

恐ろしい想像をしたのか、女性はそれを振り払うように首を振った。そして、正座をして私に向き直った。

「ところで、どちらさまでしょうか」

当然の疑問だが、言葉に詰まる。

私は……、（おそらく）あなたの旦那さんの高校時代の同窓生で、随分前に本を借り、（返したはずなのに）長いあいだお返しできずにいたので、今日、持ってきました。とても説明すればいいのだろうか。

嘘ではない。本を入れた和菓子屋の紙袋は、そうだ、靴を脱いだ際、上がり框《かまち》に置きっぱなしにしている。メッセージの書いてあった写真は抜いてある。

近くに来たついでに、ポストに入れさせてもらおうと思ったんです。とでも付け足そうか。音楽ホールに用があって、とか。なぜ、私はこんな言い訳じみたことを考えているのだろう。

「あんた」

ふいに、後ろから声をかけられた。振り向くと、おばあさんとばっちり目が合う。

「やっぱり、そうだ」

私の顔をじっと見つめたまま頷く。

「みどり屋敷の、弥生ちゃんじゃないか」

「はい？」

予想外の呼びかけに、つい、説明を求めるように女性に顔を向けたが、彼女も首を傾げている。

みどり屋敷、と来たら、弥生ちゃんは、あの、弥生さんだ。二人はどういう関係だ？

「叔母と間違われているみたいです」

女性に小声で言った。

そうだ、叔母が施設に入ったので、親しい人に挨拶をしに来た、ということにしてみようか。

「思い出した」

おばあさんが大声を上げた。

「エルメスのスカーフは弥生ちゃん、あんたが持っていたんだ。やっと、返しに来てくれたんだね」

いったい、何を言ってるんだ？


私は「自家製ベーコンと高原野菜のペペロンチーノ」を、向かいの席に座る女性、山本邦彦の妻である菜穂さんは「地鶏と秋のキノコのクリームソース」を注文した。それぞれ、サラダとスープと食後の飲み物が付いたランチセットにしている。

先日、なんでもザウルスの開錠士、松田くんと来たイタリアンレストラン「ベルデ」だ。

「イタリア語で『緑』という意味ですよね」

菜穂さんはテーブルの端に立てたメニューの表紙を見ながら言った。

「はい？」

「この店の名前です」

「緑？　そうなんですね」

つまらない相槌しか打つことができない。すごい、イタリア語がわかるなんて、と返せるような間柄ではない。ましてや、緑は旦那さんの好きな色ですね、とは絶対に。

では、どうして私たちは今、おしゃれなイタリアンレストランで向かい合っているのだろう。

風通しのいい、テラス席で。

おばあさん、邦彦の母親である菊枝さんから、みどり屋敷の弥生ちゃん、と呼ばれたうえ、スカーフを返して、といった意味不明なことを言われた後……。

私は弥生ではなく、姪の美佐です。スカーフとは何のことですか？

そう訊こうとした矢先、インターホンの音が響いた。

まるで自分が事件を起こした現場に予期せぬ部外者がやってきたかのように、心臓がドキリと跳ねたが、菜穂さんはそれほど驚いた様子もなく、縁側続きの和室の柱にかけられた古い鳩時計を見て立ちあがり、玄関へと向かった。

追いかけるように鳩が小窓から飛び出し、一回鳴いた。

——菊枝さん、こんにちは。

若い男性の元気な声が聞こえたのは、玄関ではなく縁側の戸の外側からだった。デイサービスのお迎えで、沓脱石の奥にある昇降機を使って菊枝さんは車椅子に座らされ、庭を通って門を出ると、家の前に停めてある福祉施設の名前が書かれた車に乗せられ、運ばれていった。

――弥生ちゃん、また明日。

私に向かい、そう言い残して。

「お姑さん、大丈夫そうでよかった」

ランチ前にしんみりしていても仕方ないので、明るい口調で言ってみた。幸い、天気は良く、風もないため、外が苦にならない程度に暖かい。

「ご迷惑をおかけしました……、本当に、私はとんでもない事を……」

責めるつもりで言ったのではない。が、菜穂さんの両肩は上がり、歯を食いしばっているのがわかる。きっと、ひざの上に載せられた両手はギュッと強く握りしめられているのだろう。

デイサービスの送迎車を見送った後、玄関の上がり框に腰掛け、しばらくそうしていた時と同じように。

翅《はね》のもげた妖精を思わせる姿を、放って帰ることはできなかった。自分のやろうとした行為を思い返して打ち震え、その身に取り返しのつかないことをしてしまうのではないかという恐れもあった。

とはいえ、何と声をかければよいのかわからない。が、グウ、と腹時計が鳴った。

――よかったら、ランチでもしませんか。ご存じかもしれないけど、県道沿いにおいしいイタリアンの店があって、そこでよければ。

断られるかと思ったが、菜穂さんは小さく頷いた。

店までは私の車で行くことになり、音楽ホールまで歩きながら、互いの名前を名乗り合い、車の中では、役場から連絡を受けて叔母の世話をするために高校時代を過ごした故郷に戻ってきた、といった私のことを一方的に話すばかりだった。

助手席の菜穂さんは、初めはあまり興味なさそうに前を向いていたが、介護施設のことになると、私の方を見ながら話を聞いていた。

店のドアを開けるまでは私が主導権を握っていたが、店員に席の希望を訊ねられた時は、菜穂さんが先に口を開いた。

——テラス席でお願いします。

店内に知り合いでも見つけたのかと思ったが、そうではなかった。

——ごめんなさい。ちょっと、臭うでしょう?

菜穂さんから悪臭はしない。ということは、私だ。松田くんと来た時は何も気にせず店内の席を選んだ。あの臭かった人だ、と店の人に覚えられていないことを願いながら、テラスの一番奥の席についた。

沈黙に耐え兼ね、グラスの水を飲んだ。ついでに袖口を嗅いでみたが、自分の臭いはいまいちわからない。

「義母は……、デイサービスが嫌いなんです」

菜穂さんがポツリと言った。肩の力は抜けたようだが、視線はテーブルの一点、赤いギンガムチェックのクロスの上にはらりと落ちた、黄色い銀杏の葉に注がれている。

「もともと、協調性が低いというか、負けず嫌いで、人の話を聞かず、自分のことばかりしゃべるから、同じデイサービスを利用している人たちに、疎ましがられるんでしょうね」

菜穂さんは私の相槌を待たずに、話を続けた。

「だけど、自分が嫌われていることを認めたくないから、あんな頭の悪いばあさん連中とは話が合わない、とか言って。四年制大学を出ていることだけがあの人の自慢だから、短大卒の私のことも何かにつけてバカにして」

「酷い。女性が女性を学歴で見下すなんて。特に昔は、頭のいい人だって、経済的な事情や親の理解を得られなくて、進学をあきらめた人がたくさんいるはずなのに」

私の口調が強すぎたのか、味方をしたはずなのに、菜穂さんは少し困った表情をこちらに向けた。

「でも、いいところもあるんです」

あわてて、かばうような言い方だ。

「息子が小学三年生の頃、不登校になりかけたことがあって」

私には経験のない話だ。

「朝、支度をして、ランドセルを背負って一応は出て行くのに、途中で引き返してくるんです。いじめられているとか、勉強がイヤだとか、明確な理由があるわけじゃなく、学校に近付くに連れて、何だかわからないけどお腹が痛くなるらしくて。夫や私ががんばって学校へ行くように説得しても、泣くばかりでした。一緒に行こうか、と言っても、それはイヤだ、って」

夫、に反応してしまうが、黙って頷き、続きを促す。

「そうしたら義母が、無理して行かなくていい、と割って入ってきました。でも、お腹が痛くなった場所からふんばって、電信柱一本分、先まで行って引き返してこい。それができたら一〇〇円やる、って」

結局は学校を休むことになるのに、小遣いを？

「それで、息子さんは？」

「やっぱり帰ってくるんです。でも、義母に、今日は郵便局の電柱まで行った、とか報告して。義母も、よくやった、えらい、って本当に一〇〇円渡して。一週間後には、とうとう引き返してきませんでした。学校に登校しているか、確認の電話を入れたくらいです。それからは毎日、下校すると、ご褒美だ、って二〇〇円渡して、お母さんに買っちゃいけないって言われてるものでも、このお金でなら何でも買っていい、って。コーラを飲んでもアイスを食べても、なんて、私はそういうことを一度も禁止したことないのに」

「お金で釣った、ってこと？」

「いいえ、息子の背中を押してくれたんです。私たち夫婦は……、暗くて、そういう雰囲気が息子に伝染していたのかもしれません。でも、義母は明るくて元気な人だったから」

確かに、声は大きかった。

「あと、おしゃれも好きで……」

菜穂さんはハッとした様子で口をつぐんだ。サラダとスープが運ばれてきたから、ではなさそうだ。

「それで、スカーフを？」

店の人が離れてから訊ねると、菜穂さんは小さく頷いた。

「デイサービスが嫌いでも、自分でトイレやお風呂ができているうちは、行っても行かなくてもよかったんです。だけど、今年の夏前にベッドから落ちて背中を打って、ひと月、寝たきりの生活が続くようになってから、一気に体力が低下して。そのうえ、認知能力も下がってきて」

「わかる。うちの義母も雨の日に転んで足を骨折してから、一気に老化が進んじゃったもの」

「えっ、美佐さんも同居ですか？」

「七年ほど前に、旦那が転職したのを機に。だけど、うちの場合は、お義母さん、足も回復して、いろいろ病院通いが必要な症状はあるけれど、自分で自分のことはできるから」

私が手を貸せば、だが。義母も夫もそれに気付いていない。

「だから、叔母さんのために帰ってこられたんですね。義母は背中が治ってからも寝たきりになってしまって。だから、デイサービスに行ってもらわないと、私一人じゃ、お風呂にも入れられなくて。行きたくないと駄々をこねられるたびに、弱っていたんです」

あの大声で拒否されたら、たまったものではない。

「介護サービスを受けていても、大変なんですね」

菜穂さんはこっくりと頷いた。

「だけど、ふた月ほど前に、縁側でデイサービスのお迎えを待っている時、首が寒いからスカーフを巻きたい、って突然言われて。スウェットにスカーフなんておかしいんじゃないかと思ったけど、とりあえず、義母の部屋のタンスの扉を開けたところにかけてあるスカーフを一枚取りに行って、巻いてあげたんです。そうしたら、お迎えに来てくれたスタッフの方が、素敵ですね、と褒めてくれて」

「介護施設の方って、本当に優しいですよね」

弥生さんの刺繍を褒めてくれた梅原さんを思い出した。

「ええ。でも、スタッフの方たちだけじゃなく、施設を利用している同年代の方たちからも好評だったらしく、それからは、デイサービスに行くのも少し楽しくなったみたいで、私もホッとしたんです。毎朝、縁側でその日のスカーフを選ぶのが儀式のようになっていました。だから、私も夫も、大学生で遠方に住んでいる息子まで、義母にスカーフをプレゼントしたんです。ちょうど、先月、誕生日だったこともあって。お気に入りは、息子が贈ってくれた、赤色のものでした」

スカーフのかたまりの中に、赤地に黒と白のペンキを散らしたような、若い人向けの柄のものがあったことを思い出した。だが、それが払い落とされるのを私は見ている。

「じゃあ、どうして」

「もの忘れがどんどん進んでいって」

菜穂さんはそう言って、スープを飲んだ。さつまいものポタージュだ。私もサラダを食べる。鮮やかな紫色のラディッシュが甘くておいしい。

「どうせ忘れるなら、イヤなことから忘れてくれたらいいのに、義母がそうなのか、人間の脳がそういうふうにできているのか、不快に思ったことばかりが残っていくみたいで。私が義父の法事の日に寝坊したこととか、おせち料理の黒豆が硬かったこととか、こちらが失敗したことばかり」

「うちも同じよ。認知症なんて関係なく、二年に一度は、ふと思い出したように、結婚式の日にお義母さんの着付けの予約を入れてなかったことをネチネチ言われるんだから。そもそも、それって新婦側がやることなの？」

菜穂さんがスプーンを置いて、くすりと笑った。

「どこの家も同じなんですね。私は人付き合いが苦手なせいで、ママ友もいなくて。だから、こんな話ができる相手もいなくて。でも、事実を言われているうちはまだマシでした」

菜穂さんの顔が再び曇る。

「徐々に、記憶がすり替わってきて。テント泊なんてまっぴらだって、自分がキャンプを断ったのに、仲間外れにされた、なんて。それだけならまだしも、早く死ねばいいと思ってるんだろう、って私に向かって言うんです」

「一体、何を試されているんだろうと思う時ってある。私も、同居がイヤなら出て行きなさいよ、って、よく言われた。ケンカしてるわけじゃなく、いきなりスイッチが入ったみたいに怒り出されると、何も言い返せない」

菜穂さんが、うん、うん、と頷く。

「そして、ついには、ありもしないことを言われるようになって。いつものスカーフを並べると、いきなり、エルメスがない、って。そんな高級品、あの人が身に着けてるのを見たことないし、タンスの中を探してもなかった。そもそも持っていたら、一度くらい自慢されたはずなのに、そんな憶えもなくて。夫も知らないって言うし。お義母さんのスカーフはこれで全部でしょう？　って言うと、おまえが盗んだんだろう、って。初めて言われた時は、頭の中が真っ白になりました」

認知症について調べた際、似たような事例があったことを思い出した。

「それからは毎日のように泥棒扱い。お迎えに来たデイサービスの方がなだめながらスカーフを選んでくれるまでがセットで。機嫌よく出て行ってくれた日が私のラッキーデー。最悪な日の決め台詞は、低学歴の泥棒女」

菜穂さんは深く息を吐いた。

「映画や小説とかで、同じ一日が何度もループする話があるでしょう。まるでそういう日々を送っているようで、抜け出し方もわからない」

「旦那さんは？　相談しないの？」

邦彦は自分の言葉を持っている人だ。認知症が進む母親に届く言葉を、彼ならかけられるはずではないか。

「夫は……」

菜穂さんは遠く、すすきケ原高原のある山の方に目をやった。

「森へ行っているんです」

パスタが運ばれてきた。

森林関係の仕事で単身赴任をしている、という意味ではないだろう。だが、私が何らかの解釈を披露するべきではない。私が知っている邦彦は約三〇年前の彼で、菜穂さんには高校時代の同窓生であることも伝えていない。

結局、弥生さんから菊枝さんへの挨拶を言付かったことにしている。

そもそも、会話を続ける必要はない。目の前のパスタは食欲をそそる香りを漂わせている。麺のかたちはそれぞれ違い、私のはオーソドックスなスパゲティ、菜穂さんのは平打ちのフェットチーネだ。

「熱いうちに食べましょう」

菜穂さんにそう言い、二人のあいだに置かれた細長いカゴからパスタ用のフォークを取り出した。分厚いベーコンにフォークを刺し、スパゲティを巻き付けて口に運ぶ。ガーリックの香りが鼻から入ると、胃袋が「さあ、どうぞ」とスペースを空けて待ち構えているような気分になる。ベーコンの塩味と唐辛子の辛さがほどよく絡み合い、口の中に幸せが広がった。

「ああ、おいしい」

テラス席に他の客がいないせいもあり、飲み込むと同時に声が出た。

菜穂さんもフォークを手に取った。濃厚なクリームソースがしっかり絡んでいて、あっちでもよかったな、と思ってしまう。小さく巻き付けたフェットチーネを口に入れた瞬間、菜穂さんの目尻は下がり、笑顔になった。

「よかったら、一口交換しない？」

言った途端に、菜穂さんの表情が曇る。当然だ。料理に手を付ける前ならともかく、このご時世に、初対面の人からこんな無遠慮な提案をされたら、不快に感じるだけだ。

「ごめんなさい。私の悪い癖で」

弥生さんの癖でもある。

「いえ、私も美佐さんのペペロンチーノ、食べてみたいです。でも、汚くないですか？」

私は右手にあるフォークを眺めた。自分では気にならないが、衛生面ではやはりよくない。

「そうだ。お互いスプーンを使ってないから、それをトングみたいにして取るのはどう？」

「ええ。じゃあ、お先にどうぞ……」

菜穂さんはまだ少し抵抗があるように見えるが、フォークをペーパーナプキンを敷いた上に置き、皿を私の方に押し出してくれた。

「じゃあ、遠慮なく」

スプーンを二つ使って、菜穂さんが手を付けていない部分を挟み上げ、自分の皿の端に移した。

「鶏とキノコも取ってください」

菜穂さんはそう言って、皮に焼き目の入った大ぶりの鶏肉を、両手のひらを上に向けて指し示した。

「これは大きいから、こっちの鶏と、しめじとエリンギ、まいたけも」

一口にしては多い量をもらい、今度は自分の皿を菜穂さんの方に押す。

「ベーコン、たっぷり入っているから三つ取ってね。あと、このオイルがおいしいから、しっかりかけてみて」

皿を傾けると、菜穂さんはスプーンでオイルを掬《すく》い、一緒に入ったガーリックチップを見て、これもいただきますね、と微笑んだ。互いに交換したパスタを食べ、おいしい、と笑い合う。

ママ友ランチ会とは、こういった雰囲気なのだろうか。子育ての悩みを相談し合うことはないが、私たちには共通点がある。だが、パスタを食べ終えるまで、互いにその話はしなかった。

まいたけが入っているのにクリームソースが茶色くなってないのはどうして？　バターでソテーしたキノコと鶏をパスタと和えてからクリームソースをかけているのかも。

そんな、目の前にある料理の話で盛り上がることができる。愚痴を言い合わなくても、こういう時間だけで心は充分に休まることを知った。

食後のカプチーノが運ばれてきた。一口飲むと、食事とは別の安らぎが体全体に沁み渡る。

「なんだか、家の近くなのに、遠いところに来たみたい」

菜穂さんが深く息を吐いた。

「ホント。でも、ごめんなさい。私がもっときれいな恰好で来ていたら、インテリアが素敵な店内で、イタリア気分を味わえたのに。自分じゃ臭いにも気付けなくて」

もう少しマシな服も持ってきていたが、邦彦におしゃれをして会いに来たと思われたくなかった。あくまでついで、通りすがりを装う、などとおかしな見栄を張るのではなかった。

まあ、菜穂さんも家にいた時と同じラフな服のままだが。

「違います。臭っているのは、美佐さんじゃなく、私です」

菜穂さんが思いがけない強い口調で言った。目も真剣だ。

「いや、菜穂さんから臭いなんてしないけど。だから、私、自分のことだと思って……」

「じゃあ、私たち二人とも、同じ臭いが沁みついているのかもしれません」

菜穂さんは自分が臭くないことを認めない。

「誰かに、何か言われたの？　顔をしかめられたとか」

手に持っていたカップをテーブルに置き、菜穂さんに向き合った。今、私はコーヒーの香りしか感じない。

「夫が家で食事を取らなくなったんです。それでも外食なら、仕事の付き合いがあったり、一人で外で食べたい気分なのかな、って納得できるんですけど。ある時、カーポートに車を停めた音がしたのに、なかなか家に入ってこないと思って出てみたら、車の中でおにぎりを食べていて」

「たまたま、職場でもらったとかじゃなく？」

菜穂さんは首を横に振った。

「私もそうかと思って、豚汁も作ってるし、中で食べたらいいのに、と言ったんです。そうしたら、ごめん、と」

「浮気とか、そういうこと？」

菜穂さんは再び首を横に振った。そのうえ、また、両手をテーブルの下におろし、両肩を上げて歯を食いしばっている。しばらくして、グラスの水を飲み、ゆっくり口を開いた。

「家の中で食事を取りたくないいんだ。きみの作ったものも、申し訳ないけど、食べられない、って」

「どうして？」

「……おしっこ臭いから」

菜穂さんはそう言うと、両手で顔を覆った。

なんだそれ。そんな酷いこと、あの夫ですら口にしたことはない。

義母は骨折中、おむつを使っていた。その交換を息子にさせることを拒んだのは義母で、介護に関してはまったく彼は役に立たなかったし、感謝の言葉もなかったが、臭い、などと言われたことはない。

「あんたの親じゃん！」

菜穂さんがピクリと震え、顔を覆っていた手を外した。泣いていたのではなさそうだ。それとも、涙を流さず、全身を震わせるのがこの人の泣き方なのか。それでは、悲しみは放出されず、体内に蓄積していくばかりだ。

「ごめんなさい。自分が旦那に言われたような気になって、つい」

私の頭に思い浮かんだのは、夫の顔だっただろうか。邦彦の顔ではなかったか。だが、邦彦がそんな酷いことを口にする姿が想像できない。

「いえ……。私も夫にそう怒鳴りつけたかった。でも、言えなくて。仕事で疲れて帰ってくるのに、今まで気付かなくて申し訳なかった、なんて思ってしまって」

「そんな……」

義母や夫に嫌みを言われて、申し訳なく思ったことなど、一度もない。

「こまめに換気をしたり、消臭剤を増やしたり、工夫はしてみたけど、夫は最低限の時間、気配を消して家の中で過ごすだけで。今では、目の前にいても幽霊を見ているような気分です」

「それじゃあ、スカーフの泥棒扱いも相談できないよね」

込み上げてくる腹立たしさは、いったい、誰に対してのものなのか。

「なんで、主婦ってだけで、人生で一番つらく当たられた人の世話をしないといけないんでしょう」

菜穂さんがぽつりとつぶやいた。強く頷くしかない。

「本当に。おまけに、私はぴんぴんころりで死ぬからあなたのお世話にはならない、って何度も言われたし、旦那も、母さんは歳を取るごとに若返ってるからな、なんてファンタジーみたいなこと、未だに言ってるし」

大変なのは菜穂さんの方なのに、愚痴が止まらなくなる。

「ぴんぴんころり、私も言われました。あんたより私の方が長生きしそうだから、私があんたの世話してやんなきゃならない。勘弁してくれ、とか」

菜穂さんはそう言って、微笑んだ。いろいろな感情がぐるぐると混ざり、もう笑うしかないのか。それとも、私と話すことが、少しでもストレス解消になっているのか。

菜穂さんは冷めたカプチーノを飲み干し、空を見上げた。

「帰りたくないな……」

そうつぶやく菜穂さんの横顔が、ふと、あの家にいる時の自分の姿と重なった。苦しくても、自分の居場所はここしかないのだ。ずっとがんばってきたのに、今更、逃げ出すという選択肢はない。それでは、これまでの自分の人生を否定することになる。

「一週間、好きなところに行けるとしたら、どこがいい？　息子さんのところ？」

逃げ場を持たない人に、逃げることを提案するべきではない。

「息子は友だちと楽しく過ごしています。それより、北海道がいいな」

「一人旅？」

「短大時代の友人が民宿をやっているんです。一度、行ってみたくて」

「行ってきたら？」

「はい？」

菜穂さんがきょとんとした顔をこちらに向ける。

「私は叔母の件でこっちに来てから、ちょっとくらい逃げてもよかったんだって思えるようになった。ループが続いているみたいだって言ったよね。一度そこから抜けてみると、同じところに戻ったとしても、ちゃんと前進する日々になるんじゃないかな」

「でも、お義母さんの世話は……」

「日中は私が行くよ」

「美佐さんが？」

ガッツポーズを作ってみせた。

「デイサービスに送り出して、帰ってきたらベッドに寝かせる。帰宅は何時頃？」

「三時半前後です」

「じゃあ、午前一〇時から午後四時まで家事代行を頼んだことにすればいいんじゃない？　実際は見送った後、叔母のところへ行くけど、掃除くらいはしておくし。後は旦那にまかせて、菜穂さんがどんなに大変かわからせてやればいい」

菜穂さんはしばらくテーブルの一点を見つめていたが、顔を上げた。

「本当に、いいんですか？」

しっかりと目を合わせてくる。

「菜穂さんのお姑さんは、私にとっては他人だから。泥棒扱いされても、はっきり否定するし、傷つかない」

「でも、どうしてそこまで私に？　今日、会ったばかりなのに」

なぜこんな提案をしているのか、自分でもよくわからない。もしや、自分にあったかもしれない人生を、一週間くらい体験してみたいと思っているのか。いや、それはない。楽しいキャンプならまだしも、義母の介護など。

答えがあるとすれば、ここは旅先だから、かもしれない。通りすがりの場所でなら、その時だけと割り切って、普段の自分では想像できないような行動ができる。

「何かの縁でしょ。それに、叔母がお姑さんにお世話になったようだから、二人の若い頃のことにも興味があるし。気にしないで」

でまかせではあるが、エルメスのスカーフの件は確認するつもりだ。

第四章

キャビン

(cabin)

私の車で菜穂さんを、最寄りのバス停ではなく駅まで送る。北海道行きの飛行機、今日の午後の便に間に合う特急列車に乗るために。

一夜明け、菜穂さんの気が変わっていることも想定していた。

空想の家出だけでも気がラクになることは、身を以て知っている。

想像するのはたいてい、夜、ベッドに入ってからで、最初は荷物をまとめるところくらいまでだが、徐々に、駅や空港に近付いていく。そのまま寝てしまえれば、昨夜はついに電車に乗った、空港の搭乗口まで行ったぞ、などと晴れやかな気分で目覚めることができるのだが、空想中に現実に引き戻されることもある。

明日は、町内会の清掃作業があるんだった。これならまだいい。

明日は、お義母さんを病院に連れて行かなきゃならないんだった。そんな夜は、夢の中にまで義母が出てきて、現実の二倍の道のりとなっている車の中で、ネチネチと嫌みを言われる。私の服装や化粧について。どうして、義母の送迎のために、私が余所《よそ》行きのスカートを穿かなければならないのか。鮮やかな色の口紅を塗らなければならないのか。

自分のための外出なら、私だって目いっぱいおしゃれする。

菜穂さんが素敵なニットアンサンブルを着て、パールのイヤリングをつけ、きれいに化粧をしているように。

午前一〇時ちょうどに山本家を訪れると、菜穂さんは家の門の外で待っていて、車をカーポートの空いたスペース、邦彦用の場所に停めるよう、誘導してくれた。事前にスマホに連絡があったにもかかわらず、門の前にいる女性を菜穂さんだと認識するのに、しばらくかかった。

大学生の息子が彼女を連れて帰ってきたのだろうか。そんなふうに思ったくらい、菜穂さんの姿も雰囲気も、昨日とは別物だった。

玄関前にはすでに、機内に持ち込みできるサイズのキャリーケースが置いてあった。私は自動車の後部ドアを開け、二つ横並びに置いていた「命の水」が入った段ボール箱を、山本家用に一つ降ろし、菜穂さんに確認して、空いたスペースにそのキャリーケースを載せた。

——飛行機のチケットが取れてよかった。

ドアを閉めながら言うと、菜穂さんは、きらきらしている目をさらに輝かせた。

——美佐さんに教えてもらった通りにしたら、簡単に買えました。北海道なんて、何ケ月も前から計画を立てて、予約しなきゃ行かれない場所だと思っていたのに。

それはそうだが、菜穂さんの行動力にも、正直、驚いた。おとなしそうな人に見えたが、本来は明るく行動的なタイプなのかもしれない。フェイスブックのバーベキューの写真を見て連想した邦彦の奥さんの姿も、今日のイメージの方に近かった。

——旦那さんには何て？

——短大時代の親友から突然、助けて、って連絡があったことにしました。あの人、そういう設定に弱いから。

確かに、と頷きかけた。

——それで納得してくれた？　お義母さんのお世話もあるのに。

——いろいろ面倒だから、今朝、夫の出勤前に玄関で報告したんです。もう、チケットは取ってるし、お義母さんのことも家事代行サービスに一週間申し込んで、早速、今日から来てもらえることになってるから、って。夕飯の支度について訊かれて、あなたが家で食事を取らないことを伝えたら、びっくりされちゃった、なんて。

これでは邦彦は何も言い返せないだろう。朗らかに語る菜穂さんだったが、北海道行きの原動力はやはり、怒りだったのではないか。

車内では無言の時間が続いている。私が国道に合流するまでの道を間違えないためでもあるが、そもそも、楽しい話をするような間柄ではない。

デイサービスのお迎えが少し遅れ、時計を気にしていた菜穂さんに、運命共同体のような気分で、バス停ではなく駅まで送ることを申し出たが、私たちが出会ったのはほんの一日前だ。夫や姑に不満があるという共通点はあるが、旅立ちを前にして、それらを吐き出す必要はない。

信号を左折して国道に入った。町の中心から外に向かう道はガラガラに空いている。車内ではビートルズを流しているが、出発前に音量を絞った。会話がないのなら、上げてもいいかもしれない。菜穂さんがビートルズに興味がないとしても、好きな音楽の話をするきっかけになる。

こういう会話がちょうどいい。しかし、一点、確認しなければならないことがあったのを思い出した。

「ところで」

「あの……」

私と菜穂さんの声が重なった。もしかすると、菜穂さんは話しかけるタイミングをうかがっていたのかもしれない。

どうぞ、と譲った。

「すみません、たいしたことじゃないんです。美佐さん、飛行機のことに詳しいし、スカーフの巻き方も上手だから、キャビンアテンダントをしていたのかなと思って」

今朝の、菊枝さんのスカーフのことだ。菜穂さんと家に上がると、昨日同様に菊枝さんは不機嫌で、エルメスのスカーフはどこだ、と怒鳴っていた。

私が、おはようございます、と声をかけても、弥生ちゃんとは呼ばれず、誰だい、と眉をひそめられた。

——今日から一週間、私は急用で出かけなければならないので、お義母さんの送迎や家事のお手伝いをしてくださる、美佐さんです。

菜穂さんが説明すると、菊枝さんは訝しげに、菜穂さんと私の顔を交互に見た。

——あんたたち、おかしなことをたくらんでるなら、やめときな。

菜穂さんの表情が強ばった。

——浜辺美佐です。「なんでもザウルス」からやってきました。よろしくお願いします。

とっさに出たのは、なぜか旧姓だった。会社名を勝手に名乗るのを申し訳なく思いながらも、開錠士の松田くんを思い出し、明るく挨拶して、しっかり頭を下げた。白い靴下を履いてくればよかった、と思いながら視線をつま先にやると、その向こうにある散らかったスカーフが目に留まった。

——あら、きれい。

そう言って、赤いスカーフを拾い上げた。パンパンと広げ、柄も素敵ですね、と菊枝さんの首に巻いて結んだ。

菊枝さんが首に手をやると、菜穂さんが横から手鏡を差し出した。

鏡をのぞき込み、菊枝さんがにんまりと笑った。そこに、デイサービスのお迎えがやって来た。

家事代行サービスの者だと、私も挨拶をした。

――菊枝さん、今日のスカーフの巻き方、かっこいいですね。

若い男性職員に言われ、菊枝さんは上機嫌で出かけていった。

――明日も頼むよ、何でも屋さん。

そう私に言い、手を振って。

かつて、スカーフは私にとって、男性のネクタイのようなものだった。目を瞑《つむ》っていても結ぶことができる。

自動車のフロントガラス越しに空を見た。突き抜けるような青空に、飛行機雲が一筋走っている。

「旦那の実家に引っ越すまでは、航空会社でグランドスタッフをしていたの。辞めるまでの何年かは研修担当もしていたから、スカーフを巻くのは特技と言っていいかもしれない。もちろん、キャビンアテンダントに憧れていた時期もあったけど」

世の中にどんな職業があるのかまだよく知らない、高校生の頃の夢だ。海外と繋がりのある仕事をしたいと思っていた。

就職氷河期と呼ばれる時代に突入し、特に、四年制大学の女子が総合職に就くのは困難な道のりであったが、夢は叶った。だが、そのために失ったものもある。

「すごい。私は正社員として働いたことがなくて。自立できないから田舎に帰ってきたのに、親に毎日、愚痴を言われる実家暮らしもうんざりで、親戚の紹介で、初めてお見合いした相手と結婚してしまいました」

見合い、だったのか。菜穂さんの実家のことより、そちらが気になった。

「でも、昔の政略結婚みたいなのじゃなく、相手を良いと思ったから結婚したんでしょう？　菜穂さんも……、その、旦那さんも」

菜穂さんは儚《はかな》げな美人ではあるが、邦彦はどこに惹かれたのだろう。二人の共通の趣味は？

「良いではなく、お互い、悪く思わなかったから結婚したんじゃないかと。特に夫は、ものすごく好きな人がいたけど、その人と一緒になれないなら誰でもいいや、みたいな感じで」

ドキリと胸が跳ね、アクセルを踏む足に力が籠《こ》もった。混んだ道なら追突事故を起こしていたかもしれない。

就職活動を始める頃……。せっかく二人で東京の大学に進学したのに、地元での就職を邦彦は望み、私は別れを切り出した。

一人で森に帰ればいい、と言って。

「それを承知で結婚したの？」

スピードを落とし、まっすぐ前を向いたまま訊ねる。

「まさか。少しずつ、そうじゃないかと思うようになったんです。愛情が薄くても、二〇年も一緒に過ごしていれば、何を考えてるかくらい、だいたい想像がつくようになるでしょう？」

「そうね」

この町を再訪する前に、ひと月ほどかかるかもしれない、と夫に伝えた時のことを思い出した。

――叔母と違ってお義母さんは元気でしっかりしているから、私がいない方がかえって気楽でしょうけど、私の助けがどうしても必要な時は、いつでも連絡して。

最初に見せたのは、不快感。私の物言いをえらそうだと感じたはずだ。だが、引き留めては母親の現状を認めてしまうことになる。

――ゆっくりしてくればいいさ。

想定済みの言葉だった。

菜穂さんが深く息を吸った。

「けんかや、性格が合わなくて別れた相手のことは、ほとんど思い出すことはないけれど、お互い好きなのに、夢がかみ合わなかったり、遠距離になってできた溝を仕事が忙しくて埋められないまま、仕方なく別れることになった相手のことは、忘れられない。だって、きらいになってないんですもん。だから、ふとした時に、二人で楽しく過ごした日々やよく行った場所を思い出すし、それが不快じゃない」

菜穂さんがどんな表情で話しているかわからないのに、なめらかに語る少し低めの声だけで、私の頭の中に懐かしい景色が広がっていった。

すすきケ原高原、そして……。

「でも、そういうのって誰にでもあることじゃないですか！」

短調から長調に転調したような口調に、頭の中の景色が消えた。

「それに、子育てしているあいだは、夫もちゃんと家族に向き合ってくれていたんです。読書や音楽鑑賞といったインドアな趣味の人なのに、息子が喜ぶから、キャンプやハイキングによく連れて行ってくれて」

息子は関係ないのでは？　邦彦は昔からそういうことも好きだった。

菜穂さんは続けた。

「三人でたき火を眺めていても、彼の目に映っているのは、今いる、私たちの姿だと思えてた。でも……」

息子が大学進学で家を出て、菊枝さんの具合が悪くなるにつれ、邦彦は現実逃避をするようになった。

「日ごと、ここではないどこかに心を持って行くようになり、私はその状態を、森に行く、と呼んでいるんです。あっ、昨日も言いましたよね」

「森って……」

確認するべきではないのに、声がこぼれ出た。

「山本の家は古くからの土地持ちで、すすきケ原高原の少し先にある山林の一部も持っているんですけど、夫はそこにログキャビンを建てたんです」

心象風景や比喩ではなく、実在する森のことを言っていたのか。私の頭の中にも同じ景色が存在する。

ログキャビンはなかったが。

「息子がバドミントンの部活で忙しかったり、受験生の時は、遠出できないから、そこでバーベキューをして、一泊して。家族みんなの楽しい別荘のような場所だったのに、今じゃ、夫の週末の隠れ家です」

「食事を車で取るだけじゃなく?」

「酷いでしょう? だけど、目の前にいるのに心だけ森に逃げ込まれるよりも、本体ごと行ってくれる方がマシだと思うようにもなりました。あの目を見なくて済むんだから」

「どんな目?」

「見たくない現実は映さない。私の知らない、幸せな回想シーンの上映中。いっそ、あの目の奥にいる人を一度でも見られたら、あきらめもつくかもしれないのに。そんな素敵な人なら忘れられないよね、って」

菜穂さんに試されているような気分だった。疑われる証拠を、私は残している。

「旦那さん以外、誰もいないかも」

「えっ?」

ずっと正面を見つめていた菜穂さんが、こちらを向いた。彼女をごまかそうとしているのではない。

「家族や職場、田舎の人たち。誰かしらと強く繋がって、重い責任を背負わされている自分から逃げて、誰とも結びつきのない、森の中の樹じゃなく、高原にぽつんと一本立っている、手入れされていない伸びっぱなしの樹のような気分で過ごしたいだけかも」

「言われてみれば、そんな気も。なんだか、美佐さんって夫に会ったことがあるみたい」

菜穂さんの視線が、私の顔に強く突き刺さっているように感じる。余計なことをしゃべるのではなかった。いったい、私は何のマウントを取ろうとしていたのか。

「実は昨日、もしかしてと思って、家に帰って高校の卒業アルバムを調べたら、やっぱり旦那さんと同学年だったことがわかったの。でも、同じクラスになったことは一度もなくて」

これは事実だ。

「そうだったんですね。じゃあ、美佐さんは私より五歳年上になるのか」

同い年くらいかと思ってました、とは続かない。仕事を辞めて以来、実年齢より若く見られた憶えがないことに気付く。ふふっ、と突然、菜穂さんが声を出して笑った。

「どうしたの?」

「ごめんなさい。高校の同窓生に、高原にぽつんと一本立っている樹、なんて言われるってことは、あの人、昔から暗かったんですね」

菜穂さんはコートのポケットからハンカチを取り出し、口を押さえて笑い続けている。何がそんなに可笑しいのか私にはわからない。

「ところで、美佐さん」

プツリと笑いが消えた。

「さっき、何か言いかけたのは？」

私が菜穂さんに訊こうとしていたこと。昨夜、ベッドに入って目を閉じてから思い出した。紙袋に入れた『ノルウェイの森』の下巻を、山本家の玄関に置きっぱなしにしてきたことを。

邦彦と菜穂さん、多分、先に見つけるのは菜穂さんだ。中を見て、何を思うだろう。

夫は、森へ行っているんです。

その言葉を聞いた時、私の頭の中には『ノルウェイの森』の下巻が浮かんだ。邦彦は、大好きだった物語の世界に逃げている。その物語を読んでいた頃の自分に戻りたがっている。その解釈を菜穂さんに確認するのは、自分と邦彦の関係を打ち明けることに繋がりそうで、話を続けるのをやめた。

紙袋は和菓子屋のものだ。菊枝さんへのお土産と、叔母に頼まれていた本を間違えて持ってきてしまった。何食わぬ顔でそう言えばいい、と決めた。昔、流行りましたよね、などと自分は読んだことがないフリをして。

だが、菜穂さんに話を譲り、彼女の言う「森」の正体がわかった今、本のことを訊ねるわけにはいかない。

すすき原の向こうの森だとしても、菜穂さんは、邦彦がそこで思いを馳せる景色の中に昔の恋人の姿があると信じている。そんな彼女に『ノルウェイの森』というタイトルを出してしまえば、たとえ叔母に頼まれたなどと言い訳しても、その恋人が私だと気付かれるはずだ。

邦彦は一人でいる、という私の仮説に頷いてはみても、積み重なった疑惑が簡単に覆るはずがない。

もしかすると、菜穂さんが今日も「森」と口にしたのは、本を見つけたことを暗に仄《ほの》めかしているのではないか。何もかもお見通しで、さぐりを入れられているような感覚もあった。

むしろ、本は私が持ってきたものではないことにしよう。訊ねられても、知らないフリをする。あの家の玄関に鍵はかかっていないのだから。

「いや、北海道に向かっている途中に言うのもなんだけど、実家に帰りたいとは思わないのかな、って。でも、プライベートなことだから、話したくなかったら……」

これも、昨日から気になっていたことではある。

「全然、気にしないでください。実家は県内で、両親ともに元気で、近くに住む弟夫婦と仲良くしています。母は私や弟よりも、弟のお嫁さんと一番気が合う、彼女の方が本当の娘みたいだなんて言って。お嫁さんはどう思ってるのかわからないけど、ちゃんとバランスが保てている場所を、私が入って壊したくないので、用事がある時以外は、あまり連絡を取らないようにしています」

菜穂さんは正面を向いて、淡々と答えた。多分、この人は負けず嫌いなのだ。自分と似ているからわかる。仲の良い嫁姑を見ると、敗北感を抱いてしまうのではないか。

夫も一人っ子だが、もし、兄弟がいて、その奥さんが義母と仲良くしていたら、私はどう感じるだろう。好かれようと努力するか。あちらに面倒を見てもらえばいい、と開き直るか。最悪なのは、同居している長男の嫁には厳しく当たるのに、離れて暮らす次男、三男の嫁には優しいという場合だ。

まあ、今、こんなシミュレーションはしなくていい。

「じゃあ、心置きなく北海道を楽しめるね」

前を向いたまま、明るい口調で言った。言葉にすると、本当にうらやましくなってくる。この町に帰ってきたのも一人旅と呼べるが、独身の頃に友人たちと旅行した場所を再訪してみたいし、見知らぬ町にも行ってみたい。

駅舎が見えてきた。ロータリーの送迎用一般車両のエリアに車を停める。菜穂さんを見送るのはここで充分だ。

「美佐さんにだけ、お土産買ってきますね」

はちきれんばかりの笑顔だった。

介護付き老人ホーム「やすらぎの森」を訪れ、弥生さんの部屋の冷蔵庫に段ボール箱で持ってきていた「命の水」を移し入れた。部屋にある洗面所の水道水はそのまま飲んでも問題ないそうだが、高いお金を払った水があるのだから、賞味期限内に飲んでしまった方がいい。

他にも、電気ポットとマグカップ、缶入り紅茶などを持ってきた。どれも新品だが、私が買ったものではない。みどり屋敷の二階の廊下の突き当たりにある、物入れに入っていたものだ。電気ポットも含め、贈答品類が多く、外側に「お中元」や「結婚内祝」といった熨斗《のし》紙がかかったままの箱が、床から天井まで積み重ねられていた。

「弥生さんがティーカップ派なのはわかってるけど、マグカップの方が丈夫でいいかなと思って。ウェッジウッドのを見つけたし。ワイルドストロベリーの模様以外にも、いろいろな種類があるんだね」

「ええ、そうね」

ソファに座り、壁の時計を眺めている弥生さんからの返事はそっけない。具合が悪いのではない。早くレクリエーション室に行きたいのだ。

全三回のクリスマスリース作りの教室に申し込み、今日はその二回目らしい。一回目は松ぼっくりに金や銀の色を塗ったという。それがとても上手にできて先生に褒められたため、早く続きをやりたいのだとか。

しかし、開始までまだあと三〇分ある。が、さらに三〇分前に私が来た時から弥生さんはソワソワしていて、開口一番、今日は忙しいの、と申し訳なさそうではあるものの興奮が隠せない様子で言い、楽しそうに、教室のことを教えてくれた。

身支度もばっちりだ。化粧をして、ヘアスタイルも整え、水色のセーターにグレーのスカートを合わせている。

「そうだわ！」

弥生さんが何かを思い出したように私の方に顔を向けた。

「なあに、弥生さん」

二人でいるのだから、名前を呼ばなくても会話は成り立つが、なるべく呼ぶことにしている。弥生さんが、弥生さんであることを忘れないように。そして、私を誰だと認識しているのか、名前を呼んでもらって確認できるように。ネット情報なので効果があるかどうかはわからないが、できることはやっておいた方がいい。

「今度、スカーフを何枚か持ってきてくれない？」

「スカーフ！」

素っ頓狂な声でおうむ返しをしてしまった。

「エルメスの？」

頭の中でスカーフに連結していた単語がこぼれ出た。

弥生さんは首を傾げている。

「エルメス、エルメス……」

弥生さんの表情が徐々に硬くなっていく。ブランド名を出すべきではなかった。持っていないところを、持っているのに思い出せないと不安にさせてしまったのではないか。それに、菊枝さんと結びつけることではない。

弥生さんは昔から、外出する時はよくスカーフを巻いていた。高級ブランド品ではなく、草木染などの淡い色合いのものが多く、自分で花模様の刺繍を入れたものもいくつかあった。

クッションはなかなか入所者の人たちに見せてまわれないが、スカーフならさりげなく刺繍に気付いてもらうことができる。今日もリース作りにスカーフを巻いて参加したかったのかもしれない。

「わかった。今晩探して、明日持ってくるね」

「ありがとう、美佐ちゃん」

笑顔で、名前を呼んでもらえた。

弥生さんはゆっくりと立ちあがっている。私に用件を伝えたので、もうレクリエーション室へ行きたいようだ。時計を見て行動し、私のことも認識している。頻繁にここに通う必要もないのかもしれない。

しかし、まだあと一週間はこちらに滞在する必要がある。弥生さんに菊枝さんのことを訊いてみようか。

憶えているか、ではなく……。

「弥生さん。私、昨日、山本菊枝さんという人に会ったよ」

ちょうど立ちあがったところなので定かではないが、一瞬、弥生さんの動きが止まったように感じた。足元の一点、ルームシューズのつま先の辺りをじっと見ている。

話さない方がよかったのか。せっかく今から楽しい時間が始まるのに。

弥生さんが顔を上げて私を見た。

「この町も、施設の中も、山本さんだらけ。私の知ってる人かしら」

小さく首を傾げるが、困っている様子ではない。憶えてないなら、それでいい。むしろ、ホッとした。

そもそも、弥生さんと菊枝さんが知り合いだとしても、エルメスのスカーフ云々については、菊枝さんの勘違いということもある。

「いや、高校の同窓生のお母さんだったから、一応、報告しておこうと思っただけ。クリスマスリース、出来上がったら見せてね」

「もちろんよ。美佐ちゃんへのプレゼントなんだから」

言っちゃうのね、と苦笑する。弥生さんが、しまった、と口を押さえて照れ笑いをした。そのしぐさがぎこちなく見えたのは気のせいだろうか。

チーン、と電子レンジの軽快な音がキッチンから響いた。トレイに載せてリビングに運ぶ。

今日の夕飯はハンバーグセットだ。デミグラスソースがかかったハンバーグに、にんじんのバターソテーとポテトフライ、ほうれん草とコーンの入ったスクランブルエッグ。これらがワンプレートになっていて、六〇〇ワットの電子レンジで七分加熱すれば完成。おまけに、五〇〇円でおつりがくる。

冷凍食品にこんなおかずセットがあることを知らなかった。種類も豊富で、さばの味噌煮をメインとした和食プレートや、酢豚をメインとした中華プレートもあった。

ごはんも一食分がパックになっているものを電子レンジで温めた。新潟産のコシヒカリだ。

あっという間に御馳走の完成だ。手間など、そこに価値を見出し、喜んでくれる人にだけかければいい。レモン味の缶酎ハイも開ける。

「いただきます」

声に出し、両手を合わせた。熱々のハンバーグを口に入れる。

「おいしい」

飲み込んだと同時に、自然と言葉が出た。冷凍食品とは信じられない。満足感が込み上げる。だが、気持ちも大きく作用しているに違いない。

老人ホーム「やすらぎの森」を出た後、イートインスペースのあるパン屋で惣菜パンと菓子パン、それぞれ一つずつと、ホットコーヒーを買い、遅めの昼食と早めのおやつを取った。

その後、山本家に行き、菜穂さんから預かった鍵を玄関の鍵穴に差しこんだが、こんな場合でも菜穂さんは鍵をかけていなかった。引き戸を開けて中に入ると、まず初めに、腰掛けるのにちょうどいい高さの上がり框を、端から端まで見たが、本を入れてきた紙袋はなかった。

菜穂さんには家の一階部分を一通り案内してもらっていたが、奥まで進むのには気が引けた。この家は玄関の鍵だけでなく、ガラス戸、襖、障子、家じゅうの戸が開けられている。だからこそ、あの時もとっさに家に上がり、縁側まで足を止めることなく進めたのだが。

応接スペースのある玄関のすぐ横に位置する、縁側に続く和室に入るのにも、二〇センチほどの段差を上がらなければならない。だから、縁側に昇降機を置いているのか。

それにしても、寒い。エアコンもなく、ストーブなどの暖房器具も見当たらない。だが、空気の通りがいい分、臭いはそれほどきつくない。部屋の四隅には魔除けの儀式のように消臭剤が置かれているが、義母の介護中、私も同様にしていたものの、臭いはもっと強かったように思う。

この程度で食事が取れないなど、ふざけたことを言っているのか。みどり屋敷の自室で『ノルウェイの森』の下巻を眺めながら抱いた、あったかもしれない邦彦との生活を思い描いた幻想はとっくに砕けていたが、がっかり気分はどうやら底なしのようだ。

考えれば考えるほど、自分が言われたかのように腹が立ってくるので、掃除をすることにした。縁側には、車椅子での出入りの際に小石や土が上がってしまった時用の、ほうきと厚手の除菌シートが置いてある。畳の上に落ちた菊枝さんの唾液の沁みたスカーフを思い出した。シートで縁側と和室の畳を拭くことにした。

畳の目に沿って、一枚ずつ丁寧に拭いていく。

――そんなもので拭いたら、畳が傷むじゃない。ぞうきんの使い方も知らないの？

イヤな記憶は同じシチュエーションの際によくよみがえる。私はシンデレラか。畳は水拭きしない方がいいことも知らないのか。消臭剤でカーテンが変色するとも言われた。体に悪いとも。

誰のために、何故、やっているのか。それを考えたら、お願いします、ありがとう、が先に出てくるはずなのに。

頭を振って雑念を追い払う。文句を言う人のいないところで行う家事は、こんなにも清々しい。

畳をすべて拭き終えたタイミングで、菊枝さんが帰ってきた。お迎えの時とは別のやや年配の女性職員が、菊枝さんを、縁側続きの和室の奥にある菊枝さんの部屋まで運び、ベッドに寝かすのを手伝ってくれた。入浴サービスも受けているため、スウェットも別のものに着替えていた。

――あの、スカーフは？

訊ねると、縁側に置いてある、着用済みの服や下着の入った手提げ袋に一緒に入れていると言われた。

――そうだ、ご相談したいことが。

思い出したように訊かれたのは、スカーフの結び方だった。よほど気に入っていたのか、菊枝さんはスカーフをほどきたくないとゴネて、入浴させるのに手間取ったという。また、他の高齢者たちに、自分もこんなふうに巻きたいとリクエストを受けたことから、介護スタッフの勉強会に一度、講師として来てもらえないだろうかという話にまで発展したらしく、正式に依頼する前にそれが可能か訊いてくるよう、上の人から言付かっていたのだとか。

驚いたものの、できないことではない。航空会社のグランドスタッフをしていて、新人研修を受け持ったこともあり、スカーフの結び方も簡単なものから手の込んだものまで八通り教えることができるし、他にも、清潔感のある髪の束ね方やメイクの指導もできることを伝えた。

やっぱり、ではなく、そんな経歴があったんですか？　というふうに驚かれたのは、私の姿にその片鱗がうかがえなかったからだろう。

――いつまでも、キャリアウーマンぶっちゃって。

同居から一週間後に受けた、義母のその一言で、放棄した。外出しない日も、朝起きるとすぐに身なりを整えていたが、最低限のことしかしないことに決めた。

――病院に行くのにそんな部屋着みたいな恰好でついてこられちゃ、私が恥をかくわ。

悪口を言った側は、言葉を放った途端に、それを忘れるらしい。あなたが言ったからですよ、と言い返したりはしない。聞こえないフリを貫き通す。そもそも、ついていくのではない。車の免許を持っていないあなたを、病院に連れて行ってあげているのだ。

その放棄したものを、求めてくれる人がいる。培ってきたものを、再び生かせる場がある。考えたこともなかった。

施設のミーティングルームでの一時間の講習で、交通費込み三〇〇〇円しかお渡しできないと申し訳なさそうに言われたが、タダでいいのでやらせてください、と返した。

山本家を後にして、車でみどり屋敷に戻る最中も、教材プリントのようなものを作った方がいいだろうか、などと考えた。

食事を終える。トレイを水で流してごみ袋に入れた。全部食べれば生ごみも出ない。

弥生さんのスカーフを探して、ついでに、きちんと全部憶えているか、結び方の練習をしておこう。しかし、一階の片付けの最中にスカーフを見かけた覚えはない。黴が生えたり汚れがひどい衣類はかなり捨てたが、その中にもスカーフはなかったはずだ。近年は使っていなかったのだろうか。

二階に上がり、弥生さんの部屋に入った。いかにも昔の嫁入り道具といった、観音開きの大きな洋タンスがある。右側の扉を開けると、内側は鏡になっていた。左側を開ける。金属の棒が横向きにつけられたハンガーに、スカーフが一〇枚ほど、細長く畳んでかけられていた。

見覚えのあるものもあった。手に取って広げてみる。

コスモスで染められたという淡いオレンジ色のスカーフだ。弥生さんはコスモスの花と同じ色になると期待していたのに、まったく違う色になったことを話してくれた。後になって何で染めたか忘れないように刺繍をいれておかなきゃ、と言っていた通り、スカーフの四つ角には、紫色のコスモスの花模様が入っている。

これは決定、とスカーフをテーブルの上に置いた。と、少し下がって眺めたタンスの中身に違和感が生じる。

赤色の服が、かなりある。

私が憶えている弥生さんは、淡い色を好んで着ていた。特に、紫がお気に入りで、はっきりとしたものよりも、藤やすみれといった花を連想させる色調のものが多かった。片付け中に出てきた通販で買った服も、そういった色合いの服が多く、施設にもそれらを持って行ったのだが……。

赤色ブームの時期があったのだろうか。確かに、色白の弥生さんには赤色もよく似合いそうだ。リース作りも赤い服を着て参加すると、より気分が上がるかもしれない。

ハンガーにかかっているのは、生地が薄い服ばかりだ。ニットはないだろうかと、タンスの下部に二段ある引き出しの、上段を開けた。

左端の奥に深紅のバラを思わせる色のセーターがある。カシミヤだ。手触りがよく、暖かそうだ。取り出そうとすると、手に紙の感触があった。

A4サイズの茶封筒だ。

もしや、家の権利書といった大事なものを隠しているのか。

封筒を取り出す。表書きはなく、糊で封をされているが、持った感じ、中身は紙ではないような気がする。布製品が畳んで入れられている。そんな膨らみ方と手触りだ。

と、階下から音が聞こえた。何だろう？　知ってるのに、随分久しぶりに耳にするような……。

電話だ！　リビングのごみの中から復活した、固定電話が鳴っている。

誰だろう？　午後九時前、非常識な時間帯ではない。役場か？　勧誘？　それとも、何か代金未納のものでもあるのか。階段を駆け下りる。電気が点くようになっていてよかった。

受話器を上げる。

「もしもし」

名前は言わない。

「森野さんのお宅でしょうか」

受話器越しの声が誰かを認識する前に、体が震えた。思考も乱れ、息の仕方もわからなくなる。

「そ、そ、そ、そうですが……」

どうにか声を絞り出した。

「美佐？　久しぶりだね」

声も、淡々とした口調も、昔とまるで変わらない。

山本邦彦だ。


県道からすすき原高原へと向かう道は、かつては、穴がぼこぼこと開き石がごろごろと転がる整備されていない山道だったが、アスファルトで舗装された道になっていた。六、七年前に人気ドラマのロケ地となり、観光地化が進んだらしい。

荒廃した畑のようだった高原も、草木の手入れがされ、ぐるりと散策できる木道が造られただけでなく、屋外でバーベキューができるレストランやパンケーキがおいしいと評判のカフェが建てられ、来年の夏前にはキャンプ場もオープンするという。

もう、二人だけの秘密の場所ではない。もちろん、すすきケ原に思い出を持つ人は他にいるかもしれないが、少なくとも、二人でいる時に誰かと遭遇したことはなかった。

初めて、山本邦彦に連れられて来たのは、高校一年生と二年生のあいだの春休みだった。東京の大学に進学したいという思いはあっても、音楽ホールの多目的ルームで週末ごとに受験勉強をするには、まだ早い時期だった。

とはいえ、高校生が遊びに行く場所は限られている。映画にも、書店にも行った。ハンバーガーも、ドーナツも食べた。混み合ってはいないが、誰かしら顔見知りに会う。

私の場合は、弥生さんを除くと同じ高校の子だけだが、邦彦の場合は、小中学校が同じだった子や、親戚のおじさんということもあった。

せっかくのデートなんだから、うまい飯でも食って帰れ、と映画館のロビーでお小遣いをもらった邦彦は、おじさんの背中が遠ざかったのを確認して、大きなため息をついた。

そして、言ったのだ。

――『ノルウェイの森』のイメージにぴったりなところがあるんだ。

翌週訪れたそこは、緑を敷き詰めた中に白や黄、薄ピンクの花が咲き、静かで、風が心地よい、これまでに見たことのない世界だった。しかし、私がまず口にしたのは不満だった。

――春になる前に来たかったな。

邦彦は首を捻った。

――花とか咲いてると、動いてるって感じがするけど、まだそういう気配のない、時間が止まっているような景色の中で、『ノルウェイの森』を読んでみたかった。

本はすでに返してあった。

邦彦が高原にぽつんと立つ、手入れされていない樹を眺めながら、数秒黙り込んでいたのは、多分、その季節にあそこで本を読み、それを私に打ち明けるのが後ろめたかったからではないか。もしくは、ただその時間を振り返っていただけ。

――でも、寒かっただろうから、やっぱり今くらいでよかったかも。

本当はどう思っているのか、訊ねることなく勝手に取り繕い、話を終わらせた。今の時間を楽しむために。楽しい時間が続くように。

以来、すすきケ原には用のない週末ごとに訪れた。夏場も木陰に入れば涼しく過ごせた。シートを敷き、弁当を食べ、カセットデッキでビートルズを聴きながら、邦彦は本を読み、私は本を読んだり、ビーズ細工などの手芸をしたりした。

初日に邦彦が持ってきたシートは、彼がそれまで一人で使っていたことがわかるサイズのもので、肩を寄せ合って座るのも心地よかったものの、どこか邦彦はそれを窮屈に感じているような気もして、私は自分用のシートを持って行くことにした。

みどり屋敷の二階の奥の物入れには大概のものが揃っている。

案の定、弥生さんに訊ねると、深緑地に木イチゴ模様のビニルシートを出してきてくれた。ダイニングテーブルのクロスにしようと買ったまま使っていないものだったらしく、快く譲ってくれたし、ピクニックに行くのならと、焼き菓子もよく作って持たせてくれた。魔法瓶には温かい紅茶も用意してくれていた。

そのシートを持ってさらに奥へと向かったのは、初雪が降った日だった。たき火をしたい、と言い出したのは、どちらからだったか。

――ここじゃ無理だよね。

自分がそう言ったことは憶えている。所有者のわからない土地で、ピクニックはできても、火はおこせない。

――大丈夫な場所がある。

翌週、連れられて来た、すすきケ原から少し山の中に入った森のような場所には、樹を伐採して切り拓いたスペースがあり、煤《すす》にまみれた一斗缶を加工したものが置いてあった。

――うちの土地らしいから。

父親とキノコ採りに来たことがあるという。一斗缶の上に鍋を置き、キノコ鍋を作ってくれたのだ、と。

そんな楽しい場所ならもっと早く連れて来てくれればよかったのに、と私が思ったことを察したのだろう。先に、そうしなかった理由を言われた。たった一言で。

――ここは父さんの隠れ場だから。

だから、二人でたき火をするのも一度きり。その特別感にドキドキした。

一斗缶の中に薪を入れた上から、枯れた針葉樹の葉を山盛りに入れて火をつけると、パチパチと音を立てながら炎が上がり、火の粉が舞い散った。あっ、と思った時には、シートの端に黒く溶けた穴が数ケ所開いていたが、私は大学生になって町を出て行くまで、そのシートを使い続けた。

時を経て、シートはみどり屋敷のリビングから庭に出た庇の下に積み重ねられた、バイオチップが入った段ボール箱の雨避けになっていたが、施設にバイオチップを引き取ってもらった後、捨てた。

邦彦とあの場所に行くことは二度とない、そう思っての決断だった。

なのに、私はまた、同じ場所でたき火を眺めている。

背もたれと肘かけのついたアウトドアチェアに座って。

たき火も、地面に防火シートを敷いた上に、足のついた中華鍋のような形状のたき火スタンドを置き、その中で炎が揺れている。火をおこす際も、針葉樹の枯葉ではなく、ジェル状の着火剤を用いた。

市販の道具が揃うほど、たき火に需要があるなんて。皆、炎の中に何を見たいのだろう。いや、頭の中のもやもやした思念を燃やし、空っぽにすることが目的なのかもしれない。

日が落ちると一気に冷え込んだが、直火の前では冷えた缶ビールを心地よく飲むことができる。おいしそうなガーリックの香りが漂ってきた。

邦彦がバーベキュースタンドの前で、せわしなく動きまわっている。何品か作るうちの一品目は「エビとキノコのアヒージョ」らしい。

「何か手伝おうか」

深く腰掛けたまま、ここに来て三度目の言葉を口にする。最終確認、本当に手伝おうという気はすでにない。

「いいよ、座っていて。ビールや酎ハイなんかも、クーラーボックスから勝手に取ってくれたらいいから」

背中を向けたまま、邦彦が三度目の同じ返事をした。

ここがキャンプ場で、近くに別の家族もいたら、邦彦はさぞかし「いい旦那さん」と思われるに違いない。

たとえ、家では母親の介護を放棄して、自分が好きなことだけをやっているとしても……。

邦彦から突然、みどり屋敷の固定電話に電話がかかってきたのが三日前。

──何でこっちに？

そう訊かれ、役場から電話があったことから、弥生さんを施設に入れたことまで、順を追って簡単に説明した。

──本を持って来たのは、美佐だったんだ。

邦彦が仕事から帰ると、玄関に『ノルウェイの森』の下巻が入った紙袋があり、菜穂さんではなく、菊枝さんに訊ねたところ、みどり屋敷の弥生ちゃんが来た、と言われたらしい。

──そういうことか。

その夜の電話はそれで終わった。一時間近く話していた割には、互いに、元気だった？　とも訊かなかったな、と受話器を置いて気が付いた。

そして翌日、また同じくらいの時間に電話があった。

──二人で会えないかな。よかったら、森でたき火をしながら食事をしようよ。

邦彦にはいろいろがっかりしていたし、文句を言わなければならないこともあるのに、ドキリと胸が跳ねた。頭の中に、火の粉が舞いあがり、頬が熱くなった。が、勝ったのは現実の方だった。

──お母さんはどうするの？

世話係が身内でなくなったからか、菊枝さんはまだ数日だが、日ごとにしっかりしていっているように感じた。エルメスのエの字も口にしないし、曜日ごとにスカーフの色を決めた、木曜日は木だから緑でよろしく、などとハッキリした口調で言われもした。が、あまり長時間、一人きりにしておくのはやはり心配だ。

そう考えて、自分にあきれた。一泊するつもりでいるのか。昼間に数時間会うだけの誘いかもしれないのに。だが……。

――母さんは、週末、ショートステイに申し込んだ。

じゃあ、とだけ答えると、本を届けに来た際の移動手段を訊かれ、車があることを伝えると、土曜日の午後四時にすすきケ原高原入り口の駐車場で待ち合わせをすることが決まった。

電話を切った一時間後に、菜穂さんからスマホに、週末は訪問してくれなくていいという連絡が、おいしそうな石狩鍋の画像とともに届いた。

北海道に行ってから、初めての連絡だった。

どうやら邦彦は、家事代行をしているのが私だと気付いていないようだ。だから、代行業者への連絡を菜穂さんに頼んだ。

菊枝さんは私を「シーエーさん」と呼ぶようになった。施設でスカーフの巻き方を職員の人たちが「CA巻き」と呼んでいるらしく、そこからきたようだ。

私は菜穂さんの留守中に本を届けに来ただけ。菜穂さんの北海道行きに私が関わっていることも、邦彦は知らない。いや、何か察しているのかもしれない。だから、誘った。

「お待たせ。まず、一品目」

チェアの横に置いてあるテーブルに、木製の鍋敷きに載せた黒い小さな鉄板が置かれた。チーズフォンデュに使われる、細長いフォークが二本添えられている。

ガーリックの香ばしい匂いが漂っているが、バーベキュースタンドからはまた別のスパイシーな匂いが立ち上っている。かたまりのままの鶏肉が網の上に載っているのが見えた。

「ジャークチキンを焼いてるんだ」

邦彦は缶ビールを片手に、テーブルを挟んだ隣のチェアに座った。

「じゃあ、乾杯」

静かな口調でそう言って差し出された缶に、飲みかけの自分の缶を軽く当てた。邦彦がゴクゴクと喉を鳴らしてビールを飲んだ。

二人ともアルコールを飲んでしまった。

後方のログキャビンを振り返る。『ヘンゼルとグレーテル』のお菓子の家ではないが、第一印象は、かわいらしい、だった。中は案内されていないが、それほど広くない、四畳半くらいの一部屋なのではないかと思われる大きさだ。側面に大きな窓がある。

トイレとシャワーは別建てで、小屋の裏手にあるらしい。

それだけで安心して飲み物を取ることができる。あの頃は、トイレに行きたくなったら、すすきケ原の麓にある空き地の公衆トイレまで行かなければならなかったし、決して清潔と呼べるところでもなかった。

「クーラーボックス、そこだから。同じのでいい？」

新しい飲み物を取りに行こうか迷っていると勘違いされたのか、邦彦が立ちあがり、小屋のドア前辺り、たき火やランタンの灯りの届かないところに置かれているクーラーボックスから、缶ビールを取ってきてくれた。

残っているのを飲み干して、新しい缶を開け、一口飲んでから、フォークでエビを突き刺した。

「おいしい！」

お世辞ではない。菜穂さんと訪れた際に食べた、イタリアンレストランのペペロンチーノのオイルソースの味にも負けていない。

邦彦は薄く笑って、エビを口に放り込み、ビールを飲むと、再び立ちあがり、今度はバーベキュースタンドの方へ行った。トングで肉をひっくり返して戻ってくる。

「それはよかった」

「ジャークチキンって何？」

「ジャマイカ料理で、作り方はいろいろあるみたいだけど、あれは、市販のトマトペーストにニンニクやスパイスを混ぜて作ったタレに、鶏のもも肉を半日漬け込んで焼いてる」

「そんな手の込んだ料理、家でも作ったことない」

「調味料を混ぜて、焼けばいいだけだから、アウトドアの料理の本には定番みたいに載ってるよ」

「そうなんだ。アウトドアなんて……、何十年も縁がないから、バーベキューとカレーくらいしか思いつかなかった。進化してるんだね」

つい、結婚してから縁がない、と言いそうになってしまった。

邦彦がフォークにマイタケとエビを一緒に刺して口に運んだ。ゆっくりと咀嚼《そしやく》して、ビールを飲む。空になったのか、新しいのを持ってきた。

「旦那はどんな人？」

結局、その話になってしまうのか。いいところを話すべきか、悪口を言うべきか。目の前の炎を見つめる。たき火はいい。目を見て話さなくて済む。だから、邦彦も提案したのか。ただ、あの頃を懐かしむためではなく。

「職場で会った人？」

答えを待たずに質問がくる。そうあってほしいのだろうか。互いに目指す場所が違って別れた相手には。

「職場ではある」

だが、同業ではない。

天候不良で国内線の飛行機が欠航し、空港で夜を明かすことになった人たちに軽食を配っていると、スーツ姿のサラリーマン風の男性が本を読んでいた。つい、本をじっと眺めてしまったのは、『ノルウェイの森』の上巻だったからかもしれない。

――暇つぶしに、さっき、そこの売店で買ってきたんですけど、大ベストセラーを今頃読んでるなんて、普段、本を読まないって暴露してるようなもんですよね。恥ずかしいから、カバー外しておこうかな。

照れ笑いを浮かべ、頭を掻きながらそう言われた。

――いえ、申し訳ありません。私も読んでいないので、いいな、と思って見てしまったんです。文庫になっていることも知りませんでした。

そんな会話をした翌朝、その男性は出発時刻が迫っているのに、私を探して、本を手渡してくれた。

――全部読んだので、よかったらどうぞ。

本には自宅の電話番号が書き加えられた名刺が挟まれていた。

「旦那は……、本を上巻から買う人」

「そうか。常識的な人なんだ」

邦彦はそれだけ言うと、立ちあがった。どうやらチキンが焼けたようで、トングで持ち上げた肉をハサミでカットしている。戻ってきたところで、補足することはないだろう。

旦那は、上下巻本の場合、上巻だけを読む人なのだ、と。

文庫版の『ノルウェイの森』の上巻を読み、下巻を買って読み直した。その後、名刺にあった番号に電話をかけたのは、下巻だけを三回読んでも得られない世界があることを、身を以て知ったからだ。

上下巻を読んだ人と本の感想を語り合いたい。

そう思って連絡をしたのに、流行りの商業施設やテーマパークで楽しみ、本の話をしないまま別れる。その繰り返しで、彼が下巻を読んでいないどころか、読む気もないと知ったのは、結婚してからだ。仕事が忙しいからではない。

——本なんて、半分読めば、自分に合う話かどうかわかるから。

合わない話を私にすすめたということか。そうではない。目の前のことしか興味がなく、先のことを想像できない人なのだ。

邦彦がチキンを緑色のプラスチックの皿に載せて持ってきてくれた。

そういえば、と改めてアウトドアグッズ一つずつを見てみる。チェアやテーブル、三ケ所に置かれたランタン、全部、彼が好きな緑色だ。

ここは山本家のくつろぎの場ではなく、邦彦の……、父親から引き継いだ隠れ場。菜穂さんのあきらめたような顔を思い出した。もしかすると、菊枝さんも苦労したのかもしれない。

炭火で香ばしく焼き目のついた、スパイシーなチキンを頬張ると、熱々の肉汁が口中に広がり、慌ててビールで飲み下した。余計なことは言わなくても、考えなくてもいい。

「おいしい。邦彦って、こんなに料理上手だったっけ?」

商店街のコロッケを挟んだコッペパンサンドは作ってもらったが、他はあまり記憶がない。大学は互いに東京といっても、それなりの距離があり、それぞれのアパートを月に数回行き来していた。カレーを作ってもらったことはあるが、味の印象は特にない。

私たちに思い出の味などあっただろうか。私にとってはコロッケパンだが、邦彦に、これを食べたら私を思い出す、というものはあるのだろうか。料理はできるが、特別にこれは自信がある、といったものはない。

「うまいものの作り方が、簡単に手に入る時代になっただけだよ」

照れて謙遜しているのではない。本当に、この淡々とした口調だけは変わらない。

バーベキュースタンドの網の上には深いアルミの弁当箱に取っ手がついたようなものが載せられていた。

「あれは何？」

「メスティン。飯盒《はんごう》とコッヘルのいいとこ取りしたような感じで、煮たり焼いたり何でもできるけど、米を炊くのにも便利なんだ」

「初めて名前を聞くものばかり。外国に来たような気分になってきた」

「それは、よかった」

邦彦が薪を足した。赤く熱せられ熾《おき》となった古い薪がぽろりと崩れ、たき火台の端で白く変わる。二人で火を眺めていたら、あったかもしれない時間が映し出されるだろうか。

もしも、山本家を訪れる前に、どこか別のところで邦彦と再会し、ここに来ていたら……。

パキリ、と薪がひび割れた。

「ごはんは……、どうなるの？　この流れじゃ、白米のまま食べるってことはないよね。もしかして、蓋を開けたらパエリアになってる？」

そう言って、メスティンに目を向けた。蓋のあいだから蒸気が上がり、水分が吹き零れているが、香りは白米、液体の色も白い。炊けた後、何か混ぜるのだろうか。

「一緒に、作る？」

「えっ？」

視線がぶつかる。唾を飲む。ガラガラ、と燃え尽きた薪が崩れていく。崖っぷちに追い込まれているような気分だ。一歩踏み外せば……。

待て待て、料理をするだけだ。

「一品くらいは、手伝わないとね」

邦彦よりも先に立ちあがり、バーベキュースタンドへと向かった。

メスティンからはもう、蒸気は上がっていないし、水分の吹き零れも止まっている。

軍手をはめた邦彦が、スタンドを挟んで私の向かいに立ち、メスティンをスタンド端の調理台に移動させた。

蓋を開ける。モワッと白米の甘い香りが立ち上る。米粒の立った、艶々のご飯が炊けていた。

邦彦は足元の食材用コンテナから、カラフルなイラストの入った袋を取り出した。子どもの頃からCMソングなどでおなじみの、温かいご飯に混ぜるだけの「ちらし寿司の素」だ。

この場に、これを持ってくるとは。

「混ぜようか……」

「美佐は、こっち」

邦彦はコンテナから卵を二個取り出した。プラスチックのお椀型の取り皿と割り箸も調理台の上に置かれた。

「でも、フライパン」

「それは、これで」

「じゃあ……」

メスティンの蓋を渡された。取っ手が取り付けられている。

蓋を網の上に置き、サラダ油を塗った。皿に卵を割り、割り箸で溶きほぐす。卵液を蓋に流すと、ジュワッと音がした。取っ手を持って、全体に薄く伸ばして焼き、割り箸で端っこを持ち上げ、さっと裏返す。裏面は短時間でいい。邦彦が平皿に盛った、温かいちらし寿司の上に卵を載せる。

オムちらしの完成だ。

もう一度、卵を割り、同じ動作を繰り返す。しっかり、一人前ずつ食べられるように。

大学生になった最初の冬、大道芸が見られる公園に行った帰りだった。昼間は暖かかったのに、夕方になると急に風が強くなり、冷え込んだ。

――寒いね。あー、ちらし寿司が食べたいな。

――こんな日に?

邦彦は足を止めて驚いた。

――あれ? 同じ食べ物が頭に浮かんでないのかな。

そんなやり取りがあり、私が邦彦のアパートで作ることになったのだが、炊事場はまな板を置くスペースもないほど狭く、温かいままの即席ちらし寿司に、薄焼き卵を切らずに焼いたまま載せてみることにした。

――オムライスちらし寿司? いや、オムちらし寿司、オムちらし、か。

スプーンを添えると、邦彦は訝しげに、ほかほかと蒸気の上がるオムちらしの真ん中をすくい、口に入れた。言葉が出る前に、目が輝いた。これぞ冬のごちそうだ、と私の目も輝いていたはずだ。

他の人たちがいる前で温かいちらし寿司の話をすると、笑われたり、驚かれたりしたが、そのたびに、オムちらしは二人だけの料理になっていった。

互いに、オムちらしの皿を持ち、たき火の前に戻った。

私は端から食べる。味の濃いものを食べた後なのに、空っぽの胃で受け止めたみたいに柔らかい味が体中に沁み渡っていく。

「夢の中みたいだ」

邦彦が言った。視線はたき火に向いている。

「空を飛んでるわけでもないのに？」

どの部分が夢なのだろう。

「このあいだ見た夢は、ボウリング場だった。ほら、俺のアパートの近くにあった、オンボロの。そこで、小学校の同級生と、大学の同級生と、職場の同期と、俺の四人で一レーン借りて競争しているんだ。ピンが転がる音も、ボールを持った感触や重さも、すごくリアルなのに、途中で、これは夢だ、と気付いて目が覚めた。だって、現実でこのメンバーが集まることなんてないんだから。今時、ボウリングのスコアを手書きで計算することもない」

言いたいことはわかった。

私だって、邦彦のフェイスブックを見たあと、夢を見なかったか。

それが、今、現実となっている。では、この現実に、延長はあるのだろうか。二人の時間が続くという。菜穂さんに隠れてこそこそ会うのではない。ちゃんと大変なこと込みで。

私なら、菊枝さんと上手く付き合えるのではないか。

私なら、現実逃避する邦彦を連れ戻せるのではないか。

空になった皿をテーブルに置いた。

邦彦はもう食べ終えている。いつの間にか開けていた二本目の缶ビールを飲み干し、座ったまま、新しい薪に手を伸ばしたが、その手が止まった。

「中で、コーヒーでも飲む？」

小屋を振り返った。

ついに、あの中に入るのか。一度入り、出ることはできるのか。

新しい薪を一本くべたら、少し猶予ができるだろうか。コーヒーは外で飲もう、とか。

「そうだ、片付けは？」

右手を伸ばし、テーブルの上の空になった平皿を邦彦の皿と重ねた。と、その手に邦彦の左手がかぶさる。

「火の始末だけして、後は明るくなってやればいいよ」

それはそうだが、この手は反則だ。なぜ指輪をはめていない。早く離れないと、すすきケ原高原一周分、二人で過ごしたあらゆる季節の景色が頭の中に湧き上がり、現実が消えてしまう。

それで、いいじゃないか。

たき火台の中の薪はすべて熾になって小さく砕け、小石のような赤いかたまりのまま、じくじくと熱を放っている。これで、いい……。

頭の中で、枯れた針葉樹の葉をかき集め、たき火台の中に放り込んだ。熾火の熱が枯葉に移り、細いけむりが立ち上る。と、ボワッと大きな炎が上がり、火の粉が舞った。

手を握られたまま立ちあがった。

とはいえ、手を繋いで消火作業ができるわけではない。

トイレにも行きたくなった。

「お手洗い借りていい？」

バーベキュースタンドの炭を水が入ったバケツにトングで入れようとしている邦彦に訊ねると、スタンドの横に置いてあった、手持ちタイプのランタンを渡された。

場所は把握できている。ランタンを片手に小屋の裏手にまわった。

火から離れた途端、体が震えた。

トイレは簡易水洗タイプだった。

芳香剤も置かれ、清潔に保たれていても、臭いは山本家の居間よりもきついような気がした。外の洗面台で手をしっかりと洗う。水は皮膚がちりちりと痺れるほど冷たかった。

空を見上げると、小屋を囲む高い樹の上に、無数の星がこれでもかというほど輝いていた。

トイレに行く際は足早に通り過ぎたので気付かなかったが、ランタンを少し高く持ち上げて小屋の横を通っていると、大きな窓越しに中が見えることがわかった。

どんなふうになっているのか。覗き見するようで気が引ける。数分後にはこの中に入っているのだ。それでも、こっそり見てみたい気がした。この小屋自体が、邦彦の頭の中のように思えていたからだ。

ランタンをかざした。

大きな家具はない。板の間にベージュの毛足の長いラグが敷いてあり、そこに、こげ茶色のゆったりとしたサイズのウッドチェアが一つある。ラグもチェアも気に入った緑色のものはなかったのかもしれない。

その奥に、小さな本棚がある。村上春樹の単行本。老眼は酷くなったが、遠くはよく見える。だが、灯りが足りず端の方の文字は見えづらい。

拾えるタイトルは……、『ダンス・ダンス・ダンス』は大学時代のアパートにあったものと同じだろうか。『海辺のカフカ』に『騎士団長殺し』……。

ゾクリと胸が震えた。寒い所に立っているから、ではない。吐き気のような気持ち悪さも感じる。何だろう。風邪を引く前の悪寒が込み上げてくるような、この感覚は。

ランタンを下ろして、小屋のドアの前まで戻った。

ふう、と吐いた息が白い。

たき火台には消火スプレーがかけられ、火はすっかり消えている。暗闇に炭の臭いだけが漂っていた。

「使い方、大丈夫だった？」

邦彦がやってきた。片手に小型のガスバーナーコンロを持っている。

「コーヒーは中で淹れるから」

そう言って、ドアを開けてくれた。

「あの、私、やっぱり車に戻って寝ようかな。シュラフも載せてるし、スマホが繋がらないのも心配だから」

邦彦がじっと私を見る。心変わりした理由を探すように。昔からそうだ。なぜ、とか、どうして、と訊かれたことがない。私の目の奥を覗き込み、わかった、というふうに納得する。どう感じ取ったのか口にすることもないため、答え合わせができたことは一度もない。

「わかった、ちょっと待ってて」

邦彦は一人で小屋に入ると、コンロは中に置いてきたのか、緑色の畳んだ毛布を両手で抱えて出てきた。

「シュラフだけだと寒いから」

「邦彦のはあるの？」

「家族の人数分ある」

邦彦なりの反撃のように感じた。

「じゃあ、お借りします」

「駐車場まで送るよ」

小屋のドアが閉められた。

邦彦は森に残り、私一人が森を出て行く。もうここに来ることはないかもしれない。

小屋を眺めて、背を向けた。

すすき原高原までの山道は、明るいうちは二人並んで歩けるが、暗い中だと、一人ずつ道の真ん中を歩いた方がいい。ランタンを持った私が前を歩き、毛布を持った邦彦が後ろからついてくるという形になった。

無言で、歩く。

「一つ……、訊きたかったことがあるんだけど」

突然、背後から声をかけられた。躊躇《ちゅうちょ》しているような口ぶりだ。もしや、菜穂さんのことだろうか。

「何?」

振り返らずに答えた。

「うちの母親……」

ドキリとする。菊枝さんの方か。

「弥生さんと、どういう関係なのか知ってる?」

「えっ?」

足を止めて振り返った。

ランタンの灯りに下から照らされた邦彦のホラーチックな顔に驚き、わっと声を上げ、二、三歩後ずさると、踏みつけた石がごろりと転がって体勢を崩し、腹に力を込めて立て直した。

心を落ち着かせるため深呼吸をする。そもそも、私だって二人の関係を知らないのに、どうしてこんなに慌ててしまったのだろう。

「二人、知り合いなの？」

動じたことを夜道のせいにして、とぼけてみる。

「美佐が玄関に本を置いて帰った日に、みどり屋敷の弥生ちゃんが家に来たって言ってたけど、母さんが弥生さんの名前を出すのなんて初めてだったし、知り合いかって訊いたら、誰だっけ？　ってポカンとしてるしで、まあ、それだけのことなんだけど」

エルメスのスカーフのことは口にしなかったのだろうか。

「私は弥生さんから邦彦のお母さんの話なんて聞いたことがないけど。それに、二人が知り合いだったとしても、長年、思い出すような深い間柄じゃなかったら、弥生さんはもう、忘れちゃってるかもしれない。過去と現在が行ったり来たり、混ざったりもして、私のことだって、高校生の時の姿に見えていることもあるくらいだから」

「そんな……、状態なんだ」

電話でも少し話したことだったが、邦彦の想像以上だったようだ。まあ、母親の日々の老いから目を逸らしている人に、他人の老いなど思い描くことはできないだろう。

「でも、施設でクリスマスリース作りにワクワクしている弥生さんを見ていたら、昔のことなんか思い出せなくても、一日、一日が楽しければいいんじゃないかって思えてきた」

「そうか……」

駐車場に到着した。外燈も自動販売機もあるし、トイレも近い。停まっているのは二台だけだ。

自分の軽自動車の上にランタンを置き、邦彦から毛布を受け取った。

「明日の朝、返しに行けばいい？」

その気はなかった。畳んで邦彦の車のフロント部分にでも載せておくのはどうだろう。

「月曜日に家に持ってきてくれたらいいから。面倒なことを受けてくれて、ごめん」

「家事代行をしているのは私だって、気付いてたんだ。それで電話をしてきたの？」

「いや、あの時は本の確認のためで、何も知らなかった」

「じゃあ、いつ？」

「森へ行こうって誘ったら、お母さんは？　って言ったよね。うちの今の事情を知らなきゃ、とっさにそれは出てこないだろうから」

「私のミスか」

「菜穂に電話で確認した。大変なことをしようとしたみたいで……、助けてくれてありがとう」

邦彦が頭を下げた。

一瞬、イラッとしたのは、邦彦が菜穂さんのために謝っているからか。ここまできて、まだ燻っている思いが私の中に残っているということか。

だが、これでいい。

「バレてるなら、一つ言っていい？」

「何？」

「菊枝さんのおむつ、替えてあげて」

邦彦の表情が凍りついた。邦彦に会ったら言わなければならないと思っていたことだ。

「朝行くと、夕方帰る前に交換したのが、そのままだってわかるから」

少しかぶれもできていた。

「男に母親の下の世話はできないよ」

勝手な言い分なのに、不思議と腹は立ってこない。生理的な感情は仕方ないのかもしれない。

「でも……」

責任はある。

「菜穂が帰ってくるまで、ショートステイの延長を申し込むよ。その後はもう、うちの問題だから」

静かな口調の中に拒絶を感じた。

「わかった。今日はごちそうさま。おやすみなさい」

車の上のランタンを差し出した。

「うん、おやすみ」

それを受け取り、邦彦は森の中へと消えていった。

小屋の中を覗いて、私はどうして気が変わったのだろう。

下巻ばかりの本棚……。書店環境が悪く小遣いに限りのある高校生が、本は下巻だけでいいと理屈をこねて納得するのは、それほどおかしなことではない。むしろ、そこを好きになった。

大学生になっても変わらないのは、若干、意固地になっているようにも思えるが、自分のポリシーを貫き通そうと躍起になるのも、子どもと大人の境界線上ではよくある行動だ。

だが、大人になってもまだ下巻しか買わないというのはどうなのか。本当に下巻からでいいと未だに思っているのだろうか。上巻を買うと失ってしまうものがある。それでも、大概の人はそれを捨てて大人になるのに、邦彦は手放せないままでいる。いずれはそこに戻るのだと言わんばかりに、自分の逃げ場を守っている。

そんな場所に、自分も入り込んでしまいたくなかった。

邦彦が地元で就職すると言った時にも同じ気持ちになった。自由に生きたいと願って都会に出たのに、彼が自由だと思える場所は、結局、彼の内側にある森の中だとわかってしまったから。

それから……。気持ち悪さで離れてしまったが、小屋の中にはもう一つ、違和感を覚えるものがあった。暗くてはっきりとは見えなかったが、村上春樹の単行本の下巻ばかりが並ぶ端に、赤色がなかったか。

『ノルウェイの森』の上巻が。

第五章

チェンジ

(*change*)

すすきケ原高原の駐車場に停めた車中では一睡もできず、日の出と共に背骨を軋《きし》ませながら起き上がり、自動販売機で買った、冷えたスポーツ飲料をごくごくと一本飲み干して、みどり屋敷に戻った。

借りた毛布は車に載せていた特大サイズのポリ袋に畳んで入れ、邦彦の車のフロント部分に置いてきた。水蒸気が凍ったフロントガラスに、ありがとう、とでも書いておこうかと思ったが、昭和の歌謡曲の一節みたいだな、と、やめておくことにした。

スマホの番号の交換はしている。

スリーシーズン対応のシュラフに入り、全身を毛布で覆っても、眠気をいざなう温かさは生じなかった。

たき火を恋しく思い返したが、目を瞑ると、炎は消えた。パチパチと薪が爆《は》ぜる心地よい音も。

眠ることを意識せず、キンと冷たく静まりかえった空間に身を委ねると、頭の中も同化して、車内にいるにもかかわらず、高原で澄んだ夜空を見上げているような感覚になった。

そこに、わずかにまたたく星を見つけたかのような、淡い疑念が思い浮かんできた。

邦彦が森の小屋の中で一緒に過ごしている幻影は、私じゃないのではないか。

根拠があるわけではない。ただ、ふと、そう感じただけ。

では、『ノルウェイの森』の下巻に挟んであった写真の裏に書かれたメッセージは？　オムちらしの用意をしてくれていたことは？　小屋の中へと誘われたことは？

そんなふうに打ち消してみた。

だが、一度見つけた星は、場所を変えても、周囲にもっと明るい星が輝いていても、そこにあることを認識できるように、一度生じた疑念は、頭の中から消えることはなかった。それどころか、夜が更けるにつれ、思考は疑念を裏付ける方向へと進んだ。

そもそも、私たちは好き合ったまま仕方なく別れたのだろうか。

邦彦は親に強制されて田舎に戻ったわけではない。私は帰る場所がなくどうしても都会で就職しなければならなかったわけでもない。

どちらも自分の意志で大学卒業後の進路を決めた。希望が叶い、スタート地点に立つと、背中合わせになっていた。その時、どちらも振り返ることがなかったのは、すでに気持ちが交わっていなかったからではないか。

少なくとも、その時点で後悔はなかった。

今夜（日付は変わっていたが）、邦彦が私を森に誘ったのも、私がそれに応じたのも、ただ、今の生活環境に不満があるからで、別れた後も続いていた思いが結びついたのではなく、偶然生じた再会を機に、過去の楽しかったひと時に戻ってみたかっただけかもしれない。

というか、こんな寂しいところに女一人、残していくのもどうなのか。

すすきケ原高原に熊や野犬が出ると聞いたことはないが、一〇〇パーセント安全だという保証はない。夜の駐車場は不良のたまり場となる恐れもある。高原のレストランには常駐のスタッフがいるかもしれないし、スマホも使える。とはいえ、何か起きても邦彦には繋がらない。

小屋に入るのを拒んだのは私の方だが、邦彦も自分の車で寝るという選択肢もあったのではないか。いや、彼がそれを思い付けるわけがない。

たとえば、邦彦が私のことをずっと好きでい続けたとしても、今、邦彦が小屋の中で思い描いている私は、駐車場の車の中で震えている私ではなく、小屋に入る選択をした幻の私の姿に違いない。

彼はいつも、一人称視点の自分の物語の中にいる。その中にいる私と、本物の私は、彼の中で徐々に乖離《かいり》していき、だからこそ、私たちは背中を向け合うことになった。

やはり、誰もいないのだ。自分で菜穂さんにそう言ったではないか。

森の小屋の中には、邦彦ただ一人。幻影すらいない。

――男に母親の下の世話はできないよ。

なぜ、この言葉がよみがえったのかはわからない。では、邦彦に、夫に、男に、妻の下の世話はできるのだろうか。

みどり屋敷に到着すると、熱いシャワーを浴びて、自室のベッドに潜りこんだ。瞼は自然と重くなり、森でのことは何も思い浮かばず、スコンと眠りに落ちた。

午前一一時過ぎに目が覚めた。四時間ほどしか寝ていないが、頭はすっきりとし、爽快な気分でベッドを出ることができた。

一階に下りると、キッチンの冷蔵庫から「命の水」のペットボトルを取り出し、グラスと一緒にリビングに運んだ。ローテーブルに置いて、ソファに座り、テレビを点ける。

と、まるで鏡のように、同じラベルのペットボトルが画面に大きく映し出された。情報番組らしく、アナウンサーの声が映像にかぶさる。

なんと、「命の水」はただの水道水だという。聖なる場所から湧き出た水でもなければ、井戸水ですらない。

だが、もともとどこに由来する水かは記載されていないので、騙されたとは言えない。

とはいえ、健康に害を及ぼすものが混ざっていないとしても、「人間が作り出した化学物質で汚染された頭の中や体内の濁りを浄化し、一生、元気溌剌《はつらつ》!」などと謳い、高額で売っていいものではない。顧客はほぼ高齢者で、悪質な詐欺事件のように報じられている。被害総額の提示はなく、被害者の会ができた様子もないため、まだ、少数の告発による、第一報といったところだろうか。

解約の電話を入れた際、多少時間をかけて説得されたものの、それほど強く引き留められなかったし、その後は、電話一本、ハガキ一枚、なかったことを思い出した。

顧客のほとんどは、何かしらの効果を感じ、値段に納得したうえで継続していたのではないだろうか。そういえば、開錠士の松田くんのおじいさんも愛飲していると言っていたっけ。

——じいちゃん元気だし、本人が気持ちよく飲んでりゃ問題ないっしょ。

松田くんやおじいさんもこの番組を見ているだろうか。

画面は会見場らしき場所に切り替わった。「命の水」を製造販売している会社の一室のようだ。白布をかけた長テーブルの後ろの白い壁には、「命」と大きく筆書きされた書が、金色の額縁に入れて掲げられている。

胡散臭さが増してきた。

マスコミ記者が詰めかけていることがうかがえる会見場に、「命の水」の関係者らしき二人が画面の端に見えていた衝立《ついたて》の奥から登場した。

カメラのシャッター音が鳴る中、長テーブルを前に立ち、深々と頭を下げて一礼した。ゆっくりと顔を上げた二人の姿が、フラッシュに照らされる。

深緑色のスーツ姿の男性と若草色の着物姿の女性。毛量豊かな白髪がきれいに整えられている。二人とも、弥生さんよりやや年下、七〇歳前後だろうか。穏やかな品のある佇《たたず》まいで、とても悪事を働くような人たちには見えない。二人が着席すると、まだフラッシュが続く中、男性の方がテーブル上のマイクを手に取った。

『失礼いたします。私が代表の……』

『二リットルで一万円もする水が、ただの水道水だというのは事実なんですか！』

しっかりと前を向いて自己紹介しようとする声に、男性記者の野太い声が重なった。まだ、弁明の段階でもないのに、糾弾が始まったということか。しかし、男性は少し困った顔になりはしたものの、怯んだ様子はない。

『そうです。水道水です。しかし……』

『代表自らが、認めるということですね！』

また同じ声がかぶさる。正義の味方を気取り、歪曲《わいきょく》された表現を糾《ただ》しているつもりなのか。代表はストレートに答えているのだから、そのまま話を聞けばいいのに。

『はい。しかし、ただの水道水ではございません。満月の日に、妻が二四時間、飲まず食わずで祈禱《きとう》して、神様から授かった「命の素」を封じ込めた、尊い水でございます』

代表がそう言うと、隣の女性が深く頭を下げた。

『「命の素」とは具体的にどのような成分なんですか！　今回の告発では水の成分表が添付されて

おり、特別な成分はなかったという、K医科大学の教授の所見も記載されていますが』

今度は女性記者のキンキン声だ。

『そのような科学の力で分析できる成分は入っておりません。しかし、私どもは、それもお客様に直接ご説明したうえで、ご購入いただいています』

代表の男性の名前は田中一郎さん。ようやくテロップが出た。女性の名前は田中さくらさん。イキった別名がないのを、好ましく感じる。

会場内がざわつく中、二人とも、品よく微笑んでいるような表情で、まっすぐ前を向いている。

『高齢者を集めて集会を開き、他にも健康器具などを売りつけているそうじゃないですか！』

『年寄りが年寄りを騙して、恥ずかしいとは思わないのですか！』

『謝罪の意思は！』

『補償はどのようにお考えですか！』

記者席から次々と怒声が上がる。報じられていないが「命の水」で亡くなった人でもいるのだろうか。

見ているこちらが不快な気分になっているというのに、当の二人は、まるで金婚式を祝ってもらっているような様子で互いに顔を見合わせ、正面に向き直った。

『説明のために、地域の集会の場をお借りしているのは事実ですが、私どもが扱っているのは、「命の水」のみでございます。先の大戦を生き延びたことを夫婦ともども感謝し、妻が生まれながらに授かった力を、世の中へ御恩返しするような思いで、水を通じて「命の素」のお裾分けをいたしておりましたが、それを咎められるのでしたら、本日限りで「命の水」の販売は終了させていただきます。年若い妻も来月には九五歳となり、そろそろ身を削るような行為をやめさせたいと考えていたところでした。ご愛飲くださっていた皆さまにおかれましては、これからご苦労なさることが増えてくるかもしれませんが、ご家族や周囲の方々とともに、助け合いの心を忘れず、天命の尽きる瞬間まで、どうかお元気で』

田中さんはマイクを置いて立ちあがった。さくらさんもそれに続く。二人で深々と頭を下げたが、シャッター音が響き出すまでに間が空いたのは、年若い妻、九五歳、といったワードに動揺したからではないか。

それを誤魔化すかのように、画面はＣＭへと切り替わった。折しも、ミネラルウォーターの宣伝とは。

テーブルのペットボトルを取り、ラベルを眺める。「命」のフォントは壁に掲げられていたものと同じだ。グラスに水を注いで、ごくりと飲む。

水道水と知れば、そんな味がする。

ここしばらく体調がよく、頭も冴えている気がしていたのは、この水のおかげだと思っていた節もあるのに。

みどり屋敷にはまだ「命の水」が大量に残っている。

午後に入り、カップラーメンで昼食を済ませ、介護付き老人ホーム「やすらぎの森」を訪れた。冷凍食品は三度食べると飽き、自分で調理ができるよう、キッチンを気合いを入れて掃除し、古いレシピ本や食器も処分しようかと思っていたが、弥生さんに会いたくなった。「命の水」の話もしてみたい。代表夫婦の年齢を知っていたか、集会はどんなふうだったのか、といった割とどうでもいいことを。弥生さんが憶えているかどうかはわからないが。

だが、来てよかった。日曜日ということもあり、施設内には子どもを含む面会者の姿がいつもより多くあった。弥生さんはそれをうらやましく感じるかもしれない。

通りすがりにコーヒーの香りに惹かれて談話室の中を覗くと、今週のお菓子は、バニラアイスを添えたアップルパイだということもわかった。

弥生さんの好物だ。

特に教室などの予定がないようなら、お茶に誘ってみよう。おごってもらうことになるのだが。

金庫について訊ねた際は大変なことになり、二人で談話室に行くのはそれ以来になるが、「命の水」についてなら、世間話として穏やかに話すことができるのではないか。私はあの水の否定派ではないから、詐欺に騙されたことを非難するような口ぶりには絶対にならないはずだ。

なんとなくだが、購入した高齢者たちは気持ちよく飲んでいるのに、値段を知った家族が解約の説得に応じない親に対抗し、勝手に成分解析に出して水道水と同じだとわかるや否やマスコミにリークしたのではないかと思う。

弥生さんの部屋を訪れると、来てほしかったのよ、と、すがるように手を引かれ、中に招き入れられた。

「美佐ちゃんに話さなきゃいけないことがあるの」

ドアを閉めるなり、弥生さんは私の両肩をつかみ、そう言った。深刻な表情ではあるが、切羽詰まった感じではない。

「じゃあ、談話室に行く？　今週のお菓子は……」

「滅相もない！」

首を横に振りながら遮られた。

「他人に聞かれていいような話じゃないのよ」

弥生さんがまっすぐ私を見つめる。

前回、頼まれていたスカーフやタンスにあった冬服を届けた時は、楽しそうにリース作りのことばかり話していたのに。この二、三日のあいだに、何があったというのだろう。施設側からの連絡はなかった。それでも、身なりはきちんと整えられていて、首にはコスモスの花で染めたスカーフがふんわりと巻かれていた。

「とりあえず、奥に行こうか」

私の肩から手を下ろした弥生さんの背に、今度は私が手を添え、部屋の中央にあるソファに座らせた。

「お茶を淹れるね」

弥生さんの返事を待たず、入り口に近い洗面台まで引き返した。冷蔵庫を開け、「命の水」のペットボトルを取り出す。段ボール一箱分、六本入れていたのが、三本に減っている。

電気ポットに注いだ後、水道水でよかったことに気付いた。まあいい。

「弥生さん、ダージリンにするよ」

そう声をかけ、マグカップを二つ並べて、ティーバッグを入れた。

熱い紅茶の入ったカップを両手に一つずつ持ってテーブルまで運び、弥生さんの隣に腰掛ける。

「いい香り」

弥生さんはカップを持ち上げ、目を細めた。表情が和らいだことにホッとする。何の話かは見当がつかないが、お茶を飲んでからでいいだろう。

私も紅茶を一口飲んだ。脳がびりびりと痺れるような感覚がする。温かい飲み物を欲していたことを、実際に口に含むまで気付かなかったとは。温度だけではない。香りも、体全体の緊張を解きほぐしてくれる。

大事な話が控えているのに、紅茶を飲み進めるにつれ、うとうとと眠気が込み上げてきた。

「美佐ちゃん」

横から呼ばれているはずの弥生さんの声が、水中で陸からの声を受け止めているかのように、くぐもって聞こえる。なあに、と答えたつもりだが、ちゃんと声に出せているだろうか。

「私、思い出したの」

さらに深い所にもぐってしまった時のように、声を上手く聞き取ることができない。

「山本菊枝さんのこと」

うん？　と脳が反応する。

「彼女は、とても危険な人」

緊急浮上し、パチリと目を開けた。

菊枝さんは気性が荒いところはあるが、そういう人を一般的に「危険」と表現することはない。

「何かあったの？」

訊ねると、弥生さんは目を瞑って考え込んだ。一〇秒ほどして開く。

「家のものをいくつか盗まれたわ。たとえば、この紅茶も」

弥生さんはテーブル上のマグカップに視線を落とした。この、とは何を指すのだろう。みどり屋敷の二階の奥にある物入れから出してきた、ウェッジウッドのマグカップと、フォートナム・アンド・メイソンのティーバッグで淹れたダージリンティー。

「菊枝さんはみどり屋敷に来たことがあるの？」

弥生さんは再び目を閉じた。頭の中で、菊枝さんに関する古いビデオテープを探し、それを再生しているようなイメージなのだろうか。

ごみ屋敷と化していたみどり屋敷のリビングを思い出した。もし、頭の中があの状態なら、個別のエピソードを探し出すのは大変な作業に違いない。

「デイジーさんと私は、メアリー先生の教室で知り合ったの」

待て、待て、待て。質問とかけ離れた答えの、どの部分から確認していけばいいのか。

「デイジーさんは、菊枝さん？」

「そうよ」

再生ビデオはまわり続けているのか、弥生さんの返答は早かった。

「メアリー先生が教室の初日に、女性ばかり八人いた生徒に、英語の名前をつけて、みんなで呼び合うことになったの。だから、美佐ちゃんから、山本菊枝さんと言われても、すぐに思い出せなかったのかもしれないわ」

菊は英語で「chrysanthemum《クリサンセマム》」だ。そちらより親しみやすい名前として、雛菊《ひなぎく》の「daisy《デイジー》」になったのかもしれない。

「じゃあ、弥生さんはマーチ？」

弥生さんはプッと噴き出し、胸の前で扇《あお》ぐように片手を振った。

「もう、美佐ちゃんったら、おもしろいことを言うわねえ。そんな英語名のつけ方じゃ、美佐ちゃんみたいな単語で表しにくい名前はどうするの？　葉っぱの葉子さんだって、リーフじゃなく、マーガレットだったし。私はローズ。嬉しかったわ。メアリー先生にこの名前をつけてもらえて」

弥生さんは目を輝かせている。みどり屋敷の庭にさまざまな種類のバラが植えられていたのは、これに由来するのかもしれない。

「だからといって、みんな花の名前だったわけじゃないのよ。エミリーさんやダイアナさんもいたわ」

弥生さんの表情は、私がここを訪れた時とは打って変わり、柔らかく落ち着いたものになっている。きらきらと光を湛《たた》えた瞳は私を飛び越え、窓辺の若草色のカーテンの方に向けられた。まるで、懐かしい日々の映像がそこに映し出されているかのように。

「とても楽しい教室だったのよ」

弥生さんはメアリー先生の教室について語り始めた。

教室は、今の音楽ホールがまだ町民会館と呼ばれていた頃の多目的ルームの一室で、週に一度、水曜日の午後から二時間ほど開かれていた。八人の生徒は皆、二〇代の既婚女性で、月謝は必要なく、地方に住む日本人女性の地位の低さに問題意識を抱いたメアリー先生による、ボランティア活動の一環としての催しだったという。

弥生さんの口調はゆっくりだが、名称が思い出せなかったり、同じことを繰り返したりすることはなかった。

菊枝さんが危険な人だという話からはかなり脱線しているようだが、遮ると、それに関するすべての記憶が消えてしまいそうで怖い。

「会社の大切なお客様であるイギリス人夫妻の奥さんが、英会話とマナーの教室を開くことになったから参加してみないか、と公雄さんに言われて」

公雄さん、弥生さんの旦那さんの名前だ。

「でも、英語はからきしダメで。私は子どもの頃からあまり勉強が得意じゃなかったし、結婚してからも、教養がないといつもバカにされていたから、行く前は憂鬱で仕方なかったの」

弥生さんをバカにしていたのは誰なのか。気になるが、話の腰を折ってはならない。

「だけど、一度参加したら、それはそれはすばらしい教室で。メアリー先生は茶目っ気があって優しくて、日本語もお上手で。一番盛り上がったのは、テーブルマナーの回だったわ。近所の商店街で買ってきたコロッケでナイフとフォークの練習をするの。ステーキじゃなくてコロッケなんて、って思うでしょう？　だけど、とてもおいしいコロッケだったのよ」

教室の位置的に、邦彦のコロッケパンと同じコロッケだろうか。

「練習だけで終了じゃなく、みんなでコース料理を食べるために、先生のお宅に招待されたこともあるの。メアリー先生から普段よりおしゃれをしてくるように言われて、初めて、スカーフを巻いて外出したわ」

菊枝さんも通っていた教室に、スカーフ。エルメスだろうか？　だが、話は料理の方へと進んだ。

「野菜も、魚も肉も、素材は近所の店で手に入るものばかりなのに、専属のシェフの作ってくれる料理はどれも初めての味ばかりで。ほとんどの生徒が家でも作りたいってリクエストしたから、料理の回もできて。美佐ちゃんの好物のたまごコロッケもその時に教えてもらったのよ」

他にも、焼き菓子の作り方、紅茶の淹れ方などを教わり、紅茶が冷めないようポットにかぶせるティーコゼーを持っていないという声から、手芸の時間が設けられ、刺繡やパッチワークを教わったという。

メアリー先生の教室は、想像以上に弥生さんの人生に影響を及ぼしているようだ。

「でも、私が好きだったのは音楽鑑賞の回。ビートルズとか、洋楽のレコードを聴きながら、先生が黒板に書いた歌詞のところどころにある空欄に、何が入るかわかった人は手を挙げて答えるの。初めはデイジーさんの独壇場だったわ。彼女は生徒たちの中で唯一、四年制大学を卒業していたから」

やっと、デイジーさんが出てきた。菊枝さんの学歴については菜穂さんからも聞いている。当時も、自分より劣る人を見下していたのだろうか。

「高卒の私なんて、まったく太刀打ちできないと思っていたのに、だんだん聞き取れるようになってきて。メアリー先生から、ローズは耳がいいから発音もきれいだって褒められた時には、ヤッターって飛び上がって喜んだくらいよ」

みどり屋敷で弥生さんとビートルズを聴きながら、時々、ここの歌詞はどう言ってる？　とクイズを出すように訊かれていたことがある。メアリー先生の授業の再現だったのか。

「それからは英語の勉強がどんどん楽しくなって。公雄さんに報告すると、日本では翻訳されていない外国の詩集をプレゼントしてくれたわ」

弥生さんをバカにしていた人のリストから公雄さんを外した。

「がんばって訳したところで、答え合わせはどうするの？　って公雄さんに訊ねると、僕がやるよって、夜に二人で英語の詩を訳す時間ができたの。家で過ごす一日のうちで、一番幸せな時間だったわ。あの時間があったから、いろんなことに耐えられた」

当時、みどり屋敷には他に誰が住んでいたのだろう。不幸な事故で身内を立て続けに亡くして以来、ずっと一人で暮らしてきた、としか聞かされていなかった。

「互いに訳した詩は、公雄さんの方が文法的には正しいけれど、文章の表現は私の方がイメージを大切にできているって。だから、彼が添削した訳に私が手を入れて完成。そうやって二人だけの翻訳詩集ができあがった頃、正規の翻訳版が発売されたけれど、何年か経って読んでみたら、私たちが訳した方が何倍も素敵だったのよ」

言い終えると、弥生さんはきょろきょろと辺りを見まわした。私は立ちあがり、テレビ台に置いてあるティッシュ箱を取って弥生さんに差し出した。弥生さんは箱ごと受け取り、目と鼻を拭ったが、私はそのままタンスの引き出しを開け、タオルを一枚取って、弥生さんに手渡した。

しばらく弥生さんはタオルを顔全体に押し当て、それをひざに下ろすと、瞼を赤く腫らしたままマグカップを持ち上げて紅茶を飲んだ。

私も飲む。すっかり冷めてしまい、苦味が口の中に残る。

「紅茶、新しいのを淹れようか?」

弥生さんは首を横に振った。

「お茶ばかり飲んでいると、お手洗いが近くなっちゃうから、お水を入れてくれない?」

わかった、と立ちあがり、冷蔵庫に向かった。グラスに「命の水」を注ぎながら、昼前に観たテレビのことを思い出すが、今、話すことではない。

はい、と、こぼれないよう六分目まで水を入れたグラスを弥生さんの前に置くと、紅茶を飲んだ後にもかかわらず、ごくごくと一気に飲み干した。

暖房を点けた部屋には加湿器も置いてあり、それほど乾燥しているように感じないが、しゃべり疲れたのかもしれない。

「ああ、おいしい。この水を飲むと、なんだか頭がすっきりするの。雨の日に曇っていた窓ガラスの水滴がサーッと拭き取られるみたいに」

弥生さんの泣き顔も晴れている。

私は「命の水」のペットボトルをテーブルまで持ってきて、グラスに注ぎ足した。

「公雄さんと詩を訳したことなんて頭の中から消えていると思っていたのに、今は英和辞典の紙の手触りまで、指先に戻ってきたみたい」

弥生さんは感覚を確かめるように右手の親指を他の指たちとこすり合わせている。「命の水」が水道水だとは打ち明けられない。いや、弥生さんが集会で説明を受けたのなら、元は水道水であることは知っているのか。本当に「命の素」が含まれて……。

「美佐ちゃんにお願いがあるの」

「なあに、弥生さん」

「私たちは訳した詩を、赤い革表紙の日記帳に書き写していたの。一階の和室の本棚か古い本を入れた箱の中にしまってあるはずだから、探して持ってきてもらえないかしら」

買い置きしたトイレットペーパーや私の大学時代の荷物を入れた段ボール箱があった部屋だ。あそこなら、今夜中にでも探し出せそうだ。

「いいよ、明日、持ってくる」

「急がなくていいわ。美佐ちゃん、今日は疲れているみたいだし。私も思い出話をたくさんしたら、なんだか眠くなっちゃった」

弥生さんはグラスの水を飲み干した。今日はもう、これ以上話を聞くのは難しそうだ。

「じゃあ、私は帰るから、夕飯まで昼寝でもして、ゆっくり休んで」

テーブルのマグカップやグラスを洗面台まで運び、洗い流した。

「そうだ、もう一つ頼みたいことがあったんだった」

弥生さんはそう言ってソファから立ちあがると、部屋の隅に置いてあったデパートの紙袋を持ってきた。前回、私が弥生さんのスカーフや服を入れてきた袋だ。中を見ると、赤いセーターが入っている。

「せっかく持ってきてもらって申し訳ないのだけど、これは持って帰ってくれないかしら。どうしてこんな色の服を買っちゃったのかもわからないわ。よかったら、美佐ちゃんが着て。若いから、似合うわ」

弥生さんこそ似合いそうだが、紙袋をぐいぐい胸に押し当てられると、受け取らないわけにはいかない。

菊枝さんの施設でのスカーフの結び方講習会の時にでも着てみようか。


モーセが海を割るかのごとく、和室の床の上に高く積まれた荷物を入り口から左右に分けて、本棚までの細い道を作った。

和室にはそぐわない、ほぼ天井までの高さがある、ガラスのスライドドアが付いた古めかしい本棚には本がびっしりと詰まっていた。ほとんどが世界文学や日本文学、世界の思想といった箱に入った全集で、ベージュや紺色の、統一された箱が面になっているため、赤い革表紙の本がないことは、すぐに確認できた。

ということは、箱の中か。もしかすると段ボール箱の方に希少価値を見出す人がいるのではないかと思う、ステレオ用スピーカーの箱が本棚の手前にある。

その上には、宅配便会社の段ボール箱が載せられており、ガムテープを剝がして開けると、編みかけのセーターの一部らしきものと、同色の毛糸玉が二〇玉ほど入っていた。新緑を思わせる鮮やかな緑色だ。

リビングに放置されているのではなく、しっかり封がされているということは、弥生さんが自分の意志で編むのを止めたということだ。

弥生さんが最後まで仕上げないなんて珍しい。

毛糸玉に巻き付けられたメーカー名などを書いてある帯紙は、黄色く変色し、乾燥している。もしかすると、編んでいる途中で、これを着るはずだった人はこの世を去ったのではないか。そういえば、この部屋には仏壇がなかったか。公雄さんの遺影も。

日記帳を探すのが先だ。毛糸の入った箱を閉じて別の箱の上に重ね、スピーカーの箱のガムテープを剝がした。

と、鮮やかな赤色が目に飛び込んできた。およそ半世紀前の赤い革表紙ということから、くすんだワインレッドのような色を想像していたが、紫寄りでも朱色寄りでもない、私が小学生の時に使っていたランドセルと同じ、これぞ赤、といった色だ。

革表紙の中央に「Diary」という金色の筆記体文字が入り、表紙を囲むように月桂樹の葉の模様が同じ金色で描かれている。開閉の際に指が当たる部分の金色が薄くなっているのは、日々、使用されていた証か。

これに違いない。取り上げて広げてみる。詩、ではない……。

5月17日

今日から日記をつけることにした。

さつき姉さんの誕生日プレゼントを買うために、公雄さんにデパートに連れて行ってもらった。姉さんにはスカーフを選んだ。紺色と橙色の幾何学模様は活発で聡明な姉さんによく似合いそうだった。

公雄さんは私にもお揃いのスカーフを買ってあげると言ってくれたけれど、遠慮した。高価だし、ぼんやりした私には似合わないデザインだ。

公雄さんは文具売り場に行こうと提案した。

来月から始まるイギリス人の奥様の教室とやらに、私が行きたくないと思っていることを、きっと、気付いているのだ。だから、勉強が楽しくなるように、ノートやペンケースを買ってくれようとしたに違いない。

でも、売り場に足を運んだ途端、私が心惹かれたのはこの日記帳だった。

美しい革表紙の、外国の本のような日記帳。これに日々の出来事を書き綴れば、学歴や教養どころか、何の取り柄もない私の人生も、映画スターの一生のように思えるかもしれない。

そうだ、私の自叙伝。今日から私の物語が始まるのだ。

弥生さんのプライベートな日記だ。

一ページ目の一日分を読んでしまったことは仕方がない。閉じて、箱の中にしまい、詩が書かれた別の日記帳を探さなければならない。なのに、次のページをめくってしまった。

山本菊枝さん、と書いてあるのが目に留まり、頭から文字を追う。

メアリー先生の教室の初日に、八人の生徒がそれぞれ英語名をつけてもらったことが書かれていた。マーガレットさん、エミリーさん、ダイアナさんの記述もあり、弥生さんの話と完全に一致している。これを読めば、菊枝さんが「危険な人」である詳細もわかるのではないか。

身内とはいえ、勝手に日記を読むことは許される行為ではない。だが、自叙伝なら、他人が読むことを前提に書かれているのではないか。

屁理屈だ。好奇心に抗えない。ただ、それだけのこと。

日記帳を持ち、リビングへと向かった。長い夜になりそうで、コーヒーを淹れることにする。

ページをめくるたび、身内とはいえ他人の日記を読んでいることに対する罪悪感が薄れていくのは、内容の大半が書いた本人からすでに聞かされているエピソードだからだろうか。

弥生さんは日記を毎日つけていたわけではない。

メアリー先生の教室があった日と、教室で学んだことを公雄さんに披露した日だけ書くことに決めたのか、と思うほど、この二つのことばかりがしばらく続いている。

山本菊枝さんに関しては、教室の回に、八人の生徒のうちの一人としてたまに登場する程度で、内容はほぼ、弥生さん自身の成長についてだ。

メアリー先生に褒めてもらえた。

公雄さんに喜んでもらえた。

これらのフレーズが毎回出てくる。

語学も、読書も、料理も、裁縫も、弥生さんは全部苦手で嫌いだったことに驚いた。それらがどんどん得意になり、好きになっていく。

罪悪感が込み上げてこないのは、不満や嘆き、怒りといった、負の感情が記されていないということも大きな要因かもしれない。

弥生さんが胸の内で堪《こら》えている感情に触れてしまえば、覗き見をしたような後ろめたさが生じそうだが、綴られた文章からは「聞いて、聞いて」という弥生さんのはしゃいだ声が聞こえてきそうな気配が漂っている。

むしろ、弥生さんには幸せなエピソードを話す相手がいなかったのかもしれない。いや、弥生さんに限ったことではないか。

若い頃、特に、学生時代は、友人同士で何の抵抗もなく、恋人とのエピソードを披露し合っていた。どこに行った、何を食べた、何々を買ってもらった、こんなことを言ってくれた、相手のこういうところが好き。

いいね、うらやましい、と心から言い合うことができた。

しかし、徐々に、自らの幸せなエピソードに蓋をするようになってしまうのは、背負うべき荷物が増えてくるからだ。社会に出て働き始めた途端、ぐっと背中にのしかかるものを感じるのは、一人で生きていく際に背負う荷物の本当の重さを知るからではないだろうか。自分の荷物くらい自分でちゃんと持てていると思っていたのに、実は社会や家族が、かなりの部分を引き受けてくれていたことに気付く。

それでも、時間が経ち、経験を積んでいけば、徐々に慣れていく。荷物を増やしても大丈夫だという余裕が持てる。そこから結婚し、家庭を持つ。さらなる荷重がかかるが、決して不幸なことではない。荷物を宝箱に置き換えればそれがわかる。

子どもが欲しかった。しかし、すぐに授かると思っていた宝箱は、なかなか手に入れることができなかった。やっと妊娠できたと舞い上がって喜んだのも束の間、何の前触れもなくある日突然、流産した。私はそういう体質らしい。三回流産して、あきらめた。

子どもという宝箱を背負っている人がうらやましかった。いつか手放す日がくるその箱を、大切に背負って人生を歩んでみたかった。その箱を背負っていなければ見えない景色はたくさんあるはずだ。だが、どんなに大切な宝箱でも、一人で背負うのには重すぎると、きっと、負担になってしまう。どうして周囲は助けてくれないのか。分担してくれないのか。せめて、優しい言葉をかけてほしい。

ましてや、介護など。宝箱と思えない重い荷物をなぜ一人で背負わされなければならないのか。

だが、苦しい思いを抱えている人はたくさんいる。

そんな人たちの中で「私には荷物を分担してくれたり、労ってくれたりする人がいる」とは言えない。理解ある人との幸せなエピソードを披露できない。まるで、幸せである方が、悪いことであるかのように。

私の旦那は、家族は、と自慢し合えたらどんなにいいだろう。そうなれば宝箱でなくても大切に背負うことができるかもしれない。愛しさは抱けずとも、情くらいは湧く、のか?

義母のいいところに目を向けることくらいはできるのではないか。そういえば、今までそんなことを考えようとしたこともなかった。離れている今なら一つくらい……、脱線、脱線。

日記帳のページをめくる。

詩が綴られているはずの赤い革表紙の日記帳に、日記が書かれていた謎も解けた。

9月2日

公雄さんからプレゼントをもらった。誕生日などの記念日には、いつも素敵なものを用意してくれるけど、何でもない日にリボンのかかった箱を渡されたのは初めてだ。

なんと、メアリー先生の教室に三ケ月通ったご褒美らしい。あんな素敵な教室に通わせてくれていることを、こちらが感謝しなければならないくらいなのに。包みを解くと、スカーフが入っていた。

バラの透かし模様が入った赤いシルクのスカーフ。

素敵だと思ったのに、口に出せなかったのは、鮮やかな赤色が、私に似合わないような気がしたからだ。

「食事会は、おしゃれをしてくるように言われているんだろう？」

メアリー先生のお宅で食事会があることは公雄さんに伝えていたけれど、おしゃれのことは話していない。先生のご主人から聞いて、それでスカーフを買ってきてくれたのか。

「赤いバラなんて、私には……」

たとえ公雄さんが選んでくれたものでも、私みたいな地味な女が派手なスカーフを巻いて行けば、皆の笑いものになってしまうのではないか。

森野家に恥をかかせることになる。

だけど、公雄さんは笑いながらこう言ってくれた。

「ローズさんが何を言ってるんだい。メアリー先生にその名をつけられたと聞いた時、僕以外にも、弥生がバラの花のように見える人がいたことに感動したっていうのに。それに、きみは赤色が好きじゃないか。プレゼントは他にもあるんだ」

公雄さんが差し出してくれたデパートの紙袋には、赤い革表紙の日記帳が二冊入っていた。

「きみの人生が続く限り必要なんじゃないかと思って、買い占めてやろうとしたら、在庫はこれだけだと店員に言われてね。注文したいと頼んだら、赤色の生産はこれで終わりだって」

まるで自分が長年愛用してきた品を惜しむかのような、公雄さんのがっかりした表情に、私は貴重な二冊を自分の日記用ではなく、二人の記念になるものに使えないかと申し出た。

交換日記、もしくは、二人それぞれ交互に日記を書く。そんな案を出し合っていると、公雄さんが、ひらめいた！　というように指を鳴らした。

「二人で訳した詩を書いていこう」

私の英語の勉強用に、公雄さんは外国の詩集を手に入れてくれていた。その一篇を私は二日掛かりで訳し、三日目に公雄さんに添削してもらい、二人で美しい文章に書き直す。

そうやって二人で紡いだものを、新しい日記帳に綴っていく。それ以上の使い方を思いつくことなんてできない、とっておきのアイデア。

「完成したら、私たちの最高の宝物になるわね」

「子どもが生まれたら、毎晩一篇ずつ寝る前に読み聞かせよう」

さらに名案を思いついたかのような公雄さんの弾んだ声に、ちくりと指先にバラの棘が刺さったような痛みに似た感情が生じた。

結婚して三年。私たちが一番望む日はまだ訪れない。だけど、詩集が完成したら、その日がやってくるのではないかという希望が湧き上がってくる。

がんばって、詩を訳そう。

日記は、それからでいい。

宣言通り、その後、弥生さんは詩集作りに励んだのか、日記はかなり簡素なものになっている。メアリー先生の教室の回なのに、三行で終わっている日もある。

それでも、食事会の日のことは、少し長めに書かれていた。

すばらしかったコース料理について一品ずつ詳細に記されていたが、それよりもさらに、スカーフを褒められたことに分量を費やしている。

メアリー先生から「あなたの名前はスカーレットでもよかったわ」と言われ、それを公雄さんに報告すると、「やはり僕の見立ては正しかった。きみは僕の赤いバラだ」と喜ばれたらしい。

読みながら、首の辺りがむず痒くなってきた。昭和という時代や、公雄さんの性格にもよるのだろうが、私がこういった気恥ずかしくなるような情熱的な言葉をかけられることは、後にも先にも、一生ないだろう。夫からだけではない。仮にもう一度くらい出会いがあったとしても。

弥生さんがうらやましい。

しかし、なぜ、こんな素敵な旦那さんとの思い出を、弥生さんは私と暮らしている時に、一度も話してくれなかったのだろう。

日記というより、メモ書きのようになってしまったページを閉じて、詩集を探した方がいいのではないか。そう思いながら、後半ページをパラパラとめくってみると、再び、びっしりと書き込まれていることがわかった。

その最初のページを探す。一行目から、デイジーさんの登場だ。

10月6日

デイジーさんと友だちになった。

今日の教室は英会話で、さまざまな状況で知人に会った場合の、挨拶の仕方を教えてもらった。たった八人でも仲良し組に分かれるようで、マーガレットさんとエミリーさんとダイアナさんは近頃、教室が終わると三人でどこかに寄り道しているようだ。うらやましく思うなら、自分から交ぜてほしいと頼めばいいのに、私にはそれができない。

せっかく外出を許可されている日なのだから、夕方までゆっくりして帰りたいのだけど、一人で飲食店に入ったことは一度もない。

そういう目で彼女たちを見ていたのに気付かれたのか、荷物を片付けていると、デイジーさんに「弥生さん、このあとはすぐに帰るの？」と声をかけられ、お茶に誘われた。

近所の商店街の中に、サイフォン式のコーヒーが自慢の、モダンな喫茶店があるのだという。「ぜひ、お願いします」と応じたものの、少し意外な気もした。私はデイジーさんにあまり好かれていないんじゃないかと思っていたからだ。

根拠は名前の呼び方で、デイジーさんは教室の外でも、他の人のことは英語名で呼ぶのに、私のことは、弥生さんと本名で呼ぶ。教室の仲間として認められていないのかもしれないと、悲しくなったことがあるほどだ。

なのに、声をかけてくれた。もしかすると、もっと家でしっかり勉強してくるよう、お説教されるんじゃないかと、喫茶店までの道中、心配にもなった。

マナー教室の際に使用したコロッケを売っている肉屋を教えてもらった時も、緊張して「そうなんですか」としか答えられなかった。だけど、誘われたのは正反対の理由からだった。

「弥生さんは教室のことをどう思ってる？　私は正直、少し腹が立ってるの。せっかくメアリー先生という本場のイギリス英語を教えてくれる先生が、ボランティアで教室を開いてくれているというのに、みんな、まったく学ぼうとしないじゃない。なのに、料理や手芸の日ばかりはりきって。家庭に入った日本人女性に学びの場を開くことが先生の目的のはずなのに、結局、私たちはこれで満足しているんだと言ってるようなものでしょう」

デイジーさんの不満は理解できたものの、家で料理や手芸についても怒られている私にとっては、それらの時間もありがたいものだった。しかし、何も反論せず、コーヒーのおいしさに感激しながら、黙って頷いていた。

「それに比べて、弥生さんはえらいわね。英語がぐんぐん上達している。聞き取りができるのは耳がいいからでしょうけど、和訳は勉強しないと身に付かないでしょう？　今日だって、別れ際に使う〈take care〉を、ダイアナさんは単語を一語ずつ、しかも、その場でもたもたと辞書をひきながら、心配を連れていく、なんておかしな日本語を作って答えていたけれど、弥生さんは熟語として捉えて、気を付けて、と答えた。そのうえ、後ろに〈of〉が付くと、世話をする、という意味になることも知っていたじゃない。初めの頃は、ダイアナさんより酷かったのに、どんな勉強を始めたの？」

負けず嫌いのように見えるデイジーさんはそれを訊きたかったのか。

私は英語の詩を訳して夫に添削してもらっていることを伝えた。

デイジーさんは、誰のどんな詩かといった詳細は訊ねてこず、黙ってコーヒーを飲みながら、何か考えごとをしているようだった。デイジーさんのご主人がどんな人かは知らないけれど、自慢したと受け取られないか心配になった。だけど、デイジーさんはにっこり笑って、こう言った。

「やっぱり家でもしっかり勉強していたんだ。そういう前向きな姿勢、気に入った！　私たち、友だちになりましょうよ。私の方が五歳上だから、菊枝お姉さんとでも呼んで。私は、弥生ちゃんと呼ぶから」

姉がいるからと、お姉さん呼びは断ると、「じゃあ、今まで通り、デイジーさんでいいわ」と気分を害した様子もなく言われてホッとした。

でも、これを書きながら、菊枝さん、ではないのだなと改めて気付く。

公雄さんにも報告したいけれど、一昨日からメアリー先生のご主人と、二ケ月間のイギリス出張だ。詩を訳すのはしばらく休みだと気を抜いていたものの、デイジーさんがせっかく認めてくれたのだから、がっかりされないよう、しっかり勉強を続けなければ。

そうだ。公雄さんの留守中に英語を上達させて、公雄さんをびっくりさせてやろう!

10月13日

今日の教室は町民会館の調理室でのスイートポテト作りだった。

イギリスのお菓子かと思ったら、日本が発祥らしく、単にメアリー先生の大好物なのだとか。もちろん、私の大好物にもなった。

たくさんできたので、二つずつ持って帰らせてもらえたのに、公雄さんに食べてもらえないのは残念だ。ロンドンは北海道より緯度が高いらしいけれど、寒くはないだろうか。

メアリー先生は編み物も得意だと言っていた。

私はマフラーしか編んだことがないけれど、難しいところは先生に教えてもらって、公雄さんにセーターを編んでみようか。帰国までには完成しないかもしれない。まあ、冬が終わるまでには、今から始めればどうにか間に合うんじゃないか。

なんてこと、デイジーさんに知られたら笑われそうだ。教室で料理や手芸の時間があることにデイジーさんが不満なのは、教えてもらう必要がないくらい上手いからだということが、今日、同じ班になってわかった。

それでも、お菓子作りは楽しいらしい。理由は、家では作らせてもらえないから。

今日も教室のあとで、デイジーさんと商店街の喫茶店「モンロッシュ」に行った。コーヒーはスイートポテトの試食の時に飲んだので、二人ともミルクセーキを注文した。とろけるように甘くておいしいこの飲み物は、家では絶対に作れないと思っていたのに、デイジーさんはいとも簡単に材料や作り方の説明をしてくれた。

大阪の大学に行っている時に、喫茶店でアルバイトをしていたのだという。

「デイジーさんのご主人は家でこれが飲めるなんて幸せね」

私が公雄さんに作ってあげたいと思ったから、つい、そう言ってしまったのだけど、デイジーさんは口をへの字に曲げて首を横に振った。

「贅沢なものを作ると、姑の小言と昔話が始まるの。私があんたの歳の頃は戦争で、ってまずは当時の苦労話。それから、いいご身分だ、って私への嫌み。滅多なものが作れやしない。今日のスイートポテトも、薄い芋粥を分け合った話になりそうだから、隠れてこっそり食べなきゃなんないわ」

私も親から戦時中の話を聞かされたことはあるけれど、それは、過去の話としてだ。デイジーさんが家の中で気を遣わなければならないのは、食べ物のことだけではなかった。

「服装だって、私は普段からもっとおしゃれをしたいのに、かすりの着物をほどいてもんぺを縫った話になるの。そういえば、メアリー先生の家での食事会の時に巻いていた、弥生ちゃんのスカーフ、とても素敵だったわね。どうして、いつもしてこないの？」

「あの日は、特別におしゃれをしてくるように、メアリー先生に言われていたから」

「もったいない。私なら毎日、外出しない日だって巻きたいくらい。あれなら、文句も聞き流せる。スカーフ一枚で、辛気臭い家でも、鼻歌をうたいながら過ごせる自信があるわ」

ふと、デイジーさんのご主人が気になった。奥さんがおしゃれ好きなら、何かプレゼントしてあげようと思わないのだろうか。だけど、こんなことを訊けば、自分の夫の自慢をしているだけだと受け取られてしまう。

だから、姑のことを話した。

悪口を言うのは、自分のみじめさを認めることになる。姉さんの口癖だ。どんな状況でもまっすぐ前を向いている姉さんを見習って、姑のことは、誰にも話さず、この日記にすら書かないようにしていたけれど、状況を伝えるくらいならいいのではないか。

悪意がこもらなければ。

「戦争を体験した人は、簡単にその時期を人生から切り離せないのかもしれませんね。うちの場合は、お義母さんは当時、大阪に住んでいて、空襲の際に右足を負傷して、片足を引き摺《ず》りながらの生活だから、私もいろいろと補助しないといけなくて、身軽に動ける服装を心がけているんです」

事実の半分だけを話した。もう半分は、家でおしゃれをしていると「出かけられない私への当てつけなの?」とか「脚を隠さなくていい人は幸せね」と言われるからだけど、それは黙っていた。

結局、愚痴を書いてしまった。日記帳に似合う万年筆を使っているので、消すことはできない。

デイジーさんにはそれ以上、姑の話にならないよう、こう続けた。

「そういう事情もあって、近所に買い物に行く以外は、外出もあまりできないので、私、教室のある水曜日がすごく楽しみなんです。そのうえ、こうして、おしゃべりできる友だちまでできて。英語の勉強も、デイジーさんに追いつけるようにがんばりますね」

その後は映画の話になった。

喫茶店のレコードから有名な映画音楽が流れ出したからだ。映画にも詳しいデイジーさんに「ひまわり」という作品だと教えてもらった。

デイジーさんの一番好きな映画は「風と共に去りぬ」で、観たことのない私に、あらすじを教えてくれた。デイジーさんは小説も読んでみたいと言っていた。実は、うちのリビングの本棚にあるのだけど、公雄さんがいないので、姑に訊かなければならない。

自分が読んでいない本を他人に貸すなんて恥ずかしいと思わないの？

そんなふうに言われそうな気がして、本があることをデイジーさんには言えずじまいだった。

立派な本棚に収められた全集は、絵画と同様、来客に向けた飾りのように思っていたけれど、公雄さんや姑は全部読んでいるのだろうか。

教養を身に付けるって大変だ。

ガンバレ、弥生！

フレ、フレ、ローズ！

10月20日

今日は音楽鑑賞の日。カーペンターズの曲は聞き取りやすい。それとも、私のリスニング力が上がったのか。ついに、デイジーさんよりもたくさん正解した。なんて喜んでいたら、デイジーさんはカーペンターズに興味が持てないのだと言う。

女性ヴォーカルよりも男性が歌う曲の方が好きなのだと言って、「モンロッシュ」でコーヒーが届くまでのあいだに、プレスリーの曲を一節、披露してくれた。お客さんは少なかったものの、迷惑がられるんじゃないかとひやひやしたけれど、上手な歌は歓迎されるようだ。マスターがサービスでコーヒーの受け皿にクッキーを二枚ずつ載せてくれた。

なのに、その後の話は重かった。

姑からの食事や服装についての嫌みを打ち明け合うことなど、笑って話せるものだったのだと、改めて気付いたくらいに。

きっかけは、キャサリンさんが今日で教室をやめたことだ。

理由は、妊娠したから。

キャサリンさんは続けたかったけれど、自動車での往復をご主人に止められたのだという。家の方向が同じなら私が送迎してあげるのにと思ったけれど、まったく逆方向だった。

自分が教室をやめることを想像したら、キャサリンさんがかわいそうになったけれど、キャサリンさんの表情は幸せに満ち溢れていた。

「今まで仲良くしてくれてありがとうございます。皆さん、さらに魅力的な女性になれるよう、これからもがんばってくださいね」

そう言って、全員にレース付きのハンカチをプレゼントしてくれた。幸せのお裾分けだと感じてしまったのは、その幸せを自分がまだ得られていないからか。

ハンカチを受け取りながら「妊娠、おめでとうございます」と言った私の顔には、「うらやましい」と書いた紙がぺったり貼り付いているみたいだったんじゃないだろうか。

だけど、同様の気持ちになった人は他にもいた。デイジーさんだ。

「弥生ちゃんは、結婚して何年？」

そう訊かれて三年だと答えると、デイジーさんは、自分も同じだと言って、深くため息をついた。英語で答えを間違えたり、他の人に先に答えられたりした時は、悔しそうな表情を隠そうともしないのに、この時は、泣き出すのをこらえるような顔になっていた。

「結婚記念日を迎えるのがこんなに憂鬱になるなんて、想像もしていなかった。体力には自信があるし、大きな病気だってしたことないのに。あんたのような勝気な売れ残り女をうちに迎えてやったのは、立派な跡取りを産んでくれると思ったからなのに、なんて、昨日も言われちゃってさ」

そんなことがあったら、カーペンターズが好きかどうかは関係なく、リスニングどころではない。デイジーさんはさらにこんなことを続けた。

「メアリー先生は、日本人女性は家庭内で地位が低いって言ってたけど、そんなことはないと思う。姑が一番上、少なくとも山本家ではね。なんせ、跡取り息子を産んだんだから。おまけに自分をいじめてた義理の両親たちは、とっくにあの世におさらば。それなら温泉旅行にでも行って人生楽しめばいいのに、毎日の生きがいは嫁いびり。つらかった日々を取り返すのはその方法しかないって妄信してるみたい。たとえ、男の子を授かったとしても、私はそんな人生まっぴらごめんだわ」

デイジーさんの言葉は、私が普段ももやもやと感じていることを、明快な文章で表してくれたように思えた。

その証拠に、ずっと心の奥に押し込んでいた、不満を詰めた箱の蓋がパカリと開いた。

「私は今年に入って、お義母さんからコーヒーと紅茶を禁止されました。知り合いからアドバイスを受けたみたいで。だから、ここでコーヒーを飲めるのが本当に幸せで。いっそ、なかなか妊娠できない原因がわかれば、どんなにらくか」

「本当に。私なんて、祟《たた》りかもしれないって、あぶらあげを持ってお稲荷さんに連れて行かれたこともあるわ」

深刻なことを打ち明け合ったのに、他人のエピソードは冷静に捉えられ、滑稽さにあきれることができるようで、互いにプッと噴き出し合った。

先に「ごめんなさい」と謝ると、デイジーさんは「いいのよ」と笑いながら指先で涙を拭った。きっと、笑ったせいで出た涙ではない。デイジーさんの中にも箱があって、そこから溢れ出したものが涙となったに違いない。

だって、私も同じだったから。

デイジーさんはハンカチを持ってきてなかったのか、キャサリンさんからもらったハンカチを包みから出して、涙を押さえた。

「新品はちっとも涙を吸わないのね。ちょっとこれ、映画の台詞になりそうじゃない？　別れ話を切り出した男からの、最後のプレゼントがハンカチなの。洋画の方が向いているわ。英語に訳すと何だろう。難しいわね。弥生ちゃんならどう訳す？」

ニューハンカチーフがどうこうとつぶやくデイジーさんの表情は、いきいきとした輝きを取り戻していた。

それを見て、私は心の底から、デイジーさんと友だちになれてよかったと思った。結局、二人ともが納得できる訳はまだ見つかっていない。

これぱかりは、公雄さんに答えを求めることはないだろう。同じ悩みを抱える女だけの秘密の暗号だ。

日記帳を開いたままテーブルの上に置き、大きく息をついた。胸が苦しい。

弥生さんも、菊枝さんも、広いお屋敷に住んでいるのに、檻《おり》の中に閉じ込められたかのような窮屈な日々を過ごしている。

現在の自分と弥生さんや菊枝さんを重ねながら読んでしまったが、二人がまだ二〇代ということは、私は姑の年齢と同じくらいなのではないか。

この後、日本人の平均寿命、特に女性はぐんぐんと延びていく。二〇代で結婚し、抑圧された日々が続き、そのまま介護に突入。

いったい誰のための人生なのか。

仮に跡取りを産んだところで、当然のことだといわんばかりに褒められもせず、大切にされるのはせいぜい子どもだけ。それどころか、育児で疲れても、家事や農業などの家業を休ませてもらうことができない。

——私が若い頃には、一日中、子どもを背負って、洗濯も飯炊きも、野良仕事だってしていたんだ。

突然、頭の奥によみがえってきたのは、子どもの頃に同居していた祖母の声だ。

母親が大変な思いをしていたことは認識していても、その環境を離れてから細部を思い出すことがなかったのは、自分に直接ぶつけられなくとも心の表皮を切り裂くような言葉を、聞かなかったことにしたいと願うあまり、自然とその言葉が溢れていた時期の記憶に蓋をして、鍵をかけていたからではないか。

ぱっかり開いたこの蓋は、どうやって閉じればいいのだろう。再び、鍵をかけることは不可能なのではないか。

——美佐が男の子だったらよかったのに。

ああ、出てきてしまった。勉強などをがんばって、褒められた後に、必ずこの言葉が付いてきた。だから、子ども心に思う。男が何だっていうんだ。どれほどえらいっていうんだ。男なんかに、絶対、負けない。女としての人生を、あきらめない。

そうやって生きてきた女は、過去のぬくぬくとした時間に逃げ込むことなどできない。気の緩め方がわからないから。たとえ、そういう時代じゃなくなっているのだとしても、そうやって生きてきた人たちに、安易に「がんばらなくていい、誰かに頼ればいい、社会にまかせればいい」と口だけで言うのは、半世紀前と変わらない、価値観の押しつけだ。

感謝もなく、道筋を示さずして、変化も解放もあり得るものか。

自分が男なら、努力の成果を性別と関係なく評価されていたら、私はどんな生き方をしていただろう。そもそも苦労することがわかっていて、どうして結婚なんてしてしまったのか。

困難を乗り越えることこそ人生だと思っていたからだ。喜びはその先にあると。

邦彦と、人生が重ならなかった理由がようやくわかった。菊枝さんがこの後に産む、跡取り息子。それより……。菜穂さんは男の子を産んでいる。いや、女の子でも、産んでいなくてもだ。若い頃、こんな思いを抱いていたのに、どうして、もっと優しくしてあげられなかったのか。まったく、悪循環を断ち切れていないじゃないか。

そして、弥生さんは……。

気持ちを落ち着けるため、キッチンに行き、冷蔵庫で冷やした「命の水」をグラスに注いで一気に飲み干した。

複雑な感情が頭の中でパンパンになっていたようだったのに、すっきり片付いてスペースにゆとりが生じた気分になる。リビングに戻って日記帳を再び手に取った。

菊枝さんと悩みを共有した弥生さんは、不満を吐露することで心が軽くなるのを知ったのか、そういった記述が見られるようになった。

10月24日

公雄さんの従姉《いとこ》、茂子さんご夫妻から郵便小包が届いた。亡くなったお義父さんのお姉さんの娘で、私たちの結婚式の時に一度会ったことがある。公雄さんと同い年で、結婚は私たちの半年前にしたらしく、「売れ残りが、ようやく結婚できたって、おじさんたち、公雄くんには言わないのね」と、きれいな顔で口をとがらせていたのが印象に残っている。

茂子さんは結婚の翌年、出産し、先月、二人目も出産して、荷物はその内祝いの品だった。

一階のリビングで、姑が水色の包装紙を解き、熨斗紙のかかった白い箱の蓋を開けると、黄色の花模様が入った平べったい角砂糖が菜の花畑のように並んでいた。その真ん中の、かまぼこ板くらいの大きさの砂糖には、中央に「秀樹」という名前が入り、青色の花で囲まれていた。

「かわいいですね」

私にとっては精一杯の一言だったのに、姑は気に入らなかったらしい。

「よくもまあ、そんな悠長な言葉を。同じ年に結婚したのに、茂ちゃんはもう二人目。しかも、一人目は女の子だったけど、今度はちゃんと、男の子を産んだのよ。立派なものだわ」

褒めながらも、喜んでいるふうではなかった。

「それにしても、溶けてなくなるものに名前を入れるなんて、縁起が悪い。二階に仕舞っておいてちょうだい」

そう言われて、縁起物のお裾分けがまた物置送りになってしまった。紅茶もタオルも、どんなに質のいいものでも、出産に関する品に姑は手を付けない。いや、お中元やお歳暮も、か。

他人に高価なものを贈るのは好きなくせに、自分はもらいものを使わないなんて、何かこだわりがあるのだろうか。

自分より貧乏な人からもらったものを使うと貧乏になるとか。

なら、出産した人からもらったものを使えば……。いや、こちらの気持ちはなんとなくわかる。

名前入りの砂糖は、私も気持ち悪い。

だけど、自分が子どもを授かった時には、世界中の人にばら撒《ま》きたい。

弥生さんの日記なのに、自分が一日分を書き終えたかのように息を吐き出してしまう。

出産の内祝いをほほえましく受け取れていたのはいつまでだったか。だが、私だって、結婚の内祝いを未婚の友人にも贈った。名前こそ入れていないが、ペアのワイングラスなど迷惑なだけの代物だったのではないか。

いや、祝う気持ちに、子どもがいないから、未婚だからは関係ない。自分の心に余裕があるかどうか、だ。幸せは、他人と比べるものではない。

ページをめくると、また、菊枝さんが登場した。

10月27日

今日は教室で英語の手紙を書いた。

相手は誰でもよいということだったので、私は公雄さんに書くことにした。夫宛てにしたのは私だけで、他の人たちは、実家の母親、姉妹、友人に宛ててだった。料理の時はご主人に食べさせたいとほとんどの人たち（今、思い返すと、デイジーさん以外）が言っていたのに、どうしてだろうと不思議に思ったけれど、隣の席のナンシーさんに訊ねたら、一言で納得できた。

「手紙は離れて暮らす人に書くものじゃないの？」

でも、私は公雄さんが出張中でなくとも、公雄さん宛てにしたと思う。

まあ「お元気ですか？」とは書かないか。

教室ではそんな普通のことを書いたけれど、ちゃんと日本語で報告しなければならないことができた。

教室が終わったあと、「モンロッシュ」で今日は何を注文しようかと考えていたのに、デイジーさんから、しばらくあそこには行けないと言われた。二人でいたところを近所の人に見られていたそうで、お義母さんからまた、贅沢なことをしてと怒られたのだとか。

人目を気にせず、くつろげるところに行きたいと嘆くデイジーさんに、私はドライブを提案した。町民会館まで、私は車で通っていたけれど、デイジーさんは家が近く、徒歩で通っていた。徒歩圏内の喫茶店で姑の愚痴を言い合っていたことを、今更ながら恐ろしく思った。

そうなると、たとえ車で行かなければならないところにある喫茶店でも、油断はできない。田舎町はあらゆる場所に、目と耳があることを認識しなければ。だけど、結婚を機にこの土地にやってきた私は、どこがいいかさっぱり思いつかない。デイジーさんに訊ねると、すすきケ原高原を提案された。

人気がなく、景色のきれいなところなのだ、と。

もし、誰かに会ったら、手芸用のすすきを採りに来たことにしよう、とも言われた。デイジーさんはそれでふくろうを作れるらしい。私はわくわくしたけれど、結局、誰にも会わず、作り方も教えてもらっていない。

すすきケ原高原は、外国を舞台にした童話の挿絵のような景色が広がっていた。両手を広げて走り出したくなったくらい、素敵なところ。先々週作ったスイートポテトをここで食べたら、夕食後に姑と二人きりで食べた時の一〇〇倍おいしく味わえたんじゃないかと思えるような。

するると、デイジーさんが同じことを口にした。

「ここでスイートポテトを食べたら、もっと幸せな気分になれたのに」

そして、こんなことを続けた。

「せっかく、外で楽しかったことも、家に帰ると、苦しいことに変わる。楽しければ楽しいほど苦しくなる。それがつらかったけど、弥生ちゃんもそうなのだと思えば、我慢できそうな気がした。でも、やっぱり無理。他人の苦しみなんて想像だけじゃ、大袈裟に言ってるんじゃないかとか、話を合わせてくれているだけなんじゃないかとか、疑ってしまう」

デイジーさんはお義母さんから、家事をほっぽり出しての贅沢教室なんてやめてしまえと言われたそうだ。

もともと、デイジーさんはメアリー先生の教室のことを回覧板で知り、申し込んだそうだ。英語の勉強をしたかったから。ご主人に報告すると、いいじゃないかと言われたのに、翌日の夕食時にご主人がその話をお義母さんにするやいなや、猛反対されたらしい。こんな田舎でいつ英語が必要なのだ、と。ご主人は気まずそうに黙り込み、デイジーさんは「家のことはちゃんとやるので」と頭を下げてどうにか許してもらったのだと言う。

私の場合、教室に関しては、公雄さんに勧められたことなので、姑から文句を言われたことがない。スイートポテトを食べた時も、「学生気分でうらやましいこと」と「いいご身分ね」を繰り返されただけだ。

どう慰めればいいのかわからない私に、デイジーさんはとんでもない提案をしてきた。

「ねえ、弥生ちゃん。お互いの家の家事を、週に一度、半日でいいから、交換してやってみない？」

こんな重大な案件こそ、公雄さんに手紙で相談しなければならないのに、デイジーさんの勢いに負けて、その場で「はい」と答えてしまった。

しかも、「交換家事」は月曜日と金曜日の週二回となった。時間は午前一〇時から午後四時まで。昼食は作るけれど、夕飯の支度はしなくていい。

私たちで勝手に決めていいことなのか。それぞれの家族に何と報告するべきか。不安になって訊ねると、デイジーさんはこう言った。何日も前から決めていたかのように。

「メアリー先生からの課題ということにしよう。欧米ではよくやることで、他の家のよいところを知って自分の家に生かすための勉強なんです、って。そう言えば納得してもらえるはずよ」

このことに、公雄さんは何と返信をくれるだろう。

交換家事。ふと、家事代行業者と偽って山本家に行き、菊枝さんに挨拶をした時のことを思い出した。

――あんたたち、おかしなことをたくらんでるなら、やめときな。

菊枝さんのぼんやりとした記憶の中で、菜穂さんと私が、かつての自分たちの姿と重なったとは考えられないだろうか。やめときな、と言うほど後悔するような出来事が、この先、弥生さんと菊枝さんとのあいだで起きる。

第六章

クライム

(*crime*)

11月1日

交換家事については、次のメアリー先生の教室のあとで詳細を決めて、開始はまだ先になるだろうと思っていたのに、おとついの夜、デイジーさんから電話がかかってきた。生徒全員の住所と電話番号を記した名簿は配られていたけれど、連絡をもらったのは初めてだ。そもそも、この屋敷の電話に、私宛てに電話があったのも初めてかもしれない。

交換家事のことだけど、とデイジーさんは挨拶もそこそこに用件を切り出した。早口であせっているような様子に、やっぱりやめよう、と言われるのではないかと期待したのに、そうではなかった。開始にあたり、まずは互いの家を訪問し合えないかと訊かれ、今日の午後を提案されたのだ。

長電話はよしとくれよ、というお義母さんらしき人の声が聞こえて、デイジーさんの早口も腑に落ちた。私のすぐ後ろにも姑が座っていた。

デイジーさんはバスでやってきた。バス停まで迎えに行き、屋敷に戻る道すがら、毎回バスで通うつもりかと訊ねると、デイジーさんはけろりとした顔で「そうよ」と答えた。

「今日も、家からどんどん遠ざかっていく感覚にドキドキしちゃったわ」

そう言って笑っていた。では、帰りはどんな気分になるのか。そんな意地悪な質問はしなかったけれど。

デイジーさんからの電話のあと、姑に教室の友人を家に招いていいかと訊いた時は、迷惑そうにしていたのに、デイジーさんが到着すると、姑は私に見せてくれたことのないような笑顔で彼女を迎えた。

デイジーさんは手土産にシュークリームを持ってきてくれていた。「モンロッシュ」に注文して包んでもらったのだという。姑は「毎日食べたいくらい大好物なのよ」と喜んだ。

そんなこと、初めて知った。

「せっかくだからおいしいお紅茶といっしょにいただきましょう」

そう言って姑は私に、二階の物置にあるフォートナム・アンド・メイソンの紅茶を取ってくるよう指示した。

それから、デイジーさんをなんと、私でも滅多に入ることが許されない応接室に案内した。まあ、お客様であることには変わりないのだけど。

結婚の挨拶のため、私の両親が森野家を訪れた際、この部屋には通されなかった。仕事の関係者を招く部屋だからだと解釈していたのに。

舅は長年、心臓の病を患い、息子の結婚を見届けるようにして亡くなった。それ以降、屋敷の在り方も変わったのだ。そう自分に言い聞かせながら、薄暗い階段を上がった。電球が切れているけれど、公雄さんでなければ取り替えることができない。

物置で缶入り紅茶の入った箱を探し出し、三種類の茶葉がある中からアッサムを選んだ。私はダージリンが好きだ。姑の前で堂々と飲める日までとっておきたい。

キッチンで自分以外の二人分の紅茶を淹れた。これでは家政婦だ。

紅茶を応接室に運ぶと、姑とデイジーさんはケラケラと笑い合っていた。大阪の話題で盛り上がっていたのだという。姑は戦前、大阪に住んでいた。デイジーさんは大学時代を大阪で過ごした。時期は重なっていないが、共通する思い出の場所があったらしい。

「私がアルバイトをしていた喫茶店にお義母さまも行ったことがあるそうなの。ミルクセーキは飲んだことがないっておっしゃるから、今度、作ってあげる約束をしていたのよ」

デイジーさんははしゃいだ口調でそう言い、私が席に着くと、姑に交換家事についての説明をし始めた。まるで本当にメアリー先生から課題が出たかのように、生徒自身のみでなく家庭生活全般の向上のため、といった目的なども澱みなく話していた。

姑はすっかり納得した様子で頷き、こう言った。

「菊枝さんがしっかりしているのは、お姑さんの教育が行き届いているからでしょう。こちらができることは何もないけれど、弥生さんが山本さんのお宅に通わせてもらうことで菊枝さんのようになれるなら、私は大歓迎よ」

暗い気持ちになったけれど、姑の言動など、どこの家も似たり寄ったりだということがその後すぐにわかった。

手土産を用意していなかった私は、車で山本家に向かう途中、県道沿いにある和菓子屋に寄った。栗羊羹が有名な店だったけれど、気取ったものを持って行くと嫌みを言われるかも、というデイジーさんの助言を受けて、おはぎを買った。

しかし、山本家に着き、居間に通されると、座卓にそこの栗羊羹が用意されており、お義母さんが玉露のお茶を淹れてくれた。デイジーさんは目を丸くして驚いていた。

交換家事について、今度は私が説明する番だと気を張っていたのに、すでにデイジーさんはうちで話したことをお義母さんに伝えていた。ホッとしながら挨拶をすると、厳しい顔でこう言われた。

「うちで学んでもらえることなんて何もないし、お遊び教室の宿題に付き合ってやるほど、こっちは暇じゃないけど、屋敷だけは広いんで、昼寝でもして帰ってくれりゃいいよ」

こうして日記に書いていると、憂鬱な気分に拍車がかかる。

「本当に昼寝をしたらどんな反応をするのか、試してみてよ」

デイジーさんは、車を停めた外まで私を送りがてら、そんなことを言ったけれど、できるはずがない。いっそ、初日に「二度とくるな」と怒られて、交換家事が一日で終わることになればいいのに……。

ダメ、ダメ、弥生。弱気になるな。

ガンバレ、ローズ！


応接室？　と日記帳を開いたままテーブルに置き、ぐるりとリビングを見渡した。私の知っているみどり屋敷にそれに該当する部屋はない。そういえば、私が子どもの頃に住んでいた家にも応接室はあった。玄関を上がってすぐ隣の部屋だった。

この屋敷だと……。今まで考えたことはなかったが、広いリビングの天井に二つある照明の位置は部屋の形に対して均等な配置ではない。およその感覚だが、かつては玄関寄りに八畳の応接室、隣に一二畳のリビングがあり、その境の壁を取り払って、広い一間にしたのではないか。

まあ、そんな間取りのことはどうでもいい。

弥生さんと公雄さんの結婚は、森野家にとっては歓迎できるものではなかったようだ。だからこそ、二人のなれそめには情熱的なエピソードがありそうで、弥生さんから聞いてみたい気もする。とはいえ、もっと気になるのは交換家事についてだ。山本家の間取りは今と同じだろうか。日記帳を再び手に取る。

水曜日のメアリー先生の教室の後で、互いにがんばろうと言って別れ、第一回となる金曜日を迎えた。

なーんだ。頭の中に浮かんだ声が自分のものか、若かりし頃の弥生さんのものかわからないが、肩の力が抜けるような内容が綴られていた。

昼食に、弥生さんは親子丼を作り、山本家の姑、邦子さんに褒められて喜んでいる。それより、邦彦の名前はこの人から一字取っているのか。改めて邦彦のおばあさんであることを意識する。その後は、居間と縁側を隔てる障子戸の破れた部分の張り替えを手伝ったようだ。現在の山本家でこの戸を見た覚えはない。どこのお屋敷も、変わらぬ姿で在り続けているわけではないということだ。

次のページに移る。なんと、二回目にして、弥生さんは畑仕事に駆り出されているではないか。

11月8日

今日は交換家事の日。

昼食はきつねうどんを作った。お米以外の食材はそれぞれが訪問前に買っていくことになっている。かぼちゃやなすの天ぷらも揚げるつもりだったけれど、うどんだけでいいと断られた。

おかずの数に口うるさいうちと比べて、何とラクなことか。おまけに、どれも半分以上残す姑と違い、邦子さんは米粒一つ残さない。

食後、「私は畑に行くから、あんたはゆっくりしていてくれ」と言われた。じゃがいもの収穫をすると聞き、一緒に行きたいと申し出たら、面倒臭そうに畑用の服を奥の部屋から持ってきてくれ、それに着替えた。

もともと動きやすい服装なのに「余所行きの服」と言われてしまった。

畑は家から山側に歩いて五分ほどのところにあった。小学校でさつまいも掘りをしたことはあったけれど、じゃがいもは初めてだ。そのうえ、この秋最初の収穫だと言われ、胸が弾んだ。邦子さんが土を掘り起こすと、私の握りこぶしより大きいじゃがいもがごろごろと現れた。それらをコンテナの中に入れていくのが私の仕事だ。

「こんなに楽しそうに野良仕事をする人を初めて見たよ」

邦子さんに笑いながらそう言われたけれど、楽しいのは初めての体験で、毎日の仕事じゃないからだということくらいは自分でもわかっている。

多分、邦子さんもお遊び教室の課外授業にはしゃいでいる私をからかう気持ちがあったのではないか。それでも、家に戻ると、たいして役に立っていない私に「ありがとう」と言い、和菓子屋の紙袋いっぱいに取れたてのじゃがいもを入れて持ち帰らせてくれた。

そのじゃがいもで、夕飯のおかずにポテトサラダを作ると、めずらしく姑が「おいしいじゃない」と褒めてくれた。でも、喜んだのも束の間、山本さんのお宅でもらったじゃがいもだと伝えると、家に帰ってすぐに報告しなかったことを怒られた。

「なんでもかんでもヘラヘラと笑いながらあなたが受け取ったあとで、恥をかかされるのは私なんだから」

そう言われてもへこたれなかったのは、姑がポテトサラダだけは残さずに食べていたからだ。おいしいのはじゃがいものおかげかもしれないけれど、我ながら、味付けもうまくできていたと思う。

公雄さんにも食べてもらいたい。

だけど、その前に、次の交換家事の時に、邦子さんに作ってあげよう。向こうで作ると「そんなハイカラなものを」と言われそうだから、家で作って持って行くことにしよう。

11月10日

今日の教室では「まだらの紐」という英語の短編小説の、始まりの数ページを訳した。シャーロック・ホームズの物語だ。再来週までこの授業を続けるので、続きを知りたい人は日本語版を買って読んでください、とメアリー先生は言っていた。

屋敷の本棚に探偵小説はない。一回目にして、もうすでに買ってしまいそうな予感がする。

終了後はデイジーさんと「モンロッシュ」に行った。私と喫茶店に行くことは、姑公認になったということだろうか。確かに、交換家事の報告会のようなものだったけれど。

ショックだったのは、デイジーさんから「畑に行かないでほしい」と言われたことだ。

「弥生さんは自分からすすんで畑仕事を手伝ってくれた、って何度も繰り返されて、うんざりしてるの。耳にタコができるくらい。私には当たり前のようにさせているのに、さもこっちが何にもしていないような言い方で」

デイジーさんの言い分は充分に理解できたので、私は自分から畑を手伝うと言い出さないことを約束した。代わりに何をすればいいのか訊ねると、互いに家事は、それぞれの姑からの頼まれごとがない限り、昼食の支度だけにしないかと提案された。

「昼ごはんを食べて、お義母さまとお茶を飲みながらおしゃべりをしていたら、あっという間に四時になったわ。お義母さまも、それでいいじゃない、って言ってくれたし。むしろ、話し相手になってほしいって。私たち、気が合うみたい」

胸がチクリと痛んだけれど、多分、畑仕事のことを聞きながらデイジーさんも同じ気持ちになったはずだ。

デイジーさんは昼食にグラタンを作ったらしい。姑は大喜びだったとか。

「弥生さんは私を年寄り扱いして、古臭い料理ばかり作るの、なんて言ってたわよ」

親切のつもりで言ってくれたのだとしても、悪口の報告はいらない。

私が味の薄い和食を作るようになったのは、結婚当初に舅のためそうするよう姑に言われたからだ。亡くなればその必要はないのだとしても、私の意思で変更できるものではない。

「ところで、シャーロック・ホームズ、おもしろいですね」

そんなふうに話題を変えてみたものの、デイジーさんはそれほどでもないらしく、話が弾まないまま、いつもより早い時間でお開きになった。

夕飯はケチャップソースのハンバーグにしてみたけれど、姑は油っぽいと言いながら半分以上残していた。

せっかくの楽しい水曜日なのに、今日は愚痴で終わってしまいそうだ。

シャーロック・ホームズを少し訳してから寝ることにしよう。私一人で最後まで訳したら、犯人が別人になってしまうかも。

11月12日

交換家事の日。昨晩作ったポテトサラダを持って行ったら、邦子さんは一口食べて涙を流し出した。

「姉《ねえ》の大好物でね」

邦子さんは箸を置き、昔話を聞かせてくれた。

邦子さんには五歳年上のお姉さんがいたそうだ。高等小学校を卒業後に大阪の工場に就職し、何度目かの帰省時に、下宿先のおかみさんからマヨネーズの作り方を習ったと言って、ポテトサラダを作ってくれたのだという。八人きょうだいで少量を分け合い、おいしいおいしい、いつかみんなでどんぶり一杯ずつ食べよう、と言い合っていたけれど、戦争でお姉さんは帰らぬ人となったらしい。

「おいしいものを腹いっぱい食べるのは、姉に申し訳なくてね」

邦子さんがデイジーさんに贅沢なものを作らせない理由がわかったような気がした。邦子さんはこの話をデイジーさんにしていないのだろうか。

私は自分の気持ちを伝えてみた。

「私にも姉がいますし、生きてますけど、もし同じような状況になったら、姉は私に、自分が食べられなかった分も食べなさいって言ってくれるような気がします。自分自身には厳しいのに、私にはとても優しいので」

でしゃばったことを言ったかと不安になったけれど、邦子さんは「姉も優しい人だった」と言って、いくつかのエピソードを教えてくれた。せっかくの修学旅行なのに、新しい服を買ってもらえない邦子さんのために、お姉さんが夜なべをしてワンピースを縫って送ってくれたこと。その内側のポケットに、こっそりお小遣いも入れておいてくれたこと。そして……。

「きょうだいの中で姉が一番頭が良かったのに、自分は女学校には行かず、私を行かせてやってくれって、父親に頭を下げてくれて。そのおかげでこの家に嫁いだ時も、学がないとバカにされることだけはなかった。それなのに、まさか、嫁にバカにされる日が来るなんてね。平和な時代に、運がよかったってだけじゃないか」

邦子さんの不満はまだ続いた。

「そのうえ、自分の亭主のことまで見下して。息子は優秀だったから、高校の校内推薦で農協への就職を決めたっていうのに。こっちは釣書《つりがき》を見て一度は断ったんだ。なのに、あっちの親がどうしてもって頭を下げているっていうから見合いを受けてやったら、このザマだよ。あんたみたいな人が嫁なら、息子も休みの日ごとに山に籠もったりはしないだろうにねえ」

後半は、誰に心を寄せていいのやらとまどうばかりで、ろくに相槌を打つこともできなかった。こういう話を姑もデイジーさんにしているのだろうか。そんなことを考えていたら、鳩時計の鳩が四回鳴くのが聞こえた。三時も二時も鳴いていたはずなのにまったく気付かなかった。

帰り際、邦子さんに言われた。

「このあいだは、畑仕事なんか手伝わせて悪かったね。次からは、何か暇つぶしができるようなものを持ってくればいい。その時間は、私も編み物でもしてみようかね」

思わぬところで、編み物の先生が見つかり、憂鬱な気分が吹き飛んだ。セーターの編み方を教えてほしいと頼むと、苦笑いをしながらも引き受けてくれた。これで、交換家事もしばらくは楽しく続けられそうだ。

日記を読みながら寝落ちしてしまったようだ。もう昼前じゃないか。続きは気になるものの、詩集となっている日記帳を探して、弥生さんに届けることにする。

幸い、日記が書かれているものが入っていた段ボール箱から見つけ出すことができた。

詩に関してはまったく不勉強のため、目を通したところで誰の詩なのか見当もつかないが、日記を読んだせいか、一ページずつに弥生さんの笑い声や公雄さんとの幸せそうな会話が沁み込んでいるように感じた。

箱を片付けていると、編みかけのセーターが目に留まった。これは、弥生さんが山本家で邦子さんに教えてもらいながら編んだものなのだろうか。なぜ、未完成なのか。弥生さんに訊けば答えてくれるのかもしれないが、日記で確認したい気持ちもある。

シャワーを浴びて、出かける準備をした。「命の水」も一箱、車に載せる。

運転席でスマホを確認すると、メールが一通届いていた。菊枝さんがデイサービスで通っている施設からだ。講習会の日程の候補日をいくつかあげてくれている。直近で三日後。これでお願いする。準備物についても訊いてくれているが、練習用のスカーフは百円均一の店で参加人数分を購入してもらうのがいいかもしれない。

それにしても、カレンダーを見て気付いたが、菜穂さんからそろそろ連絡があってもいいのではないか。

しかし、まだ一週間経っていない。そのうえ、菊枝さんのショートステイを延長することを邦彦から聞き、私に帰宅日を伝える必要はなくなったと思っているのではないか。ゆっくり羽を伸ばしてくればいい。

介護付き老人ホーム「やすらぎの森」に到着した。部屋で弥生さんに日記帳を渡す。弥生さんはぱらぱらとめくって詩が書かれていることを確認すると、赤い革の表紙を愛おしむようにゆっくりと撫で、目を瞑り、胸に押し当てた。

公雄さんとの再会を嚙みしめているようにも見え、邪魔をしないよう、持参していた「命の水」が入った段ボール箱からペットボトルを取り出して、冷蔵庫に四本補充した。水分はしっかり取っているようだ。

冷蔵庫の上に置いてある、フォートナム・アンド・メイソンのダージリンのティーバッグに目が留まった。弥生さんはこれが好きなんだよね、などと日記から得た情報をうっかり口にしてはならない。それでも、訊きたいことはある。

弥生さんはソファに座り、日記帳の初めの方のページに目を落としていた。

「ねえ、弥生さん」

あえて、近くには行かず、冷蔵庫の前から声をかけた。弥生さんは顔を上げてこちらを見た。

「公雄さんとは、どこで、どんなふうに出会ったの?」

弥生さんは再び、ひざの上の日記帳に目を落とし、片手を表紙に置いた。話してもいいかしら?と公雄さんに相談しているような表情だ。ニッコリ笑って私の方を向く。優しく、いいよ、とでも言われたのだろうか。

「公雄さんは、私の幼なじみ、エリちゃんのお兄さんの、大学時代の親友だったのよ。私は高校を卒業して地元の造船会社の事務員をしていたんだけど、同じく地元に就職していたエリちゃんが、盆休みにお兄さんの友だちが遊びに来て、ドライブやキャンプをする予定だから一緒に来ないかって誘ってくれたの」

弥生さんはまるで先月のことを振り返っているかのように、澱みなく話している。目をきらきらと輝かせて。その表情に安堵し、それでそれで、と相槌を打ちながら、夏の恋物語を詳しく聞くために、水を二人分のグラスに注いで、私もソファに腰掛けた。

弥生さんは水を一口おいしそうに飲んでから、話を続けた。

「実は、お兄さんは私を気に入ってくれていたそうなんだけど、公雄さんと私はお互いに一目見て惹かれあったのよ。きっと、赤い糸で結ばれていたのね。彼の実家が資産家だと知って、庶民の私は釣り合わないと、夏の夜の夢物語だったと思ってあきらめようとしたのに、公雄さんは大切なのはお互いの気持ちだと言って、帰る前日に、プロポーズをしてくれたのよ」

まさに、シンデレラストーリーではないか。

「それって、出会って何日目？」

「三日目よ」

「くはあっ」

私の方が何だかむず痒くなって、両手で顔を覆ってしまった。指の隙間から弥生さんの顔をうかがうと、ゆるく微笑んだ顔がいきなり、しまった、という表情に変化した。突然、何かよくないことを思い出したのだろうか……。

「ごめんなさい、美佐ちゃん。二時から歌の練習があるのよ」

時計を見ると、一時四五分だった。弥生さんはホームで催されるクリスマス会の聖歌隊に立候補したそうだ。本番は白いベレー帽とケープを貸してもらえるのだと、公雄さんのことを語るのとはまた違う、弾んだ口調で教えてくれた。

ホッと胸をなで下ろし、次回はのどに良さそうな差し入れを持ってくることを約束して、ホームを後にした。

みどり屋敷に戻る途中、ベーカリーに立ち寄ると、クリスマスケーキの案内のポスターが貼られていた。弥生さんの面会に来るかもしれないが、さすがにクリスマスまでこの町にいることはないだろう。日記の影響か、ポテトサラダを挟んだコッペパンに心を惹かれ、今日の残りの時間は、これを食べて、リビングでゆっくり日記の続きを読むことにした。


交換家事は順調な様子だ。

早速、弥生さんは毛糸と編み物の本を購入して、邦子さんに教えてもらっている。「公雄さんの好きな緑色を選んだ」と書いてあるので、和室にある編みかけのセーターは、やはりこの時のものに違いない。また、同じ日、畑には行かなかったが、草取りなどの庭仕事を少しばかり手伝ったようで、「屋敷の庭に自分用の花壇を作り、バラを植えたい」とも書いてある。

私がみどり屋敷に住んでいた頃の庭は、それは見事なものだった。

屋敷の出入り口となるアーチ型の門には、緑色の丸みを帯びた葉をたたえた蔓がびっしりと巻き付き、白いバラの花たちが優しく迎えてくれた。来客はそれほど多くなかったが、門をくぐって玄関に向かうはずなのに、バラに導かれて庭に入っていく人も珍しくなかったくらいだ。

セーターは未完成、バラの栽培は大成功。私が目にしたものは、点としてではなく、この日記が書かれた時代から線として繋がっている。

下巻しか知らなかった弥生さんの人生の、上巻を読んでいるような気分でいたが、当然のことながら、下巻の事象は上巻に起因するものがいくつもある。それを踏まえたうえで、弥生さんの場合、下巻に継続しない事象が多いような気がする。

日記をめくる。

メアリー先生の教室の後での報告会で、菊枝さんの方も上手くいっていることがわかったが、それよりも、シャーロック・ホームズがおもしろいという感想の方が長い。

次の交換家事では、弥生さんは邦子さんとポテトサラダを作り、互いにどんぶり一杯食べたと書いてある。なんとマヨネーズも手作りで、邦子さんがお姉さんから教えてもらったという材料の分量まで記されていた。

この味を私は知っているだろうか。

さらに、ページをめくる。

交換家事が好調でも、菊枝さんとの仲は、それに比例するとは限らないみたいだ。

11月24日

メアリー先生の教室は、今日で「まだらの紐」の和訳が終わった。全体の三分の一程度らしい。日本語版を買うよりも、最後まで英語版を訳しながら読んでみたいと思い、終了後、メアリー先生に相談すると、本を貸してもらえることになった。

部屋を出るのが遅れた私を、デイジーさんはロビーの椅子に座り、読書をしながら待っていてくれていたけれど、今日のお茶は中止にしたいと言われた。

「明日中に、これを読み終えたいの」

デイジーさんはひざの上に置いていた分厚い本を私に指し示した。

タイトルの『風と共に去りぬ』の横に「I」と数字が入っていた。

「森野のお義母さまに借りたのよ。弥生ちゃんも意地悪ね。持っているのに黙っていたなんて。リビングの本棚にあるのを見つけたら、お義母さまはすぐに貸してくれたわよ。読み終わったら、いっしょに感想を言い合いましょうね、って」

意地悪だなんて。姑は誰かに許可を得る必要がないのだから、その場で貸してくれて当然だ。デイジーさんはこんなことも続けた。

「お義母さまは、本当は娘もほしかったんですって。だけど、足も悪いし、第一子で男の子を授かったから、あきらめたそうよ。でも、娘がいたら菊ちゃんみたいな子だったでしょうね、なんて言ってくれたの。私たち、顔立ちも少し似ていると思わない？　知らない人が私たちを見たら、本物の親子と間違えるんじゃないかって、お義母さまも笑っていたわ」

話し終えると、デイジーさんは満足そうに片手をひらひらと振りながら帰っていった。

菊ちゃん、と呼ばれているのか。

わかっている。マヨネーズの作り方を教えてもらったことを話せば、デイジーさんも私と同じ気持ちになることを。邦子さんは「嫁には秘密だ」と言っていたから。嫁入りしたばかりのデイジーさんに家で作れることを話したら、「マヨネーズを買うのも贅沢だっておっしゃりたいのですか？」と怒り気味に言われたせいだとか。

わかっている……。姑という生き物は、その立場になった途端、すべての人に厳しくなるわけではないということも。たった一人、嫁にだけつらく当たるようになるのだ。どこの家も同じだとわかっただけでも、交換家事をしてよかったじゃないか。

だけど、それでも、デイジーさんには親切なのに、私には優しい言葉一つかけてくれないのは、自分に落ち度があるせいだと思ってしまう。

私はのろまで、教養のない、この家に不釣り合いな人間なのだ、と。

ああ、早く公雄さんに帰ってきてほしい。弥生が世界一だよ、と言ってほしい。

大丈夫、あと一〇日ほどの辛抱だ。

日記帳を閉じてテーブルに置き、「命の水」を沸かして紅茶を淹れた。家に残してあるのは、アッサムだ。一口飲むと、不思議な感覚がした。

何本もの細く短い針金を、おにぎりを握るようにぐしゃりと丸めて固まらせている。そんな状態の脳みそが、温かさでゆるみ、針金が外側からぼろぼろとほどけ落ちているような。だが、頭がほぐされていくのに、心地よくはない。よみがえってくるのは、子どもの頃に耳を塞ぎ続けた言葉だからだ。

――あんたの世話になんか一生なるものか。

祖母は事あるごとに、母に向かってこの台詞を口にしていた。父には姉がいた。母にとっては小姑だ。祖母は娘が老後の面倒を見てくれると信じていた。だから、嫁に感謝しない。労わない。頭を下げない。言うことをきかない。この家に住まわせてやっているのだという態度を取る。

小姑は結婚して家を出たのに、暇さえあればうちに来て、冷蔵庫の中のものをあさっていった。いただきものの高級なお菓子が母や私の口に入ることは滅多になかった。祖母がもらったものだから文句は言えないが、たまに、私のお菓子もなくなることがあり、名前を書いておくと、いやらしいことをして、と母が祖母に叱られた。

毎日のように訪れていた小姑は、祖母の具合が悪くなった途端、うちに寄りつかなくなった。一切の介護を母に押し付けたくせに、葬式では一番になって泣いていた。

もしも、弥生さんが姉に電話をかけて、悩みごとを相談していたら……、母はどう答えただろう。小姑がいないだけマシじゃない、とは言わないはずだ。自分の方が大変だという言い方は絶対にしない。がんばっていれば、いつか必ずわかってもらえるはずよ。そんなふうに励ましたのではないか。自分に言い聞かせるように。

いつか、なんて来なかった。

認知症になれば、誰もが純粋な心を取り戻すわけではない。優しかった人でさえ、家族を泥棒扱いし、暴言を吐くのも珍しいことではない。だからこそ、「ありがとう」も「お世話になります」も、そうなる前に言っておかなければならないのに。

電話代がかかるからとか、リビングに電話があって姑に話を聞かれるからとか、そういう理由ではなく、姉の言葉が想像できたからこそ、弥生さんは相談しなかったような気もする。

それでも、菊枝さんが何か悪いことをしたわけではない。

再び、日記帳を開いた。

次の交換家事では、弥生さんは編み物を教えてもらいながら、邦子さんにメアリー先生の教室の内容について詳しく話したようだ。

邦子さんも知りたいくせに、菊枝さんの学歴自慢を不快に思っている分、訊ねることができなかったのではないか、と弥生さんは書いている。

邦子さんはスイートポテトの作り方に興味を持ったようで、家の畑でさつまいもが大量に収穫できたことから、次回、一緒に作ることになった。

今度は私が先生だ！　と弥生さんのはりきった様子がうかがえる。約半世紀も前のことなのに、私は弥生さんの一喜一憂に振りまわされている。

ワクワクするような気持ちで、ページをめくった。

何やら、書き出しからおかしい。

11月29日

こんなことを書いてしまっていいのだろうか。だけど、公雄さんに報告しなければならないことかもしれず、ちゃんと記しておくことにする。

今日は朝から雨だった。邦子さんが外に出る用事もなかったので、到着してすぐ、スイートポテト作りを始めた。

近所の店で生クリームが手に入らなかったため、かわりに牛乳を使うことを邦子さんに伝えると、コクを出すために、はちみつを入れることを提案された。

その試みは、大成功だった。

黄金色に焼き上がった小判型のスイートポテトからは、甘くやわらかな香りが漂っていた。メアリー先生には申し訳ないけれど、香りだけは、教室で作った分よりも上だった。

「紅茶が合いそうですね」

私がそう言うと、邦子さんはこちらに向かってニヤリと笑った。悪巧みを思いついたような顔だった。

邦子さんは台所にある水屋の戸を開けると、左端にしゃがみこみ、一番下の棚の手前に置いてある乾物を入れた缶を取り出して、奥に手を入れた。

「私に隠れてこそこそ飲んでいることは気付いていたんだ。私は犬好きだからね、鼻が利くんだよ」

そう言って渡されたのは、フォートナム・アンド・メイソンのダージリンの缶だった。心が一瞬ざわりとしたものの、デイジーさんが自分で買ってきたものだろうと思い直した。

「こっちの箱は何だろうねえ」

邦子さんは平べったい白い箱を両手に持って立ち上がった。調理台の上に置き、蓋を開けると、菜の花畑のような、黄色い花模様が描かれた角砂糖が並んでいた。中央の大きな板状の砂糖には「秀樹」と書かれていた。

「友だちのお祝い返しかねえ。男の子の名前が書いてあるものを私に見つけられちゃ、嫌みを言われると思って、隠しているんだろうよ。一つも使っていないから、これに手を付けるわけにはいかないねえ。まあ、いいさ。砂糖は別のがあるから」

邦子さんは紅茶の葉を急須に入れると、缶と砂糖の箱をもとあった場所に戻した。その後のことは、あまりよく憶えていない。

秀樹という名前が流行っているということは、テレビで聞いたような気がする。出産の内祝い品が砂糖というのもよくあることだ。だけど、みどり屋敷の二階の物置にある品が二つ、ここに揃っているのは偶然だろうか。

姑は階段を上がることができない。どうしても二階に行かなければならない時は、公雄さんがおんぶしてあげている。

たとえ、姑がデイジーさんに何か物置にあるものをあげようと思っても、デイジーさんにおぶって連れて行ってもらうわけにはいかず、かといって、デイジーさんを一人で二階に上げて物置の中のものを取ってくるようにとは頼まないだろう。

デイジーさんが勝手に上がって、盗んだ？　まさか！

家に帰って姑に確認すれば、すぐに解決することかもしれないが、もし、姑に身に覚えがないことだったら、どうする。交換家事をすると決めたのは私たちだ。なのに、泥棒を家に上げたとなっては、私が責められるだけではないのか。そんなことを姑から公雄さんに報告されたら、私が盗人の片棒を担いだかのように話を捻じ曲げられてしまうのではないか。

そんな思いが頭の中を駆けまわっていたせいで、編み目をいくつも飛ばし、一〇段もほどかなければならないことになった。邦子さんは疲れているんだろうと言って、紅茶をもう一杯淹れてくれた。私の好きなダージリン。

家に帰ると、手も洗わずに二階に上がり、物置の戸を開けた。紅茶の缶も砂糖の箱も、そこにはなかった。

弥生さんが老人ホームの部屋で言っていたのは、これのことか。心臓がドキドキするのを感じながら、ページをめくった。

12月1日

勇気を出して、教室のあとで、デイジーさんに確認することにした。

泥棒したと疑っていることを悟られないためには、どんな訊き方をすればよいのか。そればかりをずっと考えていたせいで、メアリー先生の質問にも、とんちんかんな回答ばかりしてしまった。

今日はクリスマスカードを英語で書く練習だった。その前に、メアリー先生が一人ずつ順番に英語で「クリスマスに食べたい料理は何ですか?」とか「クリスマスツリーの飾りといえば何を一番に思いつきますか?」といった質問をしたのだけど、「カレーライスを食べたいです」だの「赤いバラを飾りたいです」だのと、単語の一部だけを拾ったクリスマスとは関係ない答えを返してしまったのだ。

デイジーさんは私を見て、クスクスと笑っていた。ただ、心配もしてくれていたのか、教室が終わった途端、サッと私のところへやって来ると、何かあったの? と声を潜め、真面目な顔で訊いてきた。

後ろめたそうな、おどおどした様子は見られなかった。だから、率直に訊くことにした。

「先日の交換家事の時、デイジーさんの家の台所で、紅茶を淹れようと思って水屋の中を探していたら、うちの物置にあるものと同じ紅茶と砂糖を見つけたんです。偶然でしょうか」

難しい英文を訳しているかのような口調になっていたかもしれない。邦子さんが出したとは言わなかった。

「だから、紅茶が減っていたんだ。姑が勝手に飲んだと思ってたのに、弥生ちゃんのせいだったなんて。いくら交換家事だからって、あんな水屋の奥まで探る？」

まるで私の方が非常識なことをしたような言い方だった。デイジーさんは不愉快そうな表情を隠そうともしていなかった。

「そのうえ、私が盗んだんじゃないかと思っているんでしょう？」

私はとんでもないというふうに首を横に振るしかなかった。

「弥生ちゃんに内緒でって言われてたけど……。お義母さまが帰り際に持たせてくれたのよ。じゃがいものお礼にって」

デイジーさんは手品の種明かしをするように、両手を広げて、おどけた顔で舌を出した。

「まあ、それなら姑に渡さなきゃいけなかったんだろうけど」

「でも、お義母さんは二階に……」

最後まで言おうが言うまいが、私が疑っていることはすでに伝わってしまっている。だけど、デイジーさんはさらに不機嫌な様子になることなく、むしろ、腕を組み、納得したような顔で頷いて、私にこう言った。

「弥生ちゃんの前ではどういうことにしているのか知らないけど、お義母さま、私の目の前で、自力で二階に上がったわよ。肩を貸しましょうかって言ったら、階段は急だから、そうしてもらうより、一人で四つん這いで上がる方が安全だって断られたわ。息子夫婦の部屋があるけど、片付いていないだろうから恥ずかしい、とも」

顔から火が出るような思いがした。

「下りる時も、荷物を一段ずつ降ろしながら、階段に腹這いになってゆっくり下りてきたわよ。服がほこりだらけになっていたから、薄暗い場所とはいえ、毎日モップをかけておいた方がいいわね」

デイジーさんは嘘を言っているようには見えなかった。階段の掃除をしばらくしていなかったのも事実だ。私しか使わないのだから。

姑は自力で二階に上がることができる? なぜそれを、私や、おそらく公雄さんにも隠しているのだろう。

公雄さんにおぶってもらいたいからか。それとも、二階に上がれないと思わせておく方が都合がいいようなことをするためか。いったい、何を?

窮屈な屋敷でも、二階は公雄さんと私、夫婦二人だけの場所だと信じていたのに。もしや、私がメアリー先生の教室に行っているあいだ、こっそり、夫婦のリビングとなっているこの部屋に、忍び込んでいるかもしれない。

二人で毎晩、楽しそうに何をしているのか探るために。詩や……、この日記だって読まれているかもしれない。そんなことが起こりえたら、私はもう何もできないじゃないか。

どうすればいい？

そういえば、公雄さんが会社の金庫を買い替えたと言ってなかったか。古い金庫がまだ会社にあれば屋敷用に持って帰ってもらえないかと訊ねてみよう。

帰国まで、予定通りなら、あと五日だ。イヤなことは考えず、公雄さんを迎える準備に専念しよう。セーターは間に合わない。クリスマスプレゼントは何がいいだろう。

菊枝さんは紅茶や砂糖を森野家の姑からもらったことをはっきりと伝えているのに、なぜ、現在の弥生さんに、菊枝さんに対して「盗む」という言葉が紐付いていたのだろう。

12月3日

交換家事の日だったけど、もはやこんな過ごし方を家事と呼んではいけないような気がする。昼食を鶏そぼろの三色丼で済ませると、あとはずっと編み物をしていた。おかげで、後ろ身頃が完成した。いよいよ、左右に二本ずつケーブル柄を入れる、前身頃だ。少し、レベルが高すぎたか。邦子さんも赤色のモヘアの毛糸を買っていて、かぎ針でマフラーを編んでいた。

ご自分用ですか？　と訊くと、ワハハと声を上げて笑っていた。結局、誰のためのものなのか。

夕方、山本家を出て、商店街にある肉屋へ行くと、デイジーさんに会った。車は？　と訊かれて、今日はここに寄るつもりで町民会館の駐車場に停めてきたことを伝えた。

公雄さんの帰国祝いに、すき焼き用の肉を注文するためだ。

「じゃあ、六日の交換家事は中止ね」

今晩、デイジーさんに電話して相談しようと思っていたのに、デイジーさんの方から言ってくれるなんて。気が利く人なのだ。デイジーさんはこんなことも続けた。

「ここのお肉は柔らかくておいしいわよ。うちの人もすき焼きが大好物で、味付けがまた得意なの。普段は牛乳を温めているだけでも、男を台所に立たせるとは何事だ、って私が姑に怒られるんだけど、すき焼きの時だけは何も言われない、くらいにね。彼は料理好きなのに、家じゃそんな調子だから、日曜日は一人で森に行っちゃうのよ」

「デイジーさんは一緒に行かないんですか？」

そんなことを訊けたのは、デイジーさんの表情が柔らかかったからだ。

「姑に何を言われるか、想像しただけでお先真っ暗よ。でも、先週はこっそり連れて行ってもらったの。たき火で焼き芋を作るって言うから。おいしかったわ……。もちろん、メアリー先生のスイートポテトの方が上だけど」

慌てたように取り繕うデイジーさんを見て、どうしてだか、ホッとした。きっと、ご主人と食べた焼き芋が、世界一おいしかったのだ。

公雄さんとたき火をしたのは、初めて出会った夏、キャンプの夜だ。あの時は、カレーを作ったっけ。エリちゃんとお兄さんもいたけれど、今度は二人きりでやってみたい。

あの森は山本家の男たちの逃げ場というだけでなく、菊枝さんにとっても思い出のある場所だったということか。邦彦はそれを知っているのだろうか。

12月6日

公雄さんが帰ってきた！

たった二ケ月離れていただけなのに、玄関を開けると、初対面の時のように胸がドキドキと高鳴った。

まるで、再びの一目惚れ？

言いたいことはたくさんあったのに「おかえりなさいませ」としか言えなかった。「留守番ありがとう」と大きな手で頭を撫でてもらえて、涙が出てきた。

お土産はなんとシャネルの香水だった。姑は5番、私は19番。シャネルといえば5番で、マリリン・モンローも愛用していたと、姑は大喜びだった。19番は新作で、グリーンやローズを想起させる香りだと、公雄さんが私に教えてくれると、一瞬、ムスッとした表情になった。自分だけにお土産を買ってきてほしかったのだろうか。

公雄さんが母親も妻も平等に大切にしてくれていることは、鈍感な私でもわかっていることなのに。

夕飯はすき焼きと握り寿司だった。すき焼きの準備をしていると、姑が「向こうでお肉ばかり食べていたでしょうに、気が利かないわね」と言って、坂の下のお寿司屋さんに注文したのだ。海辺の町に住む人よりも、山間の町に住む人の方が、ごちそうといえば生の魚だと思っている。私にそう教えてくれたのは公雄さんだというのに、どうして思い出せなかったのだろう。

でも、すき焼きも喜んで食べてくれた。味付けが、絶妙な甘辛さだと褒めてもらえた。実は、デイジーさんがわざわざご主人に調味料の分量を訊いて電話で教えてくれたのだ。

しかし、公雄さんに交換家事の話はしていない。

イギリスの土産話はすき焼きの鍋が空になっても尽きなかった。一晩では話しきれないほどあるらしい。そのうえ、姑がしょっちゅう口を挟む。紅茶やジャムの味をいちいち確認していては今年が終わってもまだ、土産話は終わらないのではないか。

二人きりになって、訊いてみたい話もたくさんあった。

公雄さんは英語の本も買ってきてくれていた。『風と共に去りぬ』の上下巻だ。詩集が完成したら、今度は二人でこれを訳そうと言ってくれた。

弥生はきっとこの物語の主人公を好きになるはずだから、と。

だけど、申し訳ないことに、私は公雄さんの旅行カバンのポケットに入っていた本に興奮してしまった。シャーロック・ホームズの物語だったのだ。私はメアリー先生の教室の課題のことを公雄さんに話した。

「驚いた、弥生が探偵小説を好きだったなんて。こりゃあ、悪いことができないぞ」

「いったい何をするつもり。公雄さんが犯人なら、どんな事件でも私は見逃してあげるわ」

「じゃあ、僕が浮気をしたら？」

「それは許さない。一生、牢屋にぶち込んでやるんだから」

「なら、二人で牢屋で暮らそう」

そんな楽しい会話の最中だから、冗談めかして言えたのかもしれない。

「公雄さん、私、金庫がほしいの。新しいのじゃなくても、会社のお古が残っていたらそれでいいから」

理由も訊かれずにすんだ。

「じゃあ、弥生へのクリスマスプレゼントは金庫に決まりだ」

幸せな、幸せな夜だった。

「私、金庫に公雄さんとの一番大切な思い出の品を入れるわ。そして、それを何年も何十年も守り続けるの」

これからはまた、日記やホームズより、詩の和訳に力が入りそうだ。

12月8日

メアリー先生の教室では、クリスマスソングの練習をした。「きよしこの夜」や「ジングルベル」など知っている歌でも、英語だとまた、初めて聴く曲のように感じる。

メアリー先生にローズは発音がいいと褒めてもらえた。ヤッター！

メアリー先生はいつも笑顔でいるけれど、やはり、ご主人が帰ってきたせいか、さらに落ち着きのある優しい顔になっていた。私は知り合いのいない町に嫁ぐだけでも不安だったのに、メアリー先生はもっと大変な思いをしたんじゃないだろうか。

帰り際、メアリー先生に呼び止められ、お土産はもらった？　と英語で訊かれた。カバンに仕舞った辞書を取り出して「香水」を調べながら答えると、メアリー先生は首を傾けて考え事をするような素振りをして、ハッと思いついたように、オッケー、と片手の親指を立てて言った。

まだ他に、お土産があるということだろうか。

もしかして、クリスマス！　公雄さんにもプレゼントを用意しなければ。そう思っていたところにデイジーさんがやってきて、「モンロッシュ」で三〇分だけお茶をすることになった。

年末はせわしない。

メアリー先生の教室は二二日まで。交換家事は二〇日の月曜日を年内最後の日とすることを決めた。金曜日はクリスマスイブだからだ。デイジーさんにご主人へのプレゼントは何にするのか訊ねると、大笑いされた。

「やあねえ、子どもじゃあるまいし。うちはプレゼント交換なんてしたことないわよ。もらえるなら、私専用のこたつか電気ストーブがほしいけどね。靴下には入んないでしょう」

クリスマスプレゼントは当たり前の習慣だと思っていた。

だけど、そうか。身につけるものばかり考えていたけれど、電化製品でもいいかもしれない。いや、私にそんな高価なものは買えないか。

12月10日

交換家事の日。編み物をするつもりだったけど、邦子さんが農作業の道具を入れている納屋の片付けをするというので、手伝うことにした。

「あんたにこんな汚れたところを掃除させることになるなら、おとなしく私も編み物をしてりゃよかった」

邦子さんに申し訳なさそうに言われたけれど、晴れた日に家の中でじっとしているのは罪悪感を覚えるという気持ちもわかる。さつき姉さんにもそんなところがある。

休みの日に寝坊していると、部屋のカーテンと窓を開けられ、こんないい天気なのに寝ているなんてもったいないでしょう、と、よく言われたものだ。すでにおにぎりが用意されていて、二人で浜辺に行き、大きな口でかぶりつくと、起きてよかったなと思う。

ほうらおいしいでしょう、と言う姉さんの顔を思い出し、昼食はおにぎりと卵焼きにした。驚いたことに邦子さんから縁側で食べることを提案され、よく手入れされた庭木を眺めながらの昼食となった。

「新入りはあの金木犀だ。この秋に植えたばかりでね。私はどんな高級な香水よりも、あの花の香りが大好きなんだよ」

邦子さんは苗木を愛おしそうに眺めていた。

公雄さんにもらった香水をつけてこようかと迷ったけれど、やめておいてよかった。初めてつけて出かける日は、もう決めてある。

12月12日

公雄さんと近所の電器屋さんに行った。階段用の電球を買うためだ。なのに、買っていない。

店の中央にクリスマスツリーが飾られ、その前に金銀のモールで囲まれたカセットデッキのコーナーが作られていて、公雄さんの足は吸い寄せられるように、まっすぐそちらに向かってしまったのだ。

「よう、公雄。おまえのために最新式を仕入れてきたぞ、聴いてみろ」

店のご主人がそう言って、公雄さんの頭にヘッドホンをかぶせると、カセットでもこんなにいい音なのか、と公雄さんは目を見開いて驚いていた。

「これだと、ベッドで横になったまま音楽が聴けるな」

はしゃいだ様子でそう言って、音楽に合わせるように体を揺らしている公雄さんを見ながら、私にへそくりがあればクリスマスプレゼントはこれにしたのに、なんて考えた。

毎月、充分なお金は渡されているけれど、余りが出たからといって、私のお小遣いにしていいはずがない。

「弥生もほら」

公雄さんはヘッドホンを外し、私の頭にかぶせてくれた。メアリー先生の教室で聴いた、カーペンターズの曲だった。ヘッドホンで音楽を聴くのは初めてで、最初は耳がくすぐったかったけれど、慣れてくると、耳から入った音はいつもと違い、脳みそを経由して英語だと認識することなく、料理中に気が付けば口ずさんでいる鼻歌のように、直接口からこぼれていった。

店のご主人の拍手で我に返った。

「すごいじゃないか。出張中の通訳の人より、きれいな発音だ」

公雄さんは私にそう言うと、店のご主人に「妻はイギリス人の先生に英語を習っているんですよ」と、自慢げに話してくれた。

店内は寒かったのに、私の頬はどんどん火照っていった。

「ほう、それは立派なもんだ。これがあると、英会話もますます上達するんじゃないかな。奥さんへのクリスマスプレゼントにどうだい？」

店のご主人の勧めに、公雄さんはきっぱりと首を横に振った。妻が褒められすぎるのは、男性にとっておもしろいことではないはずだ。

「いや、これは僕用にしたいね。このままじゃ、弥生に置いていかれてしまう。二人一緒に歌っても恥ずかしくないように、買ってもいいかな？」

私が許可することではないのに、公雄さんはおどけた様子で、両手を合わせて懇願するように訊いてくれた。

「こりゃあ、奥さん、弥生ちゃん。財布の紐を緩めるしかないな。公雄は昔から、やると決めたら、とことんがんばるヤツなんだ。弥生ちゃんからのクリスマスプレゼントってことなら、包装紙で包んでリボンも結ぶよ」

そんなこんなで、最新型のカセットデッキとヘッドホン、そして、ベッドの枕元に置く時用の延長コードを買って、公雄さんとビートルズの曲を歌いながら屋敷に戻った。レコードで聴いた通りの発音だった。

電球の買い忘れに気付いたのは家についてからだったけど、引き返しはしなかった。

「階段を使うのは僕と弥生だけだし、暗いのにも慣れてるから、しばらくそのままでもいいかな。あそこの親父は商売上手だから、弥生も一人で行くのはやめておいた方がいい。洗濯機をかついで帰ることになるぞ」

近所に親しいお店の人がいることがうらやましい。町内の奉仕活動などにも積極的に参加した方がいいのかもしれない。

この町が公雄さんの故郷ではなく、私の故郷にもなるように。


日記帳を置いた。立ち上がってストレッチをする。

お湯を沸かして、ベーカリーで買っておいた、カップオン式のドリップコーヒーをマグカップに載せ、熱いコーヒーを淹れる。

一口飲むと、頭蓋骨の内側がびりびりと痺れるようだった。

ついに、延長コードが出てきた。金庫もまだ屋敷には届いていないが、文章には登場している。だけど、それらがどう発展するというのか、まだ予測がつかない。

残るアイテムは……。

日が暮れてきた。老眼鏡をかけて、日記帳を手に取る。

どうやら、交換家事のことが公雄さんにバレてしまったみたいだ。

12月13日

交換家事の日。昼食は炊き込みご飯と豚汁。あまった炊き込みご飯はおにぎりにして冷蔵庫に入れてきたけど、デイジーさんのご主人は交換家事のことを知っているのだろうか。

午後からは編み物をした。手が早くなったと褒められた。邦子さんは先日と同じ毛糸で直径三センチほどの立体的なバラの花をいくつも編んでいた。マフラーに付けるのだという。自分でも編めるようになりたいと思ったけれど、セーターを仕上げる方が先だ。

夕食は八宝菜にした。公雄さんも帰宅が早く、三人で食卓につくと、姑が「冷蔵庫に昼間、菊ちゃんが作ってくれた、かぼちゃのそぼろ煮の残りがあるから、それも出してくれない？」と言い、公雄さんに交換家事のことを知られてしまった。

説明をしたのは姑だ。事前にデイジーさんが話したことを、そっくりそのまま公雄さんに伝えていた。

「僕がいない時に、あまり親しくない人を応接室より先に入れてほしくないけど、メアリー先生の課題じゃあ仕方ないな。ジョセフからは何も聞いてないけど……」

公雄さんはあまり歓迎している様子ではなかった。しかし、応接室のことはそんなふうに捉えていたのかと、緊張感の中に嬉しさも生じた。

「菊ちゃんはとてもしっかりした、いい子なのよ。それに……、いえ、何でもないわ」

姑が何か言いかけたことは気になったものの、私はずっと黙っていた。

実は、メアリー先生の課題じゃないの。その一言で済めばいいけれど、そこから、デイジーさんの家でうちの二階の物置にあったものを見つけたこと、姑は自力で二階に上がれると聞いたこと、なども打ち明ける流れになりそうで、心の準備が整うまでは口をつぐんでおこうと、胸の内で自分に強く言い聞かせていたのだ。

公雄さんはかぼちゃには手を付けなかった。姑は「あなたに食べてほしくて残しておいたのよ」と不満そうだったけれど、しつこくは勧めなかった。私も食べていない。私は勧められもしなかった。

公雄さんにどう打ち明けようかと悩みながらの二人の時間は、いつもより幸せに浸ることができなかった。

12月15日

メアリー先生の教室では、アイスボックスクッキーを作った。クッキーの生地を棒状にして、ポリエチの袋に入れて冷凍し、来週のクリスマスパーティーで、それを切って焼くのだ。

教室のあと、デイジーさんは生徒全員に紙を配っていた。

来週、教室開始の二〇分前にロビーに集合して、メアリー先生にクリスマスメッセージの寄せ書きをしよう、という呼び掛けだった。カードはデイジーさんが用意してくれる他、プレゼントも渡したいので一人一〇〇円払ってほしい、とも。

プレゼントを買いに行くために車を出そうかと申し出たけれど、商店街の花屋で素敵なシクラメンの鉢植えを見つけたから大丈夫だと断られた。

デイジーさんとクリスマスプレゼントの話をしたというのに、メアリー先生に渡すという発想は、私にはなかった。思いついたとしても、皆に呼び掛けられたか。気が利き、行動力もある。なのに、自分の友だちは素敵な人だと素直に喜べないのはどうしてだろう。

公雄さんの帰国後、すぐに交換家事の報告をしなかったのは、デイジーさんと比べられたくなかったからかもしれない。

12月17日

交換家事の日。昼食は肉じゃが。その後は編み物をしながら……、ついに昼寝をしてしまった。

昨夜、眠れなかったのには理由がある。夜中、目を覚ますと公雄さんがいなかった。めずらしいことではない。時差ボケのせいで深く眠れず、一人で起き出して、一時間ほどリビングでウイスキーを飲むということが、三日に一度のペースで続いていた。

日中の仕事に障りが出るようなら、お医者さんに相談した方がいいと思うけれど、公雄さん自身はあまり気にしてなさそうで、年内には戻るだろうと笑っている。

お酒だけ飲むよりはつまみがあった方がいいかもしれない。チーズに海苔を巻いたらおいしいと教室の誰かが言っていたっけ。わくわくするような気分で寝室を出て、階段を下りて行くと、リビングから姑の声が聞こえた。

公雄さんに何か話しているようで、つい、階段に腰をおろし、聞き耳を立ててしまった。

「私、すごいことに気付いたのよ。お義姉さんの仲介で、公雄に一度、お見合いの話がきたことがあるでしょう。大学を卒業した優秀な人だっていうのに、僕にはもう決めた人がいるからってあなたが怒るから、写真も見ずにお断りしてしまったけど。その女性がなんと、菊ちゃんだったの。いろいろ話をするうちに、どこかで憶えのある経歴だと思って、旧姓を訊いたら、ドンピシャよ。狭い田舎町の、向上心の高い女性を集めた教室だから、そこで弥生さんと一緒というのはたいした偶然じゃないけれど、課題の交換家事でうちに来ることになったのは、おもしろい縁だと思わない？」

耳を疑った。事実なら、縁などではない。デイジーさんは見合いをするはずだった相手の妻が私だと知り、声をかけてきたのではないだろうか。英語への意欲など、関係なかった。

「素敵な子なのよ。料理も上手いし、私ともすごく気が合うの。このあいだ、そこの本棚にある『風と共に去りぬ』を貸してあげたら、もうⅢまで進んでいるのよ。明日には読み終えているはずだから、感想を語り合うのが楽しみなの。本当に、お見合いの話があとひと月早く来ていたら。バカなことだと思うけど、まだ、どちらにも子どももいないし……」

恐ろしいことを、姑は嬉々とした口調で話していた。胸が締め付けられるように苦しくなった。

「いい加減にしてくれ。こんなこと、二度と聞きたくない。弥生に話したらおふくろでも許さないから」

公雄さんの激昂した声を聞くのは初めてだった。大丈夫、公雄さんは私を捨てない。お義母さんより私の味方をしてくれる。胸を押さえて自分に言い聞かせると、まっすぐ立ち、足音を殺して暗い階段を上がることができた。

山本家の居間の畳の上で、編み棒を握ったまま寝てしまった私に、邦子さんは毛布をかけてくれていた。四時前に起こされて、謝ると、笑いながら「うちの嫁も最近、居眠りが酷くてね」とデイジーさんが食事中に茶碗に顔をつっこんだことを話してくれた。

きっと、読書のせいだ。眠れないほどおもしろい本なのか。みどり屋敷の女主人に気に入られるため、無理をしているのか。

交換家事を提案したデイジーさんの本当の目的は何なのだろう。

12月20日

交換家事の日、年内最終日。昼食は煮込みうどん。編み物をして、前身頃が完成した。ベストにすればよかったか。帰る前に、お世話になったお礼を言うと、邦子さんは茶色いハトロン紙の包みを差し出してくれた。

開けると、マフラーだった。赤いモヘアの毛糸の編み地に、小バラがちりばめられたように留められていた。

「古くさいデザインだから、気に入らなけりゃ、捨ててくれたらいい」

邦子さんは照れ隠しのためか、ぶっきらぼうな口調でそう言ったけれど、捨てるだなんてとんでもない！　こんな可愛らしいマフラー、見たことがない。首に巻くと、柔らかくて暖かく、そのままで帰ることにした。

自分が手ぶらで来たことが申し訳なかった。「礼なんてしないでおくれよ」と言われたけど、年明け、何か喜んでもらえそうな品を持って行こう。

嬉しくてたまらないプレゼントなのに、屋敷に着くと、車の中でマフラーを外し、バッグの奥にしまってから、家に入った。公雄さんにも見せていない。

今はまだ、交換家事に関する話を家の中でしたくない。

12月22日

年内最後のメアリー先生の教室は、クリスマスパーティー。赤色が増えた洋タンスの中から、深紅のカシミヤのセーターを選び、別珍の黒いスカートと合わせて、初めて開けるシャネルの19番をひと吹きして出かけた。

みんなおしゃれをしていた。その中でも注目の的だったのは、デイジーさんだ。黒地に馬の模様が入ったモダンなスカーフを巻いていた。ブランド品に詳しいダイアナさんが「これ、エルメスじゃない！」と大興奮して叫ぶと、皆が集まって、触られたり、エルメスは香りも素敵なのねと、うっとりした顔で鼻をすり寄せられたりして、さすがのデイジーさんも、困惑の表情を浮かべていたほどだ。

ご主人からのプレゼント？　と訊かれて、まあね、とデイジーさんは謙遜気味に答えていたけれど、スカーフは本当によく似合っていた。

私もセーターと香りを褒めてもらえた。クッキーはおいしく、クリスマスソングの合唱は盛り上がり、楽しい時間は瞬く間に過ぎていった。

メアリー先生から、生徒一人ずつにジンジャーブレッドのプレゼントがあった。

そして、デイジーさんが音頭を取ってくれた生徒全員からのクリスマスカードとシクラメンの鉢植えを、とても喜んで受け取ってくれた。

私は先生のカードに公雄さんから教えてもらったメッセージを書いた。

『May your Christmas be merry and happy.』

楽しく幸せに満ちたクリスマスになりますように。

12月24日

クリスマスイブ。公雄さんは午前中で仕事を切り上げて、帰ってきてくれた。二人のお伴を従えて。会社の方たちがトラックで金庫を家まで運び、毛布に包んで掛け声を出しながら階段を一段ずつ引き上げ、二階のリビングに設置してくれたのだ。こんなに大きくて重厚な金庫だったなんて。

会社の方たちを見送ると、金庫が気になりながらも、ケーキ作りを始めることにした。キッチンで作業をしていると、公雄さんが少し焦った様子でやってきた。

「二階の物置に入れていたオレンジ色の紙袋を知らないか？　イギリスで買ってきたものなんだけど」

私は公雄さんの帰国以降に物置を開けていないことを伝えた。

だけど、イヤな予感がよぎった。

「お義母さんじゃないの？」

「それはないよ。おふくろは一人じゃ二階に上がれないんだから」

あのことを話そうか。そう思ったところに、姑がやってきた。

「どうしたの、公雄。階段を上がったり下りたりしているけれど」

「二階の物置に入れていた、エルメスの紙袋が見当たらないんだ」

エルメス！　ぎくりとした。

「さあ……、知らないわ。私は二階になんて上がれないもの。公雄が一番わかっていることでしょう」

姑はきっぱり言い切ったけど、目が泳いでいるようにも見えた。私は勇気を出して口を開いた。

「でも、デイジー、いや、山本さんに物置にあった紅茶とお砂糖を渡されましたよね。じゃがいものお礼に」

「どうして、あなたがそれを？」

「あちらの、お義母さまから伺いました」

「あれは、二階の廊下の突き当たりに物置があるから、何でも好きなものを持って帰って、と言って菊ちゃんを上がらせたのよ」

デイジーさんの言い分とまったく食い違っていた。

「もしかして、山本さんが盗んだんじゃないのか？」

公雄さんの険しい視線が姑から私に移ったので、おそるおそる訊ねてみた。

「紙袋には何が入っていたの？」

「袋と同じ色の箱に入った、スカーフだよ。クリスマスプレゼントにしようと思って、隠しておいたんだ」

スカーフ！　クリスマスパーティーの時の、デイジーさんのスカーフ！

「黒地に馬の模様の？」

「どうして弥生が知っているんだ？」

「山本さんが、クリスマスパーティーの時に巻いていたから」

「盗んだものをパーティーに？」

公雄さんがあきれた声を上げた。

「公雄、落ち着きなさい。盗んだなんて、軽々しく口にしていい言葉じゃないでしょう。菊ちゃんが持って帰ったのだとしても、私が、物置にあるのは全部、私のいらないものだから、なんて言い方をしたせいだわ」

「だからといって、高価な品の場合は確認するのが常識だろう？」

「きっと、エルメスだと気付かなかったのよ。綴りもＨから始まるじゃない。それより、まさか、返してもらおうなんて思ってないでしょうね。どんな経緯であれ、余所様に一度あげたものを返せだなんて、恥ずかしいまね、私は絶対にイヤだわ」

「おふくろが納得できるなら、腹立たしいけど、あきらめるよ。あのスカーフはおふくろのクリスマスプレゼントにと買ってきたんだから」

言われた途端、姑は目を見開き、息をひゅっと吸い込んで胸を押さえた。それから、よろよろと右足を引き摺りながら自室である一階奥の和室に行き、夕飯の支度が整っても、具合が悪いと言って出てくることはなかった。

公雄さんから私へのプレゼントは、金庫の中に入っていた。二つあるダイヤルの数字は変更できるみたいだけれど、まだ会社で使っていた時のままなので、公雄さんに言われる通り、なじみのない番号をセットして開けた。

赤地に緑の植物の模様が入った、エルメスのスカーフだった。嬉しくてたまらないのに、これを巻いている自分の姿を思い描くことができない。編みかけのセーターを見せて、僕の理想の緑色だ、と公雄さんが喜んでくれたことだけが救いだ。

それにしても、デイジーさんは本当に、スカーフを黙って持ち帰ったのだろうか。

第七章

ケア

(*care*)

日記帳を置いて、冷めたコーヒーを飲む。「命の水」に何らかの効力があるとして、コーヒーにしても、効き目は変わらないのだろうか。頭は割と冴えている。

二階の物置に公雄さんが隠していたスカーフを持ち出したのは、菊枝さんなのだろうか。私は森野家の姑が嘘を吐《つ》いているような気がする。その前の紅茶と砂糖についても。

何でも好きなものを、と言われたとして、紅茶はともかく、一目見て出産内祝いだとわかる砂糖など、不妊に悩む菊枝さんが選ぶだろうか。エルメスのスカーフは「香りも素敵」と書かれていたが、シャネル5番の香りだったのではないか。

まったくの仮説だが、公雄さんと弥生さんの留守中に、姑は二階に上がった。山本家の姑が弥生さんに手編みのマフラーをあげたように、年内最後の交換家事となる日に、菊枝さんに何かプレゼントしようと、おそらくは当日に思いつき、買いに行く間もなかったため、二階の物置にあるものから選ぼうとしたのではないか。

そこに、エルメスのスカーフを見つける。すぐに、これがいいわ、とはならないはずだ。姑にとって物置は、自分のいらないものを入れておく場所なのに、把握していない高級ブランド品がそこにあれば、公雄さんがイギリスで買ってきたものだと考えるだろう。

紙袋、もしくは袋の中の箱が二つあれば、自分と弥生さんへのクリスマスプレゼントだと解釈するが、一つなら……、弥生さんのためのプレゼントだと思ったのではないか。

嫁にだけ、もう一つ土産があることに腹を立て、菊枝さんにあげた？　高級ブランド品をポイッと？　もしかすると、エルメスと読めていなかったのは、姑の方ではないのか。

同様のことを弥生さんも考えたとして、公雄さんには言えないだろう。

日記帳は残り数ページだ。

12月26日

公雄さんは姑をデパートに誘った。エルメスのスカーフの代わりになるものを買ってあげようと思ったに違いない。けれど、姑は断った。混雑したところに行くよりも、家でゆっくり本でも読んでいたい、と言って。

せっかく二人きりで出かけられることになったのに、心の底から楽しめないのは、私に隠し事があるからだ。

こんな気持ちのままお正月を迎えたくない。そう思い、交換家事はメアリー先生の課題ではなく、デイジーさんからの提案だったことを、公雄さんに打ち明けることにした。

レストランでの食事のあと、コーヒーが運ばれてきたタイミングで、あのね、と声に出した。姉さんに教えてもらった三文字の魔法。どんなに話しにくいことでも勇気を振り絞って、あのね、と口にすれば、それに続いて言葉が出てくる。

公雄さんはたちまち不愉快そうな表情になった。コーヒーカップを持っていない方の手をギュッと握りしめていた。もしも、周囲に人がいるレストランでなく、家だったら、その拳をテーブルに打ち付けていたんじゃないだろうか。公雄さんがそんなことを？　するわけがない。

近頃、少し短気になっていると感じるのだって、時差ボケで眠れない夜がまだ続いているせいだ。そもそも、大切な話を外でする私の方がズルい。

「やっぱりそうだったのか。だとしたら、交換家事の目的は、うちの屋敷に上がり込むことじゃなかったのか」

公雄さんは、自分とデイジーさんとの見合い話があったことを打ち明けてくれた。初めて聞いたという演技ができず、黙って俯いてしまったけれど、私がショックを受けていると解釈したのか、何も心配することはない、と力強く言ってくれた。

「初めは自分が嫁ぐ可能性があった家を見てみたかっただけかもしれないが、次第にそこにあるものが、本来なら自分のものになるはずだったのに、という捉え方になってしまったところに、おふくろから、好きなものを、なんて言われて、度を越してしまったのかもしれない」

「でも、山本さんは紅茶と砂糖を、お義母さんが二階に上がって持ってきてくれた、って言ったのよ」

「まさしくそれが、彼女が嘘を吐いている証拠だ。おふくろは以前、自力で階段を下りようとして、顔面から転げ落ちたことがあるんだ。医者から、打ち所が数センチずれていたら、鼻を骨折して、一生、ひん曲がったままになっていたかもしれないと言われて、それ以来、一人で階段に近寄るのも避けていたくらいなのに。きみは、家族より他人の言い分を信じるのか？」

公雄さんから、詰問口調で「きみ」と呼ばれたのは初めてだった。この件を、話せば話すほど公雄さんとの距離が開いていくようで、口をつぐんだ。

そこに、デイジーさんが話していた姑の階段の上り下りの仕方が、頭の中に映像で浮かび、思いついた。

かつて、姑は家で一人きりの時に、二階に行かなければならない用事が生じたことがあったのではないか。だから、慎重に腹這いになって両手足を使い、上り下りをした。しかし、無様な姿を夫や公雄さんには見せたくないため、隠しておくことにした。

これも、口にすべきではない。

「とにかくもう、交換家事はやめだ。明日にでも電話すればいい。弥生が言いにくければ、僕から伝えようか」

それに対しては、首を横に振った。私が始めたことでこれ以上、公雄さんに迷惑をかけることはできない。

どう言えばいい？　ひと晩、考えるつもりでいたのに、屋敷に戻っての夕飯後、デイジーさんの方から電話がかかってきた。交換家事を続けることができなくなった、と。弱々しい声で申し訳なさそうに。そのうえ、メアリー先生の教室もしばらく休むか、やめることになるかも、とも。あんなに、誰よりもはりきっていたのに。

「何かあったんですか？」

「ごめんなさい。今はまだ話せない。だけど、そちらのお義母さまにはきちんとご挨拶したいから、年明けに、交換家事、最後の日を設けてもらえないかしら」

私も邦子さんにお礼を伝えなければならず、姑にも確認して、年明け、メアリー先生の教室が始まる二日前の月曜日、一月一〇日に互いの家を訪問し合うことが決まった。

姑は残念がっていたけれど、公雄さんは、デイジーさんが何かをたくらんでいるかのように、「最後となれば、要注意だな。貴重品は金庫に入れておくように」と私に言った。

こうなるなら、交換家事がメアリー先生の課題ではないことを、打ち明けなければよかった。だけど、これで姑もしばらくは、二階に上がろうとはしないだろう。

日記帳をひざに置く。

交換家事の最終日は、一月一〇日。胸がざわりとしたのは、みどり屋敷に住んでいた頃、その辺りの時期に、法要のため、お寺に行った記憶があるからだ。他の親戚の姿はなく、だだっ広い本堂で弥生さんと二人、読経を聞きながら手を合わせていた。

私にとっても親戚とはいえ、会ったこともない人の十何回忌の法要など、何の関心も持てなかった。弥生さんが誰に思いを馳せているのかも考えず、寒さと足の痺れに耐えながら、長い読経が終わるのを待っていた。

だが今は、あの時手を合わせていた相手は、この日記に登場する人物ではないかと、胸のざわつきは次第に激しさを増している。

一度、日記帳を閉じて休憩するか。しかし、日記帳そのものがあと数ページで終わる。目を瞑り、深呼吸をして、ページをめくった。

えっ、と声を出したのは、日付が一月二〇日まで飛んでいたからだ。その空白の時間を体感しろとでも言われたかのように、トイレに行き、リビングに戻る前にキッチンに寄って、小腹を満たすため、冷凍グラタンを電子レンジで温めて食べることにした。

年末年始の記述がないのは、たいした事情ではなく、メアリー先生の教室が休みだったのと、公雄さんが家にいたからではないだろうか。たとえば、弥生さんは日記を、その日の夜だけでなく、明朝に書くこともあったかもしれないし、公雄さんの出勤後ということも考えられる。

日記を書き始めた頃の、二人で詩を訳したことや、メアリー先生の教室での楽しい出来事などは、公雄さんに読まれることを前提に書いていたかもしれないが、交換家事が始まる辺りからの、姑への不満や不妊の悩みなど、ずっと胸の内にため込んでいたものを吐露した内容は、公雄さんにも知られたくないことのように思える。

おそらく、私も日記を閉じなければならなかったのだ。弥生さんに、日記を読んだよ、と笑って報告できるまでのところで。

とはいえ、公雄さんと一緒に詩やシャーロック・ホームズを訳すのに忙しかった可能性の方が高い。それらの時間は、交換家事で生じた隙間を温かく埋めてくれたのではないだろうか。そう信じたい。だが、温かい食事を取ったのに、胸のざわつきが収まらないのは、頭の奥で、あの日の読経が鳴り響いているからだ。

リビングに戻り、日記帳を開いた。

1月20日

心労がたまり、お医者さまに処方してもらった薬を飲んで、何日かぶりに深い眠りについた公雄さんの邪魔にならないよう、日記帳を持って、応接室にやってきた。屋敷の中で一番、生活感のないこの部屋でなら、少しは冷静に、あの日の出来事を振り返ることができるだろうか。

(1月10日)

公雄さんの出勤を見送り、朝、九時半に家を出た。

邦子さんにマフラーのお礼も兼ねて手土産を持って行くため、和菓子屋に寄った。本当は、何か形に残る品をプレゼントしたかったけれど、気を遣うな、と言って受け取ってもらえないような気がして、食べ物にすることにした。こういう時、刺繡などの手芸が得意だったら、とは思うものの、メアリー先生の教室で、手芸より英語に力を注いだことは後悔していない。

年末年始に公雄さんと訳した詩はどれもみなすばらしいものになった。一ページ目からやり直したいくらいだと公雄さんに伝えると、「頼むから、二人で歩んだ道のりを書き換えないでくれよ」と笑われた。

和菓子屋では新商品だというミカン入りの牛乳寒天を買った。車を町民会館に停めて帰りにコロッケを買いに寄ることも考えたけど、どんなにおいしくても交換家事の延長で買ったものを公雄さんは喜ばないのではないかと思い、直接、山本家に停めさせてもらうことにした。コロッケはメアリー先生の教室の帰りにしよう、と。

一〇時ちょうどに山本家に到着すると、玄関の奥、台所の方から甘い香りが漂っていた。邦子さんがぜんざいを炊いてくれていたのだ。お土産を渡すと、邦子さんは中を覗き、これなら食べられるかもしれない、と独りごちて、紙袋を台所に持って行き、寒天を冷蔵庫に入れた。

嫁がいないあいだに二人で食べよう、と言われる想像をしていたので、少し意外な気もした。もしかすると、デイジーさんはどこか体の具合がよくないのかもしれない。そう思ったものの、交換家事やメアリー先生の教室をやめるかもしれない理由を、邦子さんに訊いていいものかどうかは迷った。

今日わからなくても、明後日のメアリー先生の教室のあとで、デイジーさんが直接話してくれるかもしれないのだから、待てばいい。

昼食はポテトサラダを作った。ぜんざいでお腹いっぱいだったので、どんぶり一杯食べることはできず、半分以上を冷蔵庫に入れることになったけれど、邦子さんはそれに対しても、助かるよ、と言っていた。

せめて、セーターが完成するまで通わせてほしかったことを伝えると、邦子さんは赤いモヘアの毛糸の残りとかぎ針を出してきて、バラの編み方を教えてくれた。こんなことを言って。

「今日は気を遣って、私があげたのを巻いてきてくれたんだろうが、赤いセーターには別の色を合わせた方がいいんじゃないかね」

玄関を上がったところに置いてある電話台の上の、黒い電話が鳴り響いたのは、花びらの大きさの違う不恰好なバラがようやく一つ完成した時だった。鳩時計の鳩が二度鳴いていた。電話に出たのは当然、邦子さんだったけれど、弥生ちゃん、と呼ばれた。

「菊枝が代わってくれって」

黒い受話器を差し出され、耳に当てて、もしもし？　と声を抑えて訊ねると、助けて！　と悲鳴のような声が耳に突き刺さった。

「何かあったんですか！」

「お願いだから、今すぐ帰ってきて」

今度は頼りなく泣いているような声だった。

「デイジー、いや、菊枝さんに何かあったようです」

邦子さんにそう伝え、編み物の道具を片付けることなく、財布の入ったバッグだけ持って車に飛び乗った。町民会館に停めてなくてよかった。そうしていたら、邦子さんに軽トラで送ってもらっていたかもしれない。そんなことを考えながら、家路を急いだ。

車を頭からガレージに突っ込み、鍵のかかっていない玄関ドアを開けると、目の前に、デイジーさんの大きく震える背中があった。

デイジーさんは階段下の廊下に腰を抜かしたようにへたり込んでいた。靴を脱ぎ棄てて上がると、彼女の向こうに……、恐ろしい光景があった。

姑がこちらに頭を向け、あおむけに倒れていたのだ。目は大きく開かれ、右手にはスカーフが握られていた。黒地に馬模様のエルメスのスカーフが。息はもう、していないように見えた。

「救急車は？」

訊ねると、デイジーさんは力なく首を横に振った。まさか山本家に電話をしたあとからずっと、座り込んだままでいたのかと、慌ててリビングに駆け込んで一一九番通報をした。受話器の向こうで、何が起こりましたか、どんな状態ですか、と訊かれても、まともな説明ができなかったのは、私が我を失っていたからではない。状況を把握しないまま、電話をかけたからだ。

受話器を置いて玄関に戻り、目を疑った。なんと、邦子さんがいたのだ。デイジーさんの横にしゃがみ、背中をゆっくりさすっていた。

「菊枝が心配で、あとを追いかけてきたんだ。菊枝は妊娠しているんだよ。だけど、何度か出血があってね。なるべく安静に過ごすようにと医者から言われて、家事の交換をやめることも電話だけして、安定期に入って挨拶に行けばいいって言ったのに、どうしてもすぐにこっちの奥さんに会いたいってごねるから、送り出してやったのに……。いったい何が起きたんだい」

邦子さんの口調はいつもよりは優しかったけど、異様な光景を前に、詰問しているようにも聞こえた。

「お義母さまが二階に本を取りに上がると言って、リビングで待っていたら大きな音が聞こえたから、慌てて見に来ると、倒れていて……」

デイジーさんは弱々しく答えながらも、突然、ウッと顔をしかめ、床についていた両手で下腹を押さえた。額に一瞬にして脂汗が浮き上がった。

大丈夫ですか？　と訊く間もなかった。邦子さんが私の足元にすがるような形で土下座をしてきた。

「弥生ちゃん、今すぐ菊枝を病院に連れて行かせてほしい。こんなことは許されないだろうが、菊枝が帰ったあとで奥さんは階段から落ちたことにしてもらえないだろうか。でなきゃ、菊枝も警察に行かなきゃならなくなってしまう。そんなことになりゃ赤ん坊は……。お願いします！」

この時の私の選択は正しかったのだろうか。

狭い田舎町の全員が葬儀に来てくれたのではないかと思えるような香典袋の山の中に、山本姓の知らない男性からのものが交ざっていたけれど、通夜、葬儀の芳名帳にその名はなく、デイジーさんのご主人の名前かどうかは確認できていない。

この町は山本姓が多すぎる。

あの後、デイジーさんや邦子さんからの連絡もなく、お腹の赤ちゃんがどうなったのかもわからない。

でも、そんなことはどうでもいい。絶望の闇の中で苦しむ公雄さんを支えることに、今は専念しなければ。

公雄さんが会社を休んでいるあいだは教室を休ませてほしい、と電話でメアリー先生に伝えると、今月いっぱいで教室を終了する、と言われた。交換家事のせいならば、先生にも、他の生徒の方たちにも申し訳ない。

楽しいことばかりで埋めるはずだった、この日記帳のページも尽きた。これからは、公雄さんと詩を訳そう。物語を訳そう。

一人で綴る日記は今日で終了だ。

日記帳を閉じてテーブルの上に置いた。頭がズキズキする。こめかみを押さえる。なんということだろう。

弥生さんと菊枝さんの交換家事がこんな形で終わりを迎えるなんて。それだけではない、メアリー先生の教室も。そしておそらく、二人の友情も……、この後、復活することはなかったのではないか。

それにしても、森野家の姑は本当に事故死だったのだろうか。

両手足を使った腹這いでの階段の上り下りで、足を踏み外したとして、あおむけに落下するだろうか。転がり落ちてあおむけに着地した場合でも、後頭部を死に至るほど強打することはないのではないか。

そして、なぜ、エルメスのスカーフを握っていた？

たとえば、姑と菊枝さん、二人とも二階に上がり、階段の際で、スカーフを返してくれ、返さない、といった口論になって、菊枝さんが突き落としたとは考えられないか。

弥生さんは菊枝さんが流産しかかっていることで動揺していたとしても、報告を受けた公雄さんは、スカーフのことに触れられなくても、母親は一人で階段を上り下りできないと信じていたのだから、菊枝さんを疑いそうなのに、どうしてもっと弥生さんを問い詰めなかったのか。

そんなこと、私が考えてどうなるというのだろう。半世紀以上前の出来事なのに。もう寝よう。

私には、弥生さんの過去を覗き見するよりも大切なことが控えているではないか。

明日はその準備をしっかり整えることにする。

菊枝さんが通う介護施設での、スカーフの結び方講習会は無事終了した。

航空会社のグランドスタッフ時代に習得した結び方だけでなく、インターネットで、指先をあまり動かせない人でも簡単に結べる方法、というのを調べて自分なりにアレンジした、簡単なのに華やかに見える輪ゴムを使用した結び方が、大好評だった。

参加者は全員、施設の職員で、高齢者に巻いてあげるための講習のはずなのに、時間が経つにつれ、自分自身がおしゃれを楽しんでいるかのように笑い合う人たちが増えていった。

それでいいのではないか。

他人を笑顔にすることが自分の幸せ。心からそう思える立派な人などほんの一握りで、私を含む多くの人が、そんなふうに思えない自分はなんてイヤな人間なのだろうと、悩み、バレないように取り繕い、自己嫌悪に陥っているのではないだろうか。

それより、自分が笑顔になれることをすればいい。そう思えたのは、私自身が久々にスカーフを巻き、背筋を伸ばして歩いたからかもしれない。

スカーフだけでなく、赤いセーターも素敵だと褒められた。

山本家で会ったデイサービスの送迎をしていた職員に、ショートステイ用の居室に菊枝さんがいることを伝えられた。今日、講習があることをどこからか知り、自分も参加したいと駄々をこねたものの、終わった後でシーエーさんに会わせてくれるなら引き下がる、と譲歩したらしい。

「山本菊枝さん、日に日にお元気になられているんです」

笑顔で話す職員の口調は、半分、怪奇現象を語る時のようでもあった。

まさかアレのおかげか？　などと思いながら、教えてもらった部屋のドアをノックした。

「シーエーさんかい？」

弾んだ声が聞こえたので、ドアを開けて入ると、テーブルを設置したベッドの上で体を起こしている菊枝さんの表情が、見る見る間に歪んでいった。

まるで、幽霊に遭遇したかのような表情で、菊枝さんは私を見ている。

「弥生ちゃんじゃないか。そうか、会いに来てくれたんだね。あの日と同じ服を着て」

一月一〇日のことか。少しずつ緩んでいく菊枝さんの表情の中に、怯えは見られない。罪を暴かれることに恐れをなしている、といった様子も。開き直りでもなく、むしろ、憐れみを含んだ慈しむような目だ。

「悪いけど、こっちに来て座る前に、冷蔵庫の中の水とコップを二つ、持って来てくれないかい」

冷蔵庫を開けると、「命の水」のペットボトルが入っていた。邦彦が家にあったのを運んできたのだろうか。

「あんたがこれを持ってきたんだろう？　私に昔のことを思い出させるために。もう長いあいだ、何にも見えない、霧深い森の中で迷子になっているような気分でいたのに、この水を飲むと、ちょっとずつ霧が晴れていくんだ。最初は、手前にいる息子夫婦や孫の顔が見えて、だんだん知った顔の人たちが現れて、その人たちに挨拶しながら森の奥まで進んでいくと……、あんたが立っていた。でも、黙ったまんまなんだ。やっと、話ができるね」

私は弥生さんではありません。そう言って、今ならまだ引き返すことができる。だが、私は本当のことを知りたかった。傍観者以上の何者でもなく、ただ好奇心に抗えないだけだとわかっていても。

冷蔵庫の上の水切りがついたケースの中には、赤と緑のプラスチックのマグカップがそれぞれ伏せて置かれていた。お茶用と水用なのか、菊枝さんと面会者用なのか。ペットボトルと二つのカップを持って、菊枝さんのベッドの脇まで行き、それらをテーブルに置いて、水を注いだ。

菊枝さんはごくごくと飲んだ。私も飲む。講習会の終盤に皆でコーヒーを飲みながらの座談会があったが、喉はまだ渇いていた。

二人同時にカップを置いた。

「デイジーさん、あの日のことを教えてもらえますか？」

「弥生ちゃんがそれを訊くのかい？」

どういう意味だろう。隠し事をしているのは菊枝さんの方ではないのか。

「まあ、いいさ」

菊枝さんはそう言って、私から目を逸らし、虚空を見上げるようにして語り始めた。

年末、メアリー先生の教室の最後の日辺りから、吐き気が止まらなくなってね。自分では他に思い当たることがあったんだけど、姑が産婦人科で診てもらえってしつこく言うもんだから、仕方なく行くと、妊娠二ケ月だって言われた。

嬉しかったね。だけど、喜んだのも束の間、何度か少量の出血があって、医者からはなるべく家でじっとしているよう言われたんだ。だから、交換家事をやめて、メアリー先生の教室もしばらく休むことにした。

弥生ちゃんに電話した時に理由を言えなかったのは、同じ悩みを抱えているあんたにどう伝えていいかわからなかったし、安定期に入るまでは黙っておきたいっていう気持ちもあったからだ。でも、お義母さまにはすぐに会わなきゃならなかった。

スカーフをお返しするために。

年内最後の交換家事の日に、クリスマスプレゼントがあるから目を閉じろって言われて、そのまま従うと、シャネルの5番だというい い香りが鼻先までふわっと漂ってきて、うっとりしていると、首に柔らかいものを巻かれる感触があった。目を開けると、素敵なスカーフだった。

——聞いたこともないメーカーの安物で申し訳ないけど、気に入ってくれたら、受け取って。

そんなふうに言われたけど、私は嬉しくてたまらなかった。

メアリー先生のクリスマスパーティーにも巻いて行った。そうしたら、エルメスのスカーフだってみんなが騒ぎ出して、そんな高価なものだったのかと、私も混乱してしまってね。

家に帰って夫に相談したら、同等のお返しができないものを受け取るべきじゃない、似たようなスカーフを買ってやるから、と言われて、返しに行くことにした。

もちろん、残念ではあったけど、姑が緑色のモヘアの毛糸で複雑なモチーフ編みの連なったおしゃれなマフラーをクリスマスプレゼントに編んでくれていてね。エルメスとは比べものにならない品だけど、暖かかったし、そっちの方が自分に似合う気がして、納得できたんだ。

そして、一月一〇日、みどり屋敷を訪問した。

気持ちが変わらないよう、リビングに入ってすぐ、お義母さまにスカーフを渡したんだ。

——高価なブランド品とわからず、お義母さまが私を遠慮させないよう言ってくださったことを真に受けて、教養も礼儀もない自分を恥じています。申し訳ありませんでした。

そう言って、深々と頭を下げた。だけど、お義母さまは受け取ってくれなかった。

——これは、息子から私へのイギリス土産なんだけど、若い人向けのデザインだし、私は外出することがあまりないから、菊ちゃんに使ってほしいと思ったのよ。縁が上手くかみ合わなくてあなたと家族になることはなかったけど、だからといって、ブランド品をプレゼントしてはならないっていう決まりはないでしょう?

お義母さまはスカーフを三角形に折って、私の肩にかけてくれた。こういう結ばない使い方もあるのよ、と言って。嬉しかったねえ。

本当に、嬉しかった。

それから、昼食にサンドイッチを作って食べて、紅茶を飲みながら、『風と共に去りぬ』の話になって。すると、お義母さまに訊かれたんだ。

——明日は明日の風が吹く。英語では何と言ってたかしら。

多分、こうかもしれない、と思う文章を挙げても、確認することができない。そうしたらお義母さまが、二階に英語版があるから確かめましょう、って。ついでに、物置にあるものも何か持って帰ってもらいたいから、一緒に上がらない？　とも言われて。

私は物をもらうのは遠慮したかったけど、お屋敷の二階を覗いてみたいという気持ちはあった。自分がこの家に嫁いでいたらなんて思っちゃいない。ただ、弥生ちゃんがどんな生活をしているのか、見てみたかったんだ。

それで、お義母さまに肩を貸して、階段を上がることになった。きれいに掃除してあっても、お義母さまが腹這う姿なんて見たくなかったからね。

階段の電気が点かないことは、お義母さまの肩を担ぎ上げてから知った。まあ、昼間だからね、真っ暗ってことはなかった。ゆっくり一段ずつ上がって、あと二段ほどってなった所で、黒い紐のようなものが、ピンと横渡しに張ってあるのに気が付いた。

何だろうと注意しながら、慎重にまたいだのに、お義母さまの足が引っかかって……。そのまま、あおむけに落っこちて行ってしまったんだ。

私の肩にかけていた右手で、スカーフをギュッと握りしめて……。お義母さまの体がぐらっとなった時、私は自分のお腹をかばって、手を離してしまった。肩にスカーフをかけていなければ、お義母さまの手が離れることはなかったかもしれない。二人で落ちれば、お義母さまが頭を強く打つこともなかったかもしれない。

でも、そうなっていたら私は……。

たとえ、紐が張ってあったせいだとしても、私も罪に問われることになるんじゃないか。そう考えると恐ろしくなって、嘘を吐くことにしたんだ。

まさか、弥生ちゃんと一緒に、姑まで来るとは思ってもいなかった。けれど、あの人が土下座してくれたおかげで、私はあの場を去ることができた。軽トラの中でどんどんお腹が痛くなってね、もうダメだとあきらめかけたんだけど、病院に駆け込んで、間一髪のところで助かった。

――山本家の人間はおとなしいけど、いざとなったら粘り強いんだ。

姑はそう言ったきり、みどり屋敷でのことはいっさい口にしなかった。私はそのまま、ひと月も入院してしまったから、お義母さまの葬儀に行くことはできなかった。いや、入院していなくても、お屋敷に近付くことはできなかっただろうね。

子どもは無事生まれた。名前は私がつけたんだ。世界一嫌いだったはずなのに、息子の命の恩人となった人から一文字もらってね。

ふう、と息をついて、菊枝さんはあおむけに体を倒した。

「また、霧が出てきたようだ」

「お水を入れましょうか？」

「いや、いいよ。もう全部話したからね。弥生ちゃんの姿が見えなくなる前に、一つ訊いてもいいかい？」

「はい」

答えられないだろうに、返事をしてしまった。菊枝さんは目を閉じて、口を開いた。

「あの黒い紐は、偶然あそこにあったんじゃなく、故意に足が引っかかるように張ってあったんだよねえ。お義母さま一人での上り方なら、あの細工は薄暗くても目の前に現れるんだから、取っ払うことができる。となれば、私を狙ったということだ。最後に私が何か盗みに上がると疑っていたのかい？　それとも弥生ちゃんは、下手したら死んじまってても構わないほど、私のことを憎んでいたのかい？」

菊枝さんの閉じたままの瞼から、涙が流れ落ち、枕に沁み込んだ。

「私はあんたと本当に友だちになりたかったんだ。だから、教室内での気取った声で呼び合う名前じゃなく、弥生ちゃんと呼んでいた。それさえも、私がローズという名前をうらやましがっているからだと思われていたのかもしれないねえ。一度でいいから、菊枝お姉さんと呼んでほしかった。ああ、あんたの可愛らしい姿が消えていくよ……」

「待って！　弥生さんはそういうことをする人じゃありません！」

声を上げると、驚いたように菊枝さんは目を開けた。

「あんたは、シーエーさん？」

「私は弥生の姪の美佐です。弥生さんは菊枝さんのことを慕っていました。聡明で行動力があって、手先も器用で、と、いっぱい褒めていた。私がちゃんと調べて、弥生さんが紐を張ったんじゃないことを証明します」

「あんたの声は大きいねえ。それだけ言ってもらえりゃ、証明なんかいらないさ。そうかい、私はもっと、他人を信用して生きてもよかったのかもしれないねえ……」

だから、菜穂さんの優しさや気遣いも、素直に受け止めることができなかったのだろうか。

「これからです！　これから！」

「本当に、あんたの声は大きいねえ。水がなくても、霧が吹き飛ぶよ」

菊枝さんはしかめ面をしながらも、目は笑っていた。

施設を後にして、みどり屋敷に戻った。車を降りる前にスマホを見るとメールが一件届いていた。「なんでもザウルス」の松田くんからだ。

『お母さん、お久しぶりっす。金庫の鍵の部分の奥に詰まっていたものを、綿棒で採取して、持って帰って調べてもらったところ、手芸用のボンドだとわかりました。それがどうした、って感じかもですが、ご報告まで』

手芸用ボンドなら、弥生さんの仕業に違いない。ダブルヒャクマンと呼ばれるダイヤル錠をさらに強固にするために？　中身は延長コードだというのに？　黒い紐の正体はまさか！

鍵の番号を再設定したのも弥生さんだろう。四四、一一、二二。五五、一一、七七。五一七なら、母の誕生日に近いと思った。だが、今なら……。

五月一七日は日記の開始日だ。

ならば、四月一二日も日記に関する日になるのでは？　まだ、続きがある？

屋敷の中に入ると、まっすぐ一階奥の和室に向かった。

赤い革表紙の日記帳は三冊購入されている。日記が続くとすれば、残りの一冊に書かれている可能性が高い。二冊は同じ段ボール箱の中にあった。ならば、もう一冊もそこにあるのではないか。

箱の中のものを一つずつ取り出して探したが、見当たらない。他に日記帳となりそうなノート類もない。他の箱を調べるか。そうとなれば、作業用の服に着替えた方がいい。お腹もすいた。帰りに牛丼でも食べてくれればよかった。

ひとまず、リビングで休憩を取ることにする。沈み込むようにソファに座った。

疲れた。人前に立って講義をするのは何年ぶりだろう。いや、脳みそがぐったりしているのは、菊枝さんの話のせいだ。

日記を読んだ延長で聞いたため、人の名前や状況がすっと頭の中に入ってきたが、考えてみれば、菊枝さんは約五〇年も前のたった一日の出来事を、膨大な記憶の中から掬い上げて話したことになる。認知症の症状も見られるというのに。「命の水」の効果なのかもしれないが、菊枝さんの人生において忘れられない一日であるからこその、詳細な記憶とも考えられる。

認知症でなくとも、平穏な日々の記憶は消えていく。砂を篩《ふるい》にかけるようなものかもしれない。若いうちは篩の目は細かいが、年齢を重ねるごとに粗くなっていく。落ちて行く砂の量も増え、最後には、石ころのような数日間が残る。それらは幸せだった日ばかりではない。むしろ、胸がつぶれるような思いをした日の方が、ほぐされることなく、硬い石となって残ってしまうのではないか。

友人に罠を仕掛けられ、慕っていた人が亡くなり、ようやく妊娠できたお腹の子が生死の境をさまよった日。

菊枝さんの言っていた、階段に張られた黒い紐とは、金庫に入っていた延長コードではないのか。

そして、罠を仕掛けたのは公雄さんに違いない。

菊枝さんが最終日も二階に上がることを疑って。もしかすると、懲らしめる目的ではなく、母親よりも菊枝さんの言い分を信じている弥生さんに、ほらな、と証明してやりたかったのかもしれない。

菊枝さんがコードに足を引っかけたとしても、せいぜい前のめりに転んでひざを打ちつけ、青《あお》痣《あざ》ができる程度だと想像していたのではないか。

しかし、病院に運ばれたのは母親の方だった。腹這いで上ればコードは目の前に現れる。転落することはまずない。誰か一緒だったのではないか、と疑うことができる。

だが、公雄さんは、母親の階段の上り下りの仕方を知らなかった。転落したことを受け、思い浮かんだのは、階段の両壁を手のひらで押し、丈夫な方の足を踏ん張りながら、悪い方の足を引き上げる姿だったかもしれない。そんな状態でコードに引っかかれば、後ろ向きに転落して頭を強打してもおかしくない。自分のせいだ。だが、罠を仕掛けたとは言えない。だから、弥生さんの証言に従うことにした。

しかし、救急車の到着前にコードを階段から取り外したのは、弥生さんだと思う。見つけた瞬間、冷や汗が流れたのではないか。デイジーさんに気付かれなかったか、と。去ってくれることになってよかった。そう安堵したかもしれない。

公雄さんを守るため、証拠隠滅を図ったとして、なぜ、わざわざ金庫に入れたのだろう。私ならすぐに新聞紙にでも包んで捨てる。

公雄さんに、コードを見つけて回収したことを打ち明けなかったのだろうか。それより、公雄さんはその後、どうなったのか。

弥生さんには訊けない。きっと思い出したくもないはずだ。なのに、「命の水」を施設の居室に運んでしまった。屋敷の中に階段を塞ぐほどの水の箱がたまっていたのは、過去の記憶が鮮明になっていくのに恐れを抱き、飲むのをやめたからではないのか。

待て、美佐。「命の水」を妄信し過ぎだ。一度、目を閉じろ。

一〇数えて、ゆっくり開く。

テレビ台の棚に立てて入れておいた日記帳の背表紙が目に留まった。質感が違うせいで、手に持っている時やテーブルに置いている時には気付かなかったが、離れて見ると、『ノルウェイの森』の上巻とよく似た赤色だ。

脳内でパチンと何かが弾けた。

同じような光景を最近どこかで見た覚えがある……、思い出した！

スマホを手に取る。二〇時を過ぎているが、今から会えるだろうか。

すすきケ原高原の駐車場に着くと、すでに邦彦の車が停まっていた。

レジ袋を片手に車を降りると、邦彦もグリーンの帆布のトートバッグを肩から下げて出てきた。表情が薄いので不機嫌そうには見えないが、歓迎されている様子でもない。

「ごめん、お待たせ。こっちから誘ったのに。夕飯まだって言うから、牛丼買ってきた。一緒に食べよう」

　レジ袋を顔の高さに持ち上げた。おいしそうな匂いが漂ってくる。

「そこでよくない？」

　邦彦が外燈下のベンチを指した。

「ダメ、小屋がいい」

「別に、いいけど」

　邦彦はトートバッグからランタンを取り出して点けた。電話で、小屋に行きたい、と頼んだが、理由は明かしていない。ちょうど、職場から帰宅したところだったらしく、一時間後に駐車場で、と言われただけだ。

　自分でも大きめの懐中電燈を持ってきた。邦彦の後をついて山道に向かい、一列で歩く。

「還暦の予行演習？」

　邦彦が前を向いたまま言った。私の服のことか。赤いセーターのまま、下だけ黒のジーンズに穿き替えてきた。そういえば、邦彦はたまに冗談なのか本気なのかわからないことを、淡々と言い出すことがあった。

「赤色なら他に思いつくものがあるでしょ。ああ、邦彦には無理か。ところで、菜穂さん、いつ帰ってくるの？」

「帰ってこない」

間髪を容れずに返ってきた言葉は、聞き間違いか。黙っていると、邦彦が足を止めて振り返った。

「郵便で離婚届が送られてきた」

「どういうこと?」

「こっちが訊きたいよ」

邦彦は、まるで私のせいだと言わんばかりの顔でため息をつくと、くるりと背を向け、小屋に向かって歩き出した。どんどん早足になっていく。訊きたいことだらけだが、このペースで口を開くと、躓いて転びそうだ。

重要なことを確かめにきたはずなのに、それどころではないような気がする。もしかすると、小屋の中で時間を止めている邦彦と同様に、私もまた、みどり屋敷で過去に遡ったまま、現実逃避の心地よさにからめ捕られようとしていたのかもしれない。

小屋の前に到着した。

邦彦がドア横のフックにランタンを掛け、鍵を開けて中に入った。灯りがともった板の間に、すでに置かれたウッドチェアと、小さなテーブルを挟んで向かい合う形で、同じ折り畳み式のチェアを開いて置き、こちらに戻ってきた。椅子が二脚になっただけで、隠れ家の様相が薄まったように感じる。本棚は側面をこちらに向けているため、赤い背表紙を確認することはできない。

「どうぞ」

「お邪魔します」

靴を脱ぎ、邦彦よりも先に部屋の奥に進むと、テーブルに牛丼の入ったレジ袋を置きながら、本棚を確認した。一番端に立ててある赤い背表紙は、光沢のある紙のカバーではなく、艶やかな革素材のものだ。

「今日は、抵抗なく入れるんだ」

目の前にやってきた邦彦が私を見下ろしながら言った。距離を詰められても、ドキリともしない。

「邦彦がこの小屋で一緒に過ごしている幻影の正体が、私じゃないってわかったから。ホント、自分の自意識過剰ぶりが恥ずかしいよ」

「幻影？　俺はいつも、一人でここにいるけど。美佐には、誰の姿が見えたっていうんだ？」

「弥生さん」

邦彦が息を呑んだ。

「あの人から……、何か聞いた？」

やはり思った通りだ！　とはならない。ほんの五パーセントほどの思いつきが、あっさり肯定されたことで、むしろ、嘘でしょう、という気持ちが湧き上がってくる。

「弥生さんからは、邦彦の『く』の字も聞いたことがない。だけど、まずは食べよう。冷めるから」

レジ袋からパック入りの牛丼をテーブルの上に取り出し、割り箸やおしぼり、紅ショウガの小袋を並べて、邦彦が出してくれた方の椅子に座った。

「そうだ、お茶も」

足元に置いたバッグから、ペットボトルを二本出し、それぞれの牛丼のパックの横に置いた。邦彦に「命の水」は必要ない。邦彦は何か言いたげな様子だが、黙って座り、両手を合わせた後、パックの蓋を開けた。黙々と食べている。私も普段より多めの一口分を箸で掬った。あの頃は二人とも、紅ショウガを山盛りに載せてたよね。そんな昔話はしない。

――こんなところに、あんな人がいるんだ。

高校生の頃、音楽ホールで初めて弥生さんに会った邦彦は、そうつぶやいていた。憧れの気持ちが詰まった、一目惚れだったのではないか。だが、手は届かない。だから、私に友情以上の思いを抱いた。だから、別れもあっさりしていた。そして、大学卒業後、邦彦は一人、故郷に戻る。憧れの人の住む……、三分の一ほど食べ終えたパックをテーブルに置いた。

「弥生さんとは、どんなふうに親しくなったの?」

邦彦は一瞬、箸を止めたものの、答えるのを拒否するように牛丼を口の中にかき込んだ。

「教えてくれないなら想像で話すよ。この町に帰ってきた邦彦は、慣れない仕事や窮屈な田舎暮らしに疲れてしまう。そんな時に会いたくなったのが、憧れの人、弥生さん。誰もがこの土地に深く根付いた蔓に足をからめ捕られて生きているかのようなのに、弥生さんは翅の生えた妖精のごとく自由を謳歌している……、ように見えて。そこで、『ノルウェイの森』の下巻を美佐に渡してほしいという口実を作り、みどり屋敷のドアを叩いた……」

「やめてくれ」

邦彦がパックを置いた。全部平らげている。

「でたらめだった？」

「ほぼ合ってる。でも、俺の物語の語り手は、美佐じゃない。少なくとも、下巻においては」

高校生の時は、私がこの町にやってきてからを下巻にたとえたのに、線引きが変わっている。当たり前だ。

邦彦はテーブルに持参していたサンタクロースとクリスマスツリーの模様が入った紙コップを並べ、水筒から熱いコーヒーを注いだ。百円均一の店で最初に目に留まったものを、あまり深く考えず手に取ったのだろう。クリスマス気分にはなれないが、色味は丁度いい。

「本を持って行ったら、お茶でも飲まない？　と言われた。缶を目当てに買ったクッキーを一人じゃ食べ切れないから、って。そこで訊かれたんだ。どうして下巻なのかと。だから、前に美佐にも話したことのある、下巻だけでいい理由を伝えた」

「物語の入り口はどこにでもある」

「それ。そうしたら、上巻を知りたいと思わないの？　主人公の過去が気にならないの？　と、ものすごく真剣な顔で訊かれた。だから、まったく、って答えたら、今度は、おもしろい子ね、って噴き出されたんだ」

邦彦の頬は、一瞬で赤く染まったに違いない。

「恥ずかしくなって帰ろうとしたら、私でよければ、時々、一緒におしゃべりしましょうよ、って言ってくれたんだ。優しい人だから、気を遣って、俺の変人ぶりを肯定してくれただけなんだろうけど」

違う。日記を読んだからこそ断言できる。弥生さんは、インターネットなどなくとも一夜で噂話が町中に広がるような田舎で、自分の過去を詮索しないであろう人と出会えたことが嬉しかったのではないか。地域の奉仕活動や趣味のサークル活動に熱心に参加していたとはいえ、腹を割って話したり、緊張せずに過ごしたりできる友人は、いなかったのかもしれない。

もしかすると、菊枝さんのように、弥生さんもまた、人を信用するのを恐れていたのではないだろうか。

「俺はあつかましく、みどり屋敷に通うようになって。居心地がよかったんだ。子どもの頃から息苦しくて仕方なかったのに、一人っ子だから、男だからって言われ続けて、地元に就職。役所の窓口担当だったけど、やっかいな案件ほど知り合いの知り合いだったりするんだ。だけど、あの屋敷で弥生さんと二人でいる時には、解放された気分になれた。愚痴なんて言わない。そういうものを持ちこみたくなかったから。好きな音楽や本の話をして、料理やお菓子も一緒に作った」

イヤな感覚は込み上げてこない。高校生の時に弥生さんと過ごした時間がよみがえり、自分と邦彦を違和感なく置き換えて想像することができた。

「上巻の話はしないはずだったのに、一つだけ例外があった。美佐だ。お互いにトランプの切り札を出し合うみたいに、自分だけが知ってる美佐のエピソードを披露していた」

弥生さんは、邦彦は、何を話したのだろう。訊こうとは思わない。それらはもう、私との思い出ではなく、語り合った二人の幸せな時間の記憶となっているはずだから。

「でも、それもひと月くらいかな。美佐を介さない、二人だけの関係ができた。一年経って、弥生さんに結婚を申し込もうと決めたんだ。年齢差なんてどうでもいい。ただ、一緒にいたかったのに……、あっけなく振られた。突然、もう会えない、と言われて」

弥生さんに何が起きたのだろう。

「一度でも会いに来たら、二度と顔を合わせずに済む場所まで逃げる、って追い打ちをかけられて。未だ、理由はわからない」

邦彦はおどけて両手を広げた。過去のことだ、と開き直るかのように。

「その前は、どう過ごしたの？」

「レンタルビデオの『ホーム・アローン』を観た後、じゃがいもの話になって、ポテトサラダを作って食べることになったんだけど、マヨネーズがきれていて。でも、俺、マヨネーズのレシピを知っているから、それで作ったら、急に、弥生さんの様子がおかしくなったんだ。誰に習ったの？　なんて真面目な顔して訊かれたから、慌てて、ばあちゃんが死んだお姉さんに教えてもらった秘伝のレシピだってことを話したら、そうなの、って笑ってくれて。ホッとしたのに、次の時に突然……。俺がプロポーズしそうなのを察して、そろそろ終わらせる潮時だって思ったのかもしれない」

弥生さんは山本邦彦が、どこの「山本」か知ったのだ。マヨネーズの話を聞き、邦彦が帰った後、私の部屋にある高校の卒業アルバムに記載された住所を確認したのかもしれない。

「その顔は、理由がわかってる？」

「あ、いや……」

目を逸らす。邦彦が立ち上がった。

「トイレに行ってくる」

ドアに向かい、バタンと音を立てて閉め、小屋から出て行った。カーテンのない窓の向こうを邦彦が通り過ぎたのを確認する。

本棚の前に向かった。赤い革製の背表紙に人差し指をかけ、引き出す。当たりだ。

と、ドアが開いた！

「やっぱり、そのためか」

「どうして？」

日記帳を両手で持ったまま訊ねる。私がここへ来た目的を知っているのか。付き合っていたとはいえ、弥生さんにとっては伏せておきたいはずの上巻を、邦彦が持っているのか。

「最後の日に頼まれたんだ。わがままを聞いてほしい。自分が死んだらこれを美佐に渡してくれ。葬式には来てくれるだろうから。その時に、ちゃんと俺に会いに行くよう仕込みをしたいから、この写真の裏に、このメッセージを書いてくれって、弥生さんが撮ったすすきケ原高原の写真と、下書きのメモを差し出されて……」

あの、メッセージ付き写真か！

「未練たらたらのメッセージなんて書きたくない、って言ったら、自分の上巻は引き摺るのね、って。もう、やぶれかぶれだよ。美佐が本当に来るとは思ってなかったし。結局、俺は本気だったけど、弥生さんにとっては退屈しのぎだったのかな……、なんて」

邦彦は白い息を吐き出して笑った。

「思ってないでしょ」

「えっ？」

「邦彦の表情がどんなに乏しくても、それくらいはわかる程度に、私はあんたのことが好きだったんだよ。だいたい、鍵付きでもない日記帳を預かって、読んでないってことないよね。弥生さんの上巻のラストを！　そんな大切なものを託されるくらい、愛かはわからないけど、信頼はされてたって納得できたから、別れを受け入れて、次へと進めたんでしょう？」

私の息も白い。なのに、寒さは感じない。

「訂正したいことが何個かあるけど、大事なことから。弥生さんが俺に託したのは、上巻のラストじゃない。下巻のスタートだ」

どういうことだろう。ずっと読んできた日記の続きではないのか。まったく別のことが書かれているのか。

「信じられないなら、今から読めばいい。コーヒーはまだあるから。必要なら、外で火をおこそうか？」

「いや……。帰ってからにする」

どんな内容であれ、弥生さんの日記は、みどり屋敷で読みたい。

「そうだな、それがいい」

「他の訂正は？　この際だから、はっきりさせておこうよ」

「それも、小屋を出てから話した方がいい。帰ろう、明日も仕事なんだ」

邦彦は両腕を高く伸ばして欠伸《あくび》をした。腕時計を見る。もう二三時だ。

テーブルの上を片付けて、小屋を出た。

澄んだ空気を腹の底まで吸い込むために顔を上げると、はるか上空で無数の星が輝いていた。夢と現実のあいだには、手を伸ばしたくらいではどうにもならない隔たりがあることを示すかのように。邦彦がドア脇のランタンを外して手に持った。私もバッグから懐中電燈を取り出して、来た時と同様に夜道を歩いていく。

「訂正、一」

邦彦がおもむろに声を上げた。どうぞ、と足を止めずに促す。

「弥生さんに手が届かないから、美佐を好きになったわけじゃない」

「それは、どうも」

確かに、外で言われてよかった。

「訂正、二。『ノルウェイの森』の下巻をみどり屋敷に持って行ったのは、弥生さんに会う口実じゃない。人生が重なることはないとしても、許されるなら、美佐に俺の一部と呼べるものを持っておいてほしいと思ったんだ。……そうか」

邦彦が足を止めた。前を向いたままの背中が震えている。弥生さんは、邦彦が菊枝さんの息子、あの日、お腹にいた子じゃなければ、人生を共にしたかったのではないか。

こんな話を小屋の中でしていたら、手くらい握っていたかもしれない。

バン、と両手で背中を叩いた。

「ほら、歩く。朝、起こしてくれる人がいないんだから、さっさと帰って、寝ないと」

邦彦の足が動き始めた。そうだ。邦彦は、あの一月一〇日、生死をさまよっていた子なのだ。

「ねえ、菊枝さんはあんたのおばあちゃんと、時々ケンカをしながらも、おばあちゃんの体が弱ったら、献身的に介護をしていたんじゃないの？」

「母さん、美佐にそんなことまで話していたのか」

そうではないが、訂正はしない。

「父さんや俺が施設に入れた方がいいんじゃないかって言っても、そんな酷いことはできない、そもそも誰がこの家を守ってくれたと思ってるんだ、この恩知らずが！　なんて泣きながら怒ってたな」

「菊枝さんは立派だけど、それを正解にして、菜穂さんにも同じことを求めちゃダメだったんだよ。離婚届が届いて、介護の話、ちゃんとした？」

「話すも何も電話が繋がらない。友だちや民宿の名前や連絡先を、菜穂から聞いてないか、今夜、俺からも美佐に連絡しようと思ってたんだ」

「そっか。でも、申し訳ないけど、詳しいことは何も聞いてない。離婚届の証人の欄は？」

「美佐に頼んでくれって、付箋《ふせん》が貼ってあった」

手紙すら入っていなかったということか。

「そんな勝手に……。本当に私、何も知らないから」

ヒントになることすら思いつけない。邦彦には話し合って改善しようという意思が見受けられるのに。

駐車場に到着した。

「おやすみ」

「うん、おやすみ」

それだけを交わし、互いに車に乗った。邦彦の方が先に発進する。

エンジンをかける前に、スマホを確認した。

『帰ってきてください』

夫からメッセージが届いている。言われなくても、私の故郷での物語は、もうすぐ終わりを迎えるはずだ。


みどり屋敷に戻り、風呂に入って、紅茶を淹れ、リビングのソファに腰掛けた。

テーブルに置いていた、小屋から持ち帰った赤い革表紙の日記帳を手に取る。弥生さんが、自分の死後、私に渡してくれと邦彦に託した日記帳。指先に記憶させるように革の感触を確かめながら、表紙を開いた。

いきなり、四月一二日の日付だ。

4月12日
公雄さんの四十九日を迎え、納骨が終わった。
公雄さんのイギリス出張中に、会社で信頼の厚い社員による現金の横領が発覚したと知ったのは、公雄さんの葬儀のあとでだった。金庫が、ダイヤル錠が二つ付いたものから、ダイヤル錠と鍵が一つずつ付いたものに変更されたことで、開錠に成功し、犯行に至ったということも、さらにあとから知らされた。

公雄さんが眠れなかったのは、時差ボケのせいではなかった。しかし、彼は会社での出来事を家には持ち帰らなかった。だからこそ、家は私が守らなければならなかったのに、公雄さんがイギリスで買ってきたスカーフを巡る揉め事を引き起こしてしまった。

疑心暗鬼に苛《さいな》まれていた公雄さんは階段に罠を仕掛けた。

そのせいで、彼の愛する母親が亡くなった。

彼は自分を責めた。しかし、その罪は彼だけのものではない。

私も、罠の存在を知っていた。公雄さんは罠を、深夜、仕掛けた。上りで引っかかっても、たいしたことにはならない。だけど、下りでは大事故につながる。罠を仕掛けたあと、公雄さん以外で階段を下るのは、私だけだ。だから、公雄さんは明け方そっと打ち明けてくれた。

猜疑心を払拭したい。何も起こらなければ、子どものイタズラじみたことをした僕を、一緒に笑ってほしい。そして、きみの友人を疑い、交換家事を否定したことを謝らせてくれ。

ならば私は、公雄さんの出勤後、罠を外して、交換家事の最終日を無事に終えたのを確認し、公雄さんの帰宅前に罠を仕掛け直せばよかったのだ。それなのに、姑が罠にかかることを期待していた。私の罪の方が重い。

私の罪は他にもある。あの罠では、姑が一人で階段を上った場合、後ろ向きに転落することは考えられない。救急車の到着前に外そうとした罠には、たわみができていたため、何かが引っかかったのは確かだ。

しかし、罠と転落は関係なかったのではないか。姑の手にはスカーフが握られていた。それを巡る争いが、罠と別のところで起きた。その可能性を幼い命と天秤にかけられ、隠蔽に加担してしまったのは私自身だ。せめて、公雄さんだけにでも話していれば、彼が自責の念に押しつぶされ、命を絶つことはなかったはずなのに。

姑の死後、しばらく会社を休むことにした公雄さんは、起きているあいだ中、私と一緒に、詩を訳してくれた。笑顔も増え、私はそれが彼の心の回復につながっていると信じていた。

赤い革表紙の日記帳に、二人の詩集が完成した日の夜は、ささやかなごちそうを作り、乾杯もした。彼は私の作った料理をおいしそうに残さず食べてくれた。なのに、翌日……。

階段の電球を買いに行ってほしいと頼まれた。それも、私は彼の心の回復と捉えた。電器屋のご主人のおしゃべりにつかまりそうになったものの、早々に切り上げ、走って屋敷に戻ったのに公雄さんの姿はなかった。

屋敷中を探しまわり、最後に、応接室のドアを開けると、天井の梁《はり》にロープを掛け、首を吊った公雄さんの姿があった。私宛ての遺書はそう長くはなく、最後はこう締め括られていた。

『僕のことは忘れて新しい人生を歩んでほしい。だが、許されるなら、二人で紡いだ詩集を持っていてくれ』

忘れることなどできない。あとを追いたい。

納骨後、私も同じ部屋、同じ方法で、公雄さんのもとへ行くつもりだったのに、実行することはできなかった。日帰りで出席予定の法要に、大きなトランクを抱えてやってきた、さつき姉さんが、しばらく、みどり屋敷に泊まると言い出したのだ。

姉さんは妊娠していた。嫁ぎ先も実家も、ゆっくり休むことができないから、安定期までここで過ごし、出産もこの町の病院でおこない、体が回復するまで母子で滞在させてほしい。二人きりの姉妹なのだから、新しい命の誕生を一緒に祝福してくれ、と。

おそらく、姉さんは私をこの世に留めるために、その選択をしてくれたのだ。後々、嫁ぎ先で責められ続けることを覚悟して。出産は嫁ぎ先か実家に近い病院でした方がいい。私は姉さんが安定期に入るまで、屋敷で世話をすることを了承した。

生まれたら必ず会いに行くから、と約束して。

生きることを決意した私が、一生手放すべきでないものは、二人で紡いだ詩集ではなく、罪の証だ。誰にも暴かれることがないように。私が忘れることがないように。公雄さんからの最後のクリスマスプレゼントとなった金庫の中に保管して、人生最後の日まで見張り続けよう。その罪を、屋敷ごと、百年の眠りにつかせるために、荊の森へと変えるのだ。

だが反面、私の死後、罪を暴き、屋敷にかけられた呪いを解いてもらいたいとも願っている。託せるのは、さつき姉さんの子。私の命をこの世に引き留めてくれた存在。

人生は、どちらに転ぶのかわからない。ただ、その日を迎えるまで、公雄さんと過ごしたこの大地にしっかりと両足をつけ、明日のことだけを考えながら、強く生きていくのみだ。

まずは、バラを植えよう。

日記帳を抱きしめたまま、ソファの上で目を覚ました。

洗面所に向かい、冷たい水で顔を何度も洗ったが、瞼の腫れは残っている。

この顔で弥生さんに会えば、心配されるに違いない。理由は打ち明けられないのに。だが、今すぐ会いたい。顔を見て、抱きしめるでも、手を握るでもいい、その体温を確かめたかった。

面会の時間にはちょうどいい。身支度を整えて車に乗り、途中、ベーカリーで瓶入りの百花蜜というはちみつを買って、介護付き老人ホーム「やすらぎの森」に向かった。


部屋に到着し、ドアをノックして開けると、弥生さんはソファに座っていた。その手には、赤い革表紙の日記帳が開いた状態であった。詩集だ。

弥生さんは私を見て微笑むと、日記帳を閉じてテーブルに置き、ゆっくり立ちあがって私の方にやってきた。両手が私の肩にのり、そっと抱き寄せられる。まるで、私が日記をすべて読み終えたことを悟っているかのように。

「よく来てくれたわね」

耳元で心地よい低めの声が響いた。じわりと涙が込み上げる。「命の水」によってよみがえった弥生さんの四月一二日の記憶と、その日の日記まで辿り着いた私の感情が、シンクロしているのだろうか。ならば、私は伝えなければならない。それが、一〇〇パーセント、弥生さんの救いになることではないとわかっていても。

私は体を離して、弥生さんとまっすぐ目を合わせた。

「弥生さん、私、デイジーさんに会ったよ。私を弥生さんと間違えて、大切なことを打ち明けてくれたから、それをそのまま伝えてもいい？」

「いいわ、教えて。座りましょう」

弥生さんに促され、二人並んでソファに腰掛けると、私は、スカーフの結び方講習会の後に菊枝さんが話してくれたことを、正確に再現した。

姑の転落はやはり公雄さんの仕掛けた罠のせいだったとわかり、弥生さんはどう思っているのだろう。だが、それよりも、弥生さんに対する菊枝さんの気持ちを受け取ってほしかった。

伝え終えると、弥生さんはそっと目を閉じた。ほんの一分にも満たないあいだだったが、このまま開かないのではないかと恐ろしくなり、弥生さん、と声を上げそうになったところ、ぱちりと開いた目が私に向けられた。

「私の部屋の洋タンスの引き出しに、茶色い封筒があるの。その中にスカーフが二枚入っているから、黒い方を、デイジー、いえ、菊枝お姉さんへ、と言ってお返しして。もう一枚の赤い方は私に持ってきてくれないかしら。クリスマス会の合唱用の白いケープにとても似合うと思うのよ」

「はい、承知しました」

弥生さんの手を強く握りしめる。

「弥生さん、私、明後日にでも家に帰ろうと思うんだけど、クリスマス会は絶対に見に来るからね。合唱、楽しみにしてる。そうだ、はちみつを持ってきたよ。お茶でも淹れる？」

じっとしていると泣いてしまいそうで、弥生さんの返事も待たず、冷蔵庫に向かった。扉を開く。水がない。

「前にテレビでニュースになっていたんでしょう？　合唱のお友だちがあの水を飲みたいって言うから、全部あげたの。……美佐ちゃん、あの水を飲むのを、もうやめてもいい？　大事なことを忘れたり、施設の人に迷惑をかけたりしてしまうけど、寝る前に記憶を失いたいと願うことだけは、もう二度としないから。お願い」

忘れていい。つらかった日ばかりが残っていくくらいなら、楽しかった日も同様に忘れて、空っぽになった篩に新しい砂を迎えればいい。さらさらとすべて落ちていったとしても、それは穏やかな毎日を過ごしているという、幸せの証だ。

「弥生さんが飲みたい水を選べばいいよ。フランスのスーパーモデルが飲んでいる水とか、ね。そもそも、ここの水は、水道水をそのまま飲んでも大丈夫だし、おいしいと思うよ」

「そうね。それじゃあ久しぶりに、談話室でコーヒーを飲みましょうか。今週のお菓子も楽しみだし、仲良くなった人たちに、美佐ちゃんを、私の家族です、って紹介したいわ」

弥生さんの顔を見る。えっ、と声を上げそうになった。記憶の中の、高校生の時に毎日見ていた顔とぴったり重なる。

いってらっしゃい、おかえりなさい、を言ってくれたあの笑顔と。

三度目にもかかわらずすっかり常連客気分となった、イタリアンレストラン「ベルデ」特製の、熱々のミートソースがたっぷりとかかったスパゲティが二皿運ばれ、私と邦彦の前に置かれた。

「どうして、テラス席?」

邦彦が寒風に肩を竦める。

「菜穂さんは、自分の臭いが気になって、中の席が空いているのに入れなかった。パスタを少し交換しようと提案したら戸惑ってた。自分は汚いのに、って。今日は二人同じメニューだからね。冷めないうちに食べよう」

邦彦は気まずそうな顔でフォークを手に取った。私もフォークにスパゲティをぐるりと巻きつけ、口いっぱいに頬張った。はしたない、と怒る相手はいない。邦彦よりも先に、あっという間に平らげてしまう。

「私、介護の仕事をしようと思う。年数もかかるし、難しいみたいだけど、ケアマネジャーを目指すつもり。それで、家族の介護を一人でやらなければならないという呪いをかけられている人が、公的機関や施設を頼っていいんだ、って罪悪感なく思えるようになる手伝いをしたい」

弥生さんと菊枝さんの交換家事は悲劇的な結果で終わったものの、発想は悪いものではないと思う。他人だからこそ、受け入れられることはたくさんある。

風邪を引けば病院に行く。髪が伸びれば美容院に行く。昔は家で行われていたことも、現在では、専門家に任せるのが当たり前になっているのに、どうして、育児や介護は、家庭内で主婦が請け負うことだと、多くの人に認識されたままなのだろう。

CARE（介護）とCHAIN（絆という束縛）は同一線上にあれど、同一のCODE（体系）ではない。

「ということで、餞別《せんべつ》です」

上着の右ポケットから封筒を取り出し、邦彦の皿の横に置く。

「菜穂さんの連絡先。『旅の宿ベルデ』ってところにいる」

菜穂さんは「ベルデ」がイタリア語で「緑」という意味だと知っていた。その後、行きたい場所を訊ねると、迷わず、北海道で友人がやっている民宿だと答えた。それらの会話から推測して、期待をせずに電話をかけたら、なんと、ドンピシャだった。

計画通りで満足してますか？　菜穂さんの第一声だ。私の提案をそんなふうに捉えていたのか。だが仕方ない。過去から戻ってきた夫のかつての恋人、という空気を私自身が醸し出していたはずだ。

旦那さんの目の奥にいる女は私じゃないですよ、と答えたら、少し間を空けて謝られ、邦彦へのメッセージを託された。

「森の中の小屋から出て、会いに来てくれるなら話し合いたい。だって」

菜穂さんと今度はレストランの中の席でおいしいパスタを食べる日は、訪れるだろうか。邦彦は黙って封筒を上着のポケットにしまった。

食後のコーヒーが運ばれてきた。

「帰るのを決めたのは、この町での区切りがついたから?」

「それもあるけど、旦那からメッセージが届いたの。帰ってきてください、なんて下手に出てるから、イヤな予感がしたんだけど、何だったと思う?」

「義理のお母さんの体の具合が悪くなった、とか?」

「ハズレ。お義母さんに彼氏ができたんだって。まだ三〇代の。病院の待合で知り合ったみたい。それで、ちゃんと紹介したいからって、食事会をすることになったの」

夫は母親が詐欺に騙されていると思い込んでいる。しかし、私がそう思えないのは、恋愛に年齢差が関係ないことを教えてくれた人物が目の前にいるからだろうか。

「すごいよね。八〇歳を目前に新しい恋が始まるなんて。それを踏まえて、人生一〇〇年時代にたかだか五十何歳が、人生の上巻だ下巻だ、なんて言い合うのってバカバカしいことだと思わない?」

「そうだよな……。俺、菜穂と、ちゃんと話ができるかな」

「山本家の人間はおとなしいけど、いざとなったら粘り強いんでしょう?」

「なんで、ばあちゃんの口癖を美佐が知ってるんだ?」

「そりゃあ、私は……、上巻から本を読むからよ」

温かいコーヒーを飲む。緩んだ頬は、にんまりと笑ったように見えているかもしれない。テラス席での食事も悪くない。冬の快晴の空のもと、限られた時間の温かさを楽しむためなら。

「北海道行きの飛行機の中で、『ノルウェイの森』の上巻を読んでみるかな」

邦彦がカップを片手に空を見上げる。私は左のポケットに手を入れ、別の連絡先を記したメモが入った封筒を、握りつぶした。

「じゃあ、私は旦那への土産に、下巻を買って帰ろうかな」

何年か後、私の頭の中の篩の目は、かなり粗いものになっているかもしれない。だが、故郷に戻って過ごしたこの十数日間は、残り続けているのではないか。

きらきらと輝く石となって。

初出　「朝日新聞」二〇二四年四月一日〜十月三十一日に掲載。
単行本化にあたり、加筆修正しました。

湊かなえ（みなと・かなえ）
一九七三年、広島県生まれ。二〇〇七年、「聖職者」で小説推理新人賞を受賞。翌年、同作を収録する『告白』が「週刊文春ミステリーベスト10」で国内部門第1位に選出され、二〇〇九年には本屋大賞を受賞した。二〇一二年「望郷、海の星」で日本推理作家協会賞短編部門、二〇一六年『ユートピア』で山本周五郎賞を受賞。二〇一八年『贖罪』がエドガー賞候補となる。他の著書に『少女』『Nのために』『夜行観覧車』『往復書簡』『花の鎖』『サファイア』『白ゆき姫殺人事件』『母性』『望郷』『高校入試』『豆の上で眠る』『山女日記』『物語のおわり』『絶唱』『リバース』『ポイズンドーター・ホーリーマザー』『未来』『ブロードキャスト』『落日』『カケラ』『ドキュメント』『人間標本』、エッセイ集『山猫珈琲』『湊かなえのことば結び』などがある。

C線上《せんじょう》のアリア

二〇二五年二月二十八日　第一刷発行

著　者　湊かなえ
発行者　宇都宮健太朗
発行所　朝日新聞出版
〒一〇四―八〇一一　東京都中央区築地五―三―二
電話　〇三―五五四一―八八三二（編集）
〇三―五五四〇―七七九三（販売）

印刷製本　中央精版印刷株式会社

Published in Japan by Asahi Shimbun Publications Inc.
ISBN978-4-02-252035-7

定価はカバーに表示してあります。
落丁・乱丁の場合は弊社業務部（電話〇三―五五四〇―七八〇〇）へご連絡ください。送料弊社負担にてお取り替えいたします。